貴妻揚進門 1

風文創 493

半巧 著

目錄

序文

半巧

之所以會寫這部《貴妻拐進門》的內宅文，是因為作者君有段時間深中內宅之毒，無法自拔，尤其是看過《後宮甄嬛傳》以後，更是對裡面的禮儀、手段之類的細節迷到不行。

有段時間，作者君甚至到了茶飯不思、一個勁兒找此類書籍翻看的地步，直到看膩了，再也找不到心儀的作品，就想著：要不，我也寫一部吧！

其實內宅生活大多一樣，勾心鬥角自是免不了，為著不落俗套，又因作者君是個寫慣種田文的農家女，便將女主角的身分設定成被親爹為榮華拋棄的可憐農女。

出身在農家，免不了家長裡短，農人鬥嘴雖然粗俗，卻是無甚心機，與往後女主角捲入內宅風波時，形成了鮮明的對比。

作者君這樣安排，是想表達：寧願跟粗俗之人吵鬧，也不要惹那種看似沒事、談笑間卻把你出賣之人。

生活中，很多關係都是如此，例如職場競爭，會嚷嚷的同事反而比較好相處，而那種陰沈、使絆子的，才真正可怕。

作者君是個快到而立之年的女子，寫書時不斷揣摩人性，所以書裡的人物，可惡時，是真可惡；可憐時，也是真可憐。唯一幸福的地方，大概只有男女主角之間的互動了。

此文的男主角不是最厲害的，沒有翻手為雲，覆手為雨的本事，可他有極暖、極溫，又極忠心的性格，與女主角之間雖無虐心橋段，可樸實簡單的生活細節，卻恰恰是現代速食愛情所缺乏的。這麼說可能有些以偏概全，但至少作者君很嚮往書中那樣的夫妻生活。

作者君沒有太大的野心，也寫不出蕩氣迴腸的愛情故事，始終覺得，再轟轟烈烈的青春，也有繁華過盡、終歸平淡的時候。生活如此，愛情更是如此。

寫到這裡，作者君想說：如果現實生活中有很多壓力，不妨看看作者君的書吧！嘿嘿，雖有些老王賣瓜的意思，可作者君的書中人物，絕對真實得能讓你將壓抑的情緒發洩出來，最後心情舒暢，再不悶著自己。

最後，祝大家看文愉快，也謝謝大家對作者君的支持。鞠躬！

第一章 重生

佟析秋費力鑿開冰層，將最後一撮野菜扒進籃子裡，站起身，吸了口冷冽空氣，用手摸摸後腦腫起的大包，輕輕一嘆，這才挽著籃子翻出雪溝，向山腳行去。

現在她所居住的爛茅草房，離山腳不過五、六里遠，此時北風吹得眼睛有些睜不開，且還不到申時，天就已經麻麻黑了。

她推開快掉下的堂屋門，隔著草簾的內室傳來一陣猛烈的咳嗽聲。

聽見有人進屋，門簾很快被掀起，六歲的小男孩迎出來，瘦得脫形的臉上，鳳眼裡滿是擔憂。

「二姊，妳回來了。三姊咳得好厲害！」

佟析秋聽罷，將手中的籃子放在灶上，掀簾進了內室。

一個瘦小的九歲女孩在炕上倚牆而坐，正不停咳著，見她進來，便抬起噙滿淚水的鳳眼看向她。

「二姊！」那沙沙啞啞的聲音，讓人聽得心頭泛疼。

佟析秋皺起眉。「剛才我走時還好好的，為何這會兒就咳得這般厲害了？」

佟硯青扒著炕沿，滿臉是淚地說：「剛剛大伯母來了，好凶地罵三姊，還說要賣她。嗚嗚……我不想三姊被賣！」

「大伯母說的？」

「嗯！」

佟析春咳嗽著，眼中淚水滾滾。「大伯母說，反正我是個病癆子，如今陳大戶家因大姊死了，沒了伺候傻兒子的婢女，還想招人呢，讓我……讓我自個兒賣身，免得拖累二姊和硯青。」

佟析秋聞言，不動聲色地將濕透的蘆花鞋脫掉，換上厚實草鞋，待將浸濕的破棉裙也脫下後，才不鹹不淡地說道：「哭什麼，她讓妳賣身，妳就賣不成？我們是兩家人，她算哪根蔥！」

話落，佟析春呆愣地看她，眼淚也不掉了，佟硯青更是誇張地張大嘴驚呼：「二姊，妳罵人了？」罵的還是大伯母，不要命了不成？

「嗯，罵了。」佟析秋雲淡風輕地回答，掀簾出了內室，又不忘提醒一句：「好好待在炕上，我做飯去。」

佟析春和佟硯青對視一眼，二姊何時變得這般霸氣了？

晚飯是沒有油鹽、難以下嚥的野菜湯，一人一碗，為減少消耗，三人喝完後，便早早洗漱上了炕。

等身邊兩小兒的呼吸均勻後，佟析秋才單手當枕，看著密如蜘蛛網般大大小小的牆縫，一時感覺恍若隔世……

神聖的教堂裡，女人歇斯底里地大喊著為什麼，為什麼要這麼對她？

男人臉色冰冷，看向她的眼神極為諷刺。「為什麼？難道妳真不知道妳的假面令我作嘔？裝作毫無主見，卻使出最狠毒的手段。妳這種表裡不一的女人，要我喜歡妳哪一點？」

作嘔？假面？表裡不一？

女人聽得心涼，怎樣也沒想到，一番癡情，在他面前竟是如此不堪的做作。

為著他的喜好、為著他的事業，她不擇手段，不斷迎合，卻不想，居然成了他厭惡她的理由。

如今他事業有成，另娶他人，還這般羞辱她。

看著偌大的教堂、眾多的賓客、美麗的新娘，女人含淚搖頭不斷後退，那一切原本都是她的，都是她的啊！

忽然，女人大叫著衝上去，瘋了般撲向新娘，想看看那美麗微笑之人，又是怎樣的表裡如一！

手被猛地制住，女人不停扭動，卻換來男人更難堪的對待。

他陰鷙的雙眼裡滿是凶狠，用力一甩，女人一個踉蹌，額角重重撞在神壇上，血恣意地流出來，濕了臉，也染紅了白色的臺階。

她笑著，用諷刺的目光看著那雙偽善的鷹眼。

原來……最表裡不一的人，是他啊。

血漫過眼珠，大片紅色令她不安，拳頭死握、嘴角緊抿，耳邊的喧鬧讓人躁動起來……

「二姊，二姊！」

「啊！」

一聲輕喊，驚出滿身冷汗的佟析秋瞬間睜眼，待看清眼前那兩張擔憂的面孔後，不由輕吁了口氣。

砰砰砰！奮力砸門的聲音傳來，還不待佟析秋疑惑，便聽見喝罵聲響起。

「都死了不成？還不趕緊開門，當心老娘用腳踹了！」

佟析秋無語地起身，佟硯青小小的臉上寫滿驚怕，縮著脖子，低聲嘀咕：「是大伯母來了。」

佟析秋頷首，摸摸他的頭，這才下炕裹上破襖，走出內室。

推開堂屋門，一陣冷風吹來，她不由緊了緊身上的襖子，抬眼看去，見地上的積雪又厚了一層。

柵欄木門前站著一名三十多歲的婦人，身材纖瘦，穿細棉藍色襖裙，梳婦人髮髻，插銀梅簪，錐子般的臉上滿是不耐。

婦人看到佟析秋，當即大喝出聲。「死丫頭，我都叫門多久，乾脆睡死得了！」

不理會她的謾罵，佟析秋雙腳踩在沒過腳踝的積雪裡，破洞的蘆花鞋立時被浸濕。

劉氏不屑地看看那破鞋，癟癟嘴。「析春起來沒有？叫她出來，我帶她去鎮上，賣得銀子，給你們買幾斤玉米麵（注）。」理所當然的口氣，像佟析春是她的所有物般。

佟析秋不動聲色地站著，也不伸手開門，見劉氏不悅地皺眉，淡道一聲：「析春身子不好，吹不得風呢，不煩勞大伯母了。」

劉氏呸了一口。「沒有那富貴命，就不要得那富貴病，留著也是個拖累。快點開門，我好接了她走。」

佟析秋睨她一眼。「拖累也只是拖累我們，大伯母還是少操心為好。」

「妳這話是什麼意思？在說我多管閒事？」

佟析秋懶得理會突然發火的劉氏，目光悠遠地說了句：「大姊未過百日呢，大伯母不覺得良心虧得慌？」

見她愣怔，佟析秋又勾笑，淡道：「快到吃早飯的時辰了，大伯母還是早些回去吧。家窮，就不留您了。」

劉氏回神，這才發現，今兒佟析秋跟以往有些不一樣。以前見著自己，是恨不得貓腰低頭當不存在，罵她也不敢吭聲，何時竟變得這般大膽了？

她想著，心有不甘，她可是里長夫人，何時輪到一個晚輩給她臉色瞧了？

於是，劉氏皺起柳眉，不滿地吼道：「死丫頭，妳說的是什麼話？什麼叫良心虧得慌？想當初你們四姊弟可是連飯都吃不上，析春那短命鬼更是病得躺在炕上不能動彈，若不是大丫來求我，老娘看在一家親戚的情分，把她介紹去陳大戶家，你們能挨到今天？析春能活到今日？怕是早成一抔黃土了！」說完，還不忘朝地上吐了口唾沫。「不知感恩的東西！」

注：玉米麵，曬乾玉米磨製的粉，顆粒有粗有細，可做出粥、烙餅等主食。

佟析秋抬眼，目光淡淡朝她掃去。

劉氏罵完還不解氣，正打算再開口，不想一個仰頭，對上了佟析秋冷淡的眼神。

「妳這是什麼表情？對老娘不滿？」劉氏尖聲大叫，心頭暗驚，卻還不忘威脅道：「信不信老娘讓你們姊弟在村子裡住不下去？」

佟析秋點頭。「我信。大伯母跟大伯說一聲吧，我們隨時準備出村。」

「妳……」

劉氏語塞，佟析秋則雙手一攤。「出不出村都一樣，反正地無一畝、糧無一顆，去哪裡都是等死。不過，就算死，我們也要死在一起，不再分開。」

「妳妳妳……」

劉氏哆嗦著手指了半天，佟析秋懶得再理，轉過身。「大伯母可要鎮定些，您是里長夫人，又是秀才娘子，千萬別亂說話，不然大伯的臉面沒地方擱了，析玉姊可是到了要說親的年紀呢！」

劉氏憋得滿臉通紅，佟析秋卻諒她不敢踹門打人，她能令村民封口，可天下哪有不透風的牆？佟百川是要臉面的，原身的娘雖因通姦被沈塘，可原身幾姊弟還是姓佟，再苛刻，也不敢做得太過火，明面上得過得去才行。

最後，劉氏氣沖沖地拂袖走了，轉身時，臉上的疑惑讓佟析秋瞟個正著。

知她為何事疑惑，佟析秋也不打算隱瞞。她可不是原本的佟析秋，也做不來原身的悶不吭聲和膽小，反正早晚會暴露，不如做自己的好。

她抬腳向屋子走去，不想佟析春和佟硯青不知何時已跑了出來，候在屋簷下。

無視兩人眼中的崇拜，佟析秋不悅地皺起眉。「不在屋裡待著，出來做什麼？當心再著了涼！」若感冒了，她可沒本事馬上變出錢，如今家中還吃著難以下嚥的冰磧野菜呢。

佟硯青蠟黃的小臉上滿是激動，鳳眼中更是亮光點點。「二姊，妳把大伯母氣走了？」

「嗯。」

「那我們會不會被趕出村啊？」

「不會。」

「為什麼？」

「因為有人要面子。」

佟硯青不懂，還想追問，佟析秋卻不再多說，帶他們進屋去了。

趕走劉氏後，佟析秋就著昨晚剩下的野菜，煮了無油鹽的野菜湯當早飯。

看著那碗根本吃不飽的湯，佟析秋忍著一肚子想罵娘的氣，儘量優雅地把湯喝完。

飯後收碗，添柴燒炕，為著生計，佟析秋只好又挽起籃子、扛起鋤頭，見柴禾也剩不多，就順便把缺了口的砍刀帶上。

出門時，她還不忘叮囑窩在炕上的一雙小兒。「今兒要砍柴，可能回來得晚點。若是餓了，將鍋中剩下的野菜拿出來墊墊肚子。」

「好！」

得了兩小兒的回答，佟析秋這才放心地出門。

劉氏匆匆回了位在村東頭的自家院子，見身為里長的丈夫佟百川正閉眼歪躺在堂屋小炕上，一手端著酒、一手拍著膝蓋唱小曲，趕緊快步進屋，坐到他對面。

她剝了幾顆炒花生放在他面前，小聲嘀咕。「我覺得老二家的二丫像變了個人似的。」

「怎麼了？」佟百川緩緩睜開眼。

劉氏搖頭。「今兒我不是要帶析春去陳大戶家嗎？結果析秋那丫頭片子不但說了好一堆話來堵我，還拿住短處，讓我沒法發火。以前見人就躲、話都不敢多說的丫頭，才幾天不見，就變成這樣？」

佟百川沈思，將一顆花生送進嘴裡，哼了聲。「大概是大丫死了，驚到了吧。既然她回絕妳，妳別再管，任他們自生自滅！」

「我這不是想解決後顧之憂嘛。」

聽劉氏唸叨，佟百川不悅地皺起眉。「行了，妳別瞎摻和，好歹也是佟家的骨血，老二沒說話，妳起個什麼馬屁勁？這事，先暫時擱著！」

劉氏語塞，但還是點點頭，不再多說了。

佟析秋將刨出的野菜放進籃子裡，看看天空，見又陰了，不由嘆息，翻出了雪溝。扛起鋤頭，拉著捒好綁緊的柴禾，向山下拖去。

她滿頭大汗地走到山腳，剛喘口氣，一道清亮的聲音便傳過來。「析秋！」

佟析秋抬眼望去，見一名十四、五歲的少年正站在不遠處喊她，面皮白淨、俊眉朗目，一身書生儒袍，襯得他文質彬彬。

佟析秋在腦子裡想了遍，這才咧嘴笑道：「潤生哥，你怎麼到這兒來了？」

林潤生眼神清亮，看向她時，臉色有幾分凝重。「妳大姊的事，我在學堂聽說了。」

「嗯。」佟析秋點頭，不覺得有什麼，拖著柴禾，準備向自家行去。

林潤生上前一步，想出手幫她，不想卻被她躲過去。「我自己來，被人看到了不好。」

林潤生聞言，抿了下唇，任佟析秋從身邊走過，見她手中提著不到半籃的冰凍野菜，終是有些不忍地朝她的背影開了口。「妳家還有糧嗎？」

佟析秋回頭，瞧他從腰間解下錢袋遞來。「我這裡還有幾文錢，是在學堂買筆時剩下的，妳拿去買點玉米麵吧，別光吃這凍野菜了，吃不飽的。」

佟析秋淡然笑笑，剛想說不必，卻想起一事，遂歪頭看著他道：「潤生哥，你能借我筆墨嗎？」

林潤生愣了下，隨即點頭，回了聲好，並不問她有何用處。

「有沒裁的紙嗎？」

「有。」

「那好，麻煩潤生哥也給我一張。」

林潤生擺手。「算不得什麼，無須客氣。」

佟析秋卻搖頭，有禮地笑道：「還是謝謝。無事，我先回家了。」說完，便頭也不回地拖著柴禾，大步向不遠處的破草屋走去。

林潤生立在原地，看著遠離的背影，不由發起呆來……

第二章　謊言

晚飯依舊是水煮的野菜湯。兩小兒喝完後，一人摸著肚子打嗝，一人則手捂嘴不停地咳。

佟析秋收拾完碗筷過來，便聽佟硯青咂著小嘴道：「要是爹爹和娘親在就好了。他們在時，有時還能吃到肉呢，我好久沒吃肉了！」說到這裡，表情變得鬱悶，似想到不好的回憶，小拳頭握了起來。

佟析春跟著掉淚，實在想不通，為何爹爹才上京赴考，娘親就與別人偷情？結果被沈塘不說，連爹爹也沒了消息。

後來，自家田地讓大伯以娘親丟了族人臉面為由收回去，外婆跟大舅更是撇清關係，不認他們。為治她的病，連累大姊佟析冬賣身伺候傻子，丟了性命。如今他們一家的境況，就跟乞丐無二。

想著想著，佟析春不由痛哭起來，倒在蘆花被上，眼看要背過氣去。

佟析秋嚇了一跳，趕緊把她拉起來，冷聲低吼。「妳激動什麼？一會兒又得難受了！」

「我……咳咳……我心痛……二姊，妳說……爹爹到底去了哪裡？」

佟析秋皺眉不語。上京考個試兩年就不見人影，若不是死了，便是另一種結果。

不想讓佟析春太難過，佟析秋一邊順著她的背，一邊說話轉移她的注意力。「放心好了，咱們一定能過上吃飽穿暖的日子。」

「真的能嗎？」佟析春抬起淚汪汪的眼睛，滿臉灰敗。

佟硯青跟著抹起眼淚，小小聲地嗚咽著。「我、我一定要快點長大，長得壯壯的，比村口的大爺還要壯，到時掙好多錢，讓二姊、三姊吃上肉，過好日子……」可憐的小臉上滿是淚水，嘀嘀咕咕說個不停。

佟析秋很不厚道地想笑，卻又覺得心頭酸得厲害，正要再去安慰他時，卻聽外面有人喊了聲。「析秋！」

佟析春愣得停住眼淚，看向佟析秋，一臉茫然。

佟析秋拍拍她。「看著硯青，讓他別哭了。」

佟析春點頭，佟析秋便下了炕，掀起簾子走出去。

林潤生站在屋外，不敢叫得太大聲，見門開了，提著的心才放下。

等佟析秋走來，他便把手中的紙筆遞給她。「這是我用的筆墨，紙是沒有裁過的。」

「謝謝潤生哥。」佟析秋笑著接過。

林潤生點頭，終是忍不住好奇地問了句。「妳要這些做什麼呢？」

「討飯吃！」佟析秋並不隱瞞，抬眼衝他笑道。

林潤生看得一愣，見她瘦小的臉上，一雙杏眼滿是亮光，整個人雖說不美，身材還有些乾枯，可精神卻與從前有了天壤之別。

他低咳著回了神，道：「明兒晚上我來拿可成？休沐只有一天，後日早上就得趕去學堂。」

佟析秋點頭。「可以，給你添麻煩了。」她不敢明目張膽地去村裡，只好由他來取。

「沒什麼。」林潤生擺手，準備告辭。

佟析秋有禮地點頭目送他走遠，這才回屋。

屋裡，佟析春看著自家二姊手中的紙筆，奇道：「二姊，妳從潤生哥那裡借這些做什麼？」

「作畫。」

「作畫？」佟析春的疑惑更深。

佟析秋嘆息。「可還記得大姊被扔回來那天？」

佟析春點頭，淚水又流出來，她無論如何都不會忘記的。那一天，陳大戶叫婆子、小廝把屍首抬進門，佟析冬全身腫脹、面目全非，僵挺的慘狀，至今仍令她膽寒不已。

佟析秋見她這樣，坐上炕，將她輕摟於懷，嘆道：「那天晚上，我作了個夢。」

「夢？」

佟析秋嗯了聲，佟硯青聽到這裡，飛快爬到她腿上，雙手支著下巴，仰起小腦袋，眼睛一眨也不眨地看著她，明顯一副聽故事的樣子。

「二姊，妳快講，是什麼夢？」

佟析秋有些無語，卻暗吁了口氣，緩緩道來。「當時我不是暈過去了嗎？」

見兩人點頭，她繼續說：「那晚，我夢見大姊，大姊對著我笑，說她去了另一個地方，在那裡能吃飽穿暖，還能學到好多東西，掙好多錢。她拉著我說，讓我好好照顧你們，但我驚慌了，沒了大姊的月例，我們吃什麼呢？」

她說得抑揚頓挫，佟析春緊了緊兩隻相握的手，佟硯青也跟著急急發問：「然後呢？」

「然後啊……」佟析秋笑得溫柔，摸摸他的頭。「大姊說『沒關係，妳先跟我來，我帶妳去學手藝。』」

「於是，我跟著大姊去學了好多手藝，感覺過了好多年啊。等到學會時，我清醒過來，才發現不過睡了一晚而已。」

說到這裡，佟析秋故作感嘆道：「真是好神奇呢！」

佟硯青看著她，滿臉天真。「大姊真在另一個地方？我們還能看到她嗎？能去找她嗎？娘親呢？大姊有沒有說娘親也在那裡？妳有夢到娘親嗎？」

佟析秋傻住了，是不是所有小孩都愛打破砂鍋問到底？

雖覺無語，她還是笑著哄佟硯青。「我們再也看不到大姊了喔，她住在天上的國家，只有等我們老了，死了，才能跟她團聚呢。二姊沒夢到娘親，大姊說娘親重新投胎做人了。」

這前後矛盾的話讓佟析秋冷汗冒個不停，佟析春倒是聽得認真，眼露嚮往。「真想去大姊住的地方看看。說不定，去了那裡，我的病就能好了呢！」

「胡說！」佟析秋趕緊制止她。若佟析春尋死，那她不就罪過大了？

「那地方豈可隨意去的？只有到了大限的人才能去，若壽數未盡，會受到懲罰。沒聽老人說嗎，勾魂使者可是常抓不聽話的人下地獄呢。」

聽了這話，佟析春趕緊打消這念想，搖搖頭。「我知道了，我不會去的。」

見她不再提起，佟析秋才放心地拍拍炕上。「天快黑了，趕緊睡覺，不然等會兒又餓了。」

兩小兒聽罷，連連點頭，掀開蘆花被躺進去。

佟析秋見狀，長吁口氣，覺得帶孩子真不容易。卻忘了，這一世，她只是個十三歲的小姑娘而已。

見弟妹睡著了，她才拿起筆硯，悄悄去堂屋。

先把乾柴扔進灶裡，等水熱些，用溫水研墨。接著，她找來一塊硬木板子，把紙放在上面，拿出毛筆輕蘸墨汁，剛下筆，墨水便浸透紙張，迅速暈染開來，顯然紙質不佳。

佟析秋放下筆，尋摸一陣，拿起樹枝蘸墨試了試，雖然還會暈開，不過感覺好多了。有了順手的工具，她便藉著火光，慢慢作畫。

看著紙上出現的線條，佟析秋頓覺好笑不已。雖然隔著時光，換了身體，可靈魂裡的熟悉感卻依然存在，上輩子為取悅男人所學的才藝，如今倒成為她餬口的好本事了。

第二天，佟析秋照常上山挖菜砍柴，回到家時，佟析春便將做飯的活兒接過去。

「二姊，妳去畫圖吧，今晚我來做飯。等會兒天黑，潤生哥就要來拿筆墨了。」

佟析秋聽罷，也不拒絕，掀簾進屋，見佟硯青已殷勤地將畫了一半的圖紙放在缺了腿的小炕桌上。

「二姊，妳快來畫，這畫好好看。等妳畫完，能教我嗎？我也想學！」

佟析秋傻住，怕他問個沒完，趕緊阻了他的話頭。「會，我會教你的。」

佟硯青聽了，高興地拍手，一個勁兒叫著。「好哇！二姊，妳快畫，畫完教我，我就能幫妳畫了。到時我也掙錢養家，妳便不用這麼辛苦……」

「硯青，二姊作畫需要安靜，你能做到嗎？」好不容易搶到話頭，佟析秋趕緊對他提出要求。

佟硯青被自家二姊說得有些害羞，抓抓胸前的薄襖，點著小腦袋，扭捏地應聲。「好。」

佟析秋暗暗吁口氣，脫鞋上炕，看著桌上那幅未完成的園林圖，屏氣凝神，拿起樹枝，慢慢畫了起來。

本來昨晚她打算通宵畫完的，不想後半夜時，被佟硯青的吵鬧和佟析春的咳嗽聲驚得不得不停了筆。

原來，她藉火光作畫時，得不停燒柴禾，連著炕的灶被燒了這麼久，自然熱得不行，兩人像烙燒餅似的不停翻著面，若不是佟硯青忍不住，出聲哭鬧，怕是被烙糊了都不知道呢。

後半夜她上炕時，被燙得險些叫出聲，實在無法躺下，三姊弟只好倚著牆，打了半晚的盹兒。

佟硯青支著小下巴，認真地看佟析秋蘸墨輕描，長長的小鳳眼撲閃著，見她勾完最後一筆，還不待她出聲呢，就先長長地吐出氣來。

「哎呀，終於畫完，我都快憋死了！二姊，妳畫好久，天都要黑了，三姊早做好飯了呢！」說完，還不忘揉揉被支疼的小下巴。

佟析春在旁邊咳著，嗔他一句：「瞎說什麼，不過剛做好而已。」

佟析秋轉頭看天，還真黑了，便套上襖子，捲好畫紙下炕。「我出去一下，你們先吃飯。」

「二姊要去哪裡？」

佟硯青急得坐正身子，佟析春也滿臉疑惑地看向她。

「我只是去外面看看，這時辰，潤生哥該來拿筆墨了。」佟析秋說著，伸手摸摸佟硯青的頭。「你們先吃，我等會兒就回來。」話落，便掀簾出了屋。

出了院子，佟析秋站在入村的路邊，來回走了幾步。

這個時候，林潤生該來了才是，再晚些出門，怕會引人懷疑，可她卻等不到人。猶豫再三，遂深吸了口氣，抬腳向村中行去。

古時農家人為省燈油，早早就吃了飯，天不黑便準備歇息，是以佟析秋頂著冷風一路走來，倒是幸運地沒有碰到村民。

憑著記憶，她順利來到林潤生家，透過木柵欄的大門向裡面看去，屋裡漆黑一片，林家人大概都睡了，正疑惑著是不是林潤生忘記約定，剛打算把筆墨放在門縫裡時，不想一聲尖叫劃破了天際——

「我說呢，原來是妳這隻騷狐狸勾引我兒子啊！」

不待佟析秋反應過來，大門便被猛地拉開，映入眼簾的是一名腰如水桶粗的中年婦人。婦人兩手扠腰，看著佟析秋，朝她吐出一口唾沫。

「怎麼，年紀小小不學好，學妳死娘那德行？這才多大，就開始偷人？」

佟析秋皺眉，聲音冷了一分。「林大娘說的是啥話？這般污人名聲的事情，還請三思的好。」

「名聲？」被喚作林大娘的佟氏呸了口，哼笑一聲。「喲，我可不知道，郝氏那賤人留的種，還有名聲可言呢。」

連著幾聲叫喚，引得左鄰右舍爬起炕來湊熱鬧，雖捨不得點燈，但黑夜裡有雪光照耀，倒是不妨礙看戲。

佟析秋有些煩躁，又不想惹麻煩，遂壓著嗓子輕聲道：「我不過是來送還東西罷了，既然林大娘不喜歡我，以後不再借就是了。」

「誰借妳東西了？誰敢借妳東西？可別亂噴了唾沫星子！」佟氏挺著脖子高叫。「我們可比不得你們，又是賣肉、又是賣身的，不愁吃、不愁穿，我們可高攀不起這樣的富貴人家！」

她句句語帶侮辱，就是聖人也有了脾氣，佟析秋忍著惱怒道：「既然沒借東西，那析秋再把這些拿回去便是。」說罷，當真拿著筆墨，轉身就走。

佟氏見狀，急得高聲大叫。「小賤人，妳敢走?!偷拿我家的東西，還想不明不白地走掉？看我打死妳這騷蹄子！」話未落下，即猛撲過來，粗壯手臂朝佟析秋瘦弱的後背襲去。

這一下揮得又快又急，佟析秋躲閃不及，只覺背上一陣麻痛，還未反應過來，便不穩地朝地上倒下。

佟氏見她倒地，不待她起，立刻一屁股騎坐在她身上，將她埋在雪地裡的頭拉出來，使勁揪著頭髮，蒲扇般的大掌更是毫不客氣地朝蠟黃小臉上招呼。

「小騷蹄子，學啥不好，竟學了妳那賤娘偷男人！可憐我家潤生才多大，居然上了妳的鉤！呸，今兒看老娘打死妳！」說罷，噼噼啪啪的巴掌搧得越發猛烈起來。

佟析秋本就被摔得有些懵，再被這一騎一揪加一連串巴掌，腦中開始嗡嗡響個不停，麻木的臉頰沒了知覺，嘴中滲出鐵鏽般的味道。

從小到大，雖是孤兒出身，可何曾受過這般大的侮辱？

她咬緊了牙，想用力甩掉那隻抓住頭髮的手，奈何佟氏扣得如鐵鉗般，任她如何甩動也掙不開，又搧了她好幾下。

觀戰的人家很快圍攏過來，有看不過眼的，小聲勸了句：「行了，打也打了，訓也訓了，可別把人給整死，到時說不定得攤上官司呢！」

「就是要打死她！」佟氏氣紅了眼。

這個小賤妮子，學啥不好，竟學那狐媚子勾引人！要不是今天幫兒子整理書房，發現新買的硯臺不見了，連筆墨也少了，還不知道自家的老實兒子被人勾了魂呢。

想起白天問兒子的回答，她更是氣不打一處來，什麼丟了，落書院了，真當她會相信這荒唐的理由嗎？別人不敢說，自己兒子的同情心，她清楚著呢。以前施點小恩小惠就算了，可文房四寶多貴，能由得他去任性？

想到這裡，佟氏眼睛更紅了，手啪啪啪地搧著，如著了魔般，嘴裡更是不乾淨地叫罵道：「打死了也好，免得學郝氏一身騷樣。沒爹沒娘的玩意兒，不知羞恥為何物！」

佟析秋咬牙，再也忍不住了，被壓在身下的拳頭緊緊握起，忍著疼痛，兩隻手按住地面，一個大力向上拱，硬是將一百五十多斤重的佟氏從自己瘦弱的身上掀下去。

佟氏被這冷不防的一掀，當即重心不穩，哎喲著朝後跌落。

佟析秋乘機大力拉回握在佟氏手中的頭髮，尖銳的痲痛令她狠皺眉頭，見佟氏手上還殘留著不少青絲，冷哼了聲，趁佟氏還沒反應過來，反客為主地快步上前，一屁股坐在她身上，與她面對面，不由分說，快、狠、準地回搧了好幾個巴掌。

啪！啪！啪！啪！清脆響聲在雪夜中迴盪，眾人議論紛紛的嘴，驚得再合不攏。誰也沒想到，平日那個見人就躲的小妮子，會變得這般粗暴。

一時間，場面安靜得可怕。

佟析秋搧完巴掌後，攏攏亂掉的頭髮，聲音清冷刺骨。「林大娘打也打了、罵也罵了，該放我走了吧？家裡還有弟弟妹妹在等呢！」說完起身，轉身要走。

佟氏見狀，瘋了似的爬起來，瞪著快爆凸的眼，尖聲吼道：「不許走！小賤人，跟我到里長那裡評理去！」說罷，就過來抓人。

佟析秋閃身躲過，冷冷哼道：「林大娘要評理，去便是了，順道跟我大伯說一聲，我們三姊弟隨時恭候出村！」見眾人又是驚聲吸氣，懶得相理，想擠出去。

佟氏如何肯依，大步跑上前，想像剛才一樣，趁佟析秋不備，去揪她的頭髮。

不想佟析秋早有準備，故意背對著她，感覺到她過來時，半轉了身，咬咬牙，用頭硬對硬地狠撞上去。

佟氏猝不及防，被她一撞，屁股朝地，重重坐了下去。這一坐，直接壓到她的尾椎骨，雖地上有積雪，卻還是讓她疼痛難當地大叫出聲，半天緩不過勁來。

佟析秋見她倒地，看也不看，直接撥開人群，向村尾走去。剛剛被佟氏那一撞，文房四寶全掉在地上，不知去向，她也不想管了，反正掉在人群裡，丟了也是佟氏自找的。

圍觀的村民你看看我、我看看你，望著走遠的小身影，小聲議論起來。「這丫頭何時變得這般勇猛了？剛才不是我眼花吧？」

「不是，沒看見林家的婆娘還坐在那裡鬼叫啊！」

眾人回神，見佟氏痛得連動一下都不敢，滿臉眼淚鼻涕，卻仍不斷罵著「小賤人、騷狐狸」之類的字眼……

佟析秋回到家，一臉紅腫的樣子，讓待在屋裡的弟妹當即白了臉。

佟硯青更是哇哇哭出聲。「二姊，妳怎麼了？妳會不會像大姊那樣啊？二姊，妳別死，我不要妳死……」

佟析春抹著眼淚，咳嗽不停。「二姊，這……這是怎麼了？妳不是去還筆墨嗎？」

佟析秋吸了口涼氣，見佟硯青抹著鼻涕抱她的腿，一個勁兒不讓她死，有些無語地摸摸他的小腦袋。

「行了，你再這樣，等會兒我可真要死了。」

「嗚嗚……不要……」

佟析秋無奈地使個眼色，佟析春便懂事地將佟硯青拉開，咳嗽道：「別哭了，二姊不會死的。你這般吵著，不是添亂嗎？」

佟析秋去堂屋，從水缸裡舀了瓢水，打濕巾子，輕輕擦了擦腫起的嘴角，這一疼，差點沒惹得她開罵。

佟硯青在佟析春的誘哄下，終於止了哭鬧，看佟析秋用巾子捂嘴進來，趕緊跑過去，伸手抓住她的褲角。

「二姊，妳先上炕，我來幫妳敷。」

「好。」只要能不讓他哭，佟析秋也就隨他，便躺在炕上。

佟硯青拿著巾子，輕柔地幫她擦拭嘴角的血漬，還不時輕吹，見自家二姊的臉腫得沒了形，不由又開始抽噎。

「那些壞人，等我長大了，一定要把他們全部打倒，看他們還敢不敢欺負我們……二姊，妳放心，我一定會保護妳的……」

佟析秋哭笑不得地點點頭，佟析春則在她身邊躺下，抱住她的胳膊，頭靠在她肩上，小聲啜泣著。

「二姊，我不想待在這裡了……」

佟析秋嘆息一聲，摸摸她的小腦袋。「沒事，有二姊在呢！」

「對對，有二姊在，還有我在呢！三姊，妳放心，我會快快長大，將來那些壞人一個都不會好過，我把他們全都打倒……」

絮絮叨叨的暖人話語，讓佟析秋聽得會心一笑，閉眼享受著來自小人兒的關愛，只覺得分外暖心。

第三章　找事

第二天早飯後，佟析秋頂著高腫的臉，取出郝氏留下的麻面單衣，給佟析春圍在頭上，又替她跟佟硯青裹上被子，才拿起摘菜的籃子。

佟析春很是不解，問道：「二姊，咱們這是要上哪兒去？」

「去山腳下。我挖菜，你們在一邊等著。」佟析秋說完，看看佟析春的鞋，想了想，便拿厚實的草鞋過來。「兩雙一起穿，免得裡面的棉鞋浸濕。」

佟析春點頭，乖順地換了鞋子。

見準備好了，佟析秋才拉著兩人出發。

另一邊，佟氏被自家男人扶著去了佟百川家告狀，讓他收拾佟析秋。

不想，佟百川聽後，只揮手讓他們回去，說這事他會處置。

佟氏無法，走時很氣憤地說了句。「別忘記我們都姓佟，你可不能偏私啊。」

佟百川無奈，便想著讓劉氏去訓一訓，算是給佟氏臺階下。

劉氏聽了這事後，不滿地嘀咕。「不如把人趕出去得了，留著也是害人。如今二丫像變個人似的，不知會不會隨了她那老娘！」

「妳懂什麼？婆娘家別頭髮長見識短，讓妳去就去！」

佟百川突然鳳眼一凜，嚇得劉氏縮脖，不敢再吭聲，起身出屋，半步不敢多留地向村尾趕去了。

背風的山窩處，佟硯青和佟析春看著佟析秋刨菜的背影，都過了午時，還未有停手的打算，便有些受不住地跺了跺腳。

「三姊，我好餓，二姊怎麼還不回來啊？籃子都滿了呢。我已經餓得快站不住了！」

佟析春咳嗽不停，雖裹上頭布、披了被子，仍被北風吹得瑟瑟發抖，見山坳的野菜被佟析秋挖了大半，便咬著發抖的牙關，對她喊道：「二姊，還要挖嗎？」

佟析秋停下，抹了把汗水，知道他們又餓又冷，她也餓得前胸貼後背，可即使這樣，也不想就此打住。如今天短，午時一過，一、兩個時辰後就天黑，下午根本沒工夫來挖，更別說存貨了。

她看著已經冒尖的籃子，吸了口冰冷空氣，回道：「再等小半個時辰可以嗎？」

佟析春咳嗽著，乖巧地點頭，佟硯青則裹著被子，撐不住地拉她蹲下。「二姊，我好餓，腿也疼，站得好想吐。」

佟析秋聽得心疼，知他這是站久累著的症狀，乾脆扔了鋤頭走過去。「來，二姊抱抱。」

「不用了，我蹲會兒就行。二姊，妳繼續挖吧，等等我可要吃大碗的。」雖說難受，可佟硯青一見她過來，又忍不住搖頭，懂事地說著反話。

佟析秋無奈地苦笑一聲。「好。」

佟析春摟過佟硯青，邊咳邊看著佟析秋，道：「二姊，我們等妳。」

佟析秋摸摸凍得沒了知覺的高腫臉龐，剛轉過身刨地，後面的佟析春卻突然驚呼。

佟析秋嚇得回頭看去，眼淚差點奪眶而出。

佟硯青正抓起一把積雪不停吃著，小小的臉上滿是冰碴子，蠟黃面色被凍得通紅。見佟析秋望來，他滿不在乎地嘻嘻一笑。「二姊，我好渴！」

佟析秋猛地旋身擦淚，再轉頭，已換上溫和笑容，走過去將兩人拉起來。

「回家吧，二姊餓死了。」

「真的？」佟硯青眼睛一亮。

佟析秋點頭，把鋤頭和籃子扛上肩。「回家煮飯！」

「好！」

兩小兒歡呼著，跟在她身後，興奮地趕回家去。

剛到家門口，佟析春便眼尖地看見在屋簷下等著、表情氣急敗壞的劉氏，愣了下，抓緊身上的蘆花被子，這才明白佟析秋不把他們留在家裡的原因。

佟硯青也看到了，害怕地窩在佟析春懷裡，不敢抬頭。

佟析秋推開被踹掉木門的柵欄，看向劉氏，也有幾分訝異。本以為找不到人就會走了，不想居然有耐心等在這裡呢。

佟析秋在心裡哼笑了聲，不動聲色地拉著弟妹進院子。

他們一進來，劉氏立時豎起眼，喝道：「知不知道我等多久了？」

「多久？」佟析秋頂著紫腫的包子臉，淡淡問著，上前將鋤頭放在屋簷下，推開要掉下的門，見屋裡還是走時的樣子，不由暗吁口氣，揮手叫弟妹趕緊進屋。

劉氏被她冷淡的問話噎得不行，見佟析春跟佟硯青裹著被子、怯生生地從身邊走過，就不客氣地想伸手抓人。

孰料，她的手還未伸到呢，佟析秋便把鋤頭拿起一橫，因鋤地而磨得鋥亮的刀口朝眼前一晃，當即嚇得她心肝抖個不停，連連退了好幾步。

佟析秋輕描淡寫地說了句。「大伯母當心，這鋤頭上有凍泥，我得抖抖。」

劉氏狠拍胸口，佟析春跟佟硯青嚇得呆在原地，不敢動彈。

佟析秋見狀，趕緊把兩人護在身後，給佟析春打個眼色。「還不趕緊進屋上炕暖著，吹了一上午的冷風，不冷啊？」

佟析春點頭，拉著怕得不知該如何是好的佟硯青進了屋。

劉氏厲眼看去，盯著佟析秋臉上的紫瘀，冷聲哼道：「倒是長了本事，敢拿鋤頭對著人比劃了。」

咚！佟析秋舉起鋤頭，朝屋簷下的臺階猛力敲去，嚇得劉氏又是一抖。

「大伯母說的什麼話？我不過是看鋤頭有泥，抖抖罷了，何時比劃過人？」佟析秋把鋤頭立在身邊，用手扶著，有禮問道：「大伯母吃飯沒有？來這裡有事不成？」

劉氏聽了，仰頭看去，見太陽不知何時已升至中天，不由驚了下。閨女還在娘家待著學藝，當家的可不會做飯啊，這……

於是，她不滿地對佟析秋吼道：「我是有多閒，來吹幾個時辰的冷風吃閉門羹？妳知不知道妳闖了多大的禍？臭丫頭，若不是我們大房護著妳，早八百年前就讓人欺負死了。」

佟析秋聽罷，恍然道：「所以，大伯母是來趕我們出村的？」將鋤頭甩到一邊，提起滿籃野菜，故作商量般道：「可否待我們吃完中飯再收拾走人？」說罷，當真轉身進屋，找盆子摘起菜來。

「妳……」劉氏再次被噎得不知該如何反駁。

以往都是她威逼別人，何時反過來輪到他人相脅了？不甘地看向裡面正忙碌的身影，那種根本不當她存在的自在，不知怎的，令她怒火中燒。

「怎麼，長輩跟妳說話，妳就是這樣拿喬的？還是，在妳眼中根本沒有半點長幼之分？郝氏那賤人養妳這麼久，光教狐媚之術不成？」

正在生火的佟析秋聽見這話，手不由停頓下來。

劉氏越說越來勁，繼續罵道：「長輩對妳訓話，反而一副愛搭不理的樣子，以往識字學的禮，都被狗啃了？真以為自己了不起呢！」

佟析秋勾唇，冷冷地抬眼看向她。「大伯母要我怎樣認真聽？不是說要趕我們出村嗎？這種時候，連頓飽飯都沒有，還要什麼禮？」

「誰說要趕你們出村了？死丫頭，才說妳幾句，拿著出村威脅誰呢？」

「是啊，拿著出村威脅誰呢？」佟析秋似笑非笑地回敬她。以前她不就愛拿趕出村這話來威脅他們姊弟？如今她捨得一身剮，不怕出村，怎麼反倒是他們束手束腳了？按理，污了家族名聲的人自行滾出村不是更好，怎麼偏要留著？

劉氏被她刺得啞口無言，想學村裡婦人那樣不講理地撒潑，可又覺得身分過不去。如今他們家也是要臉面的，真要像個潑婦，丟臉不說，當家的也會不高興。

劉氏氣得不行，走這一趟沒訓著人，反添了一肚子火，不明就裡的，還以為她是來找氣受呢，只得憋著怒氣回去了。

劉氏進了家門，越想越覺可疑，將事情經過告訴了佟百川。「我還一肚子火呢，這丫頭片子，現在可是牙尖嘴利得不行。」

佟百川也有些疑惑，劉氏則直接拍桌問道：「真要留著她不成？」

佟百川橫她一眼。「妳慌什麼？將來說不定有用得著的一天呢。」

劉氏嘀咕：「還等將來？要我說，直接把小崽子搶來，丫頭全賣的好。」

「蠢婆娘知道個啥？還不去做飯，老子快餓死了！」

劉氏被他吼得閉了嘴，嘟囔著，不甘不願地起了身。

佟百川半歪在炕上，看著她走遠的身影，嘆口氣。

事情要真這麼容易，他用得著使暗手？若留下把柄，可是會影響他的名聲，兒子還在縣學念書呢。女人家就是沒見識。

中飯加晚飯一同吃下肚，洗漱完，佟析秋姊弟便上了炕。

因為白天在冷風中站太久，這會兒佟析春咳得有些喘不過氣，抓著佟析秋給她順背的手，艱難道：「二姊，我想喝口涼水潤潤……咳咳，喉嚨癢得難受。」

「不行！」佟析秋皺眉拒絕她的要求，下地舀了瓢鍋中溫著的熱水遞給她。「喝煮過的溫水。涼水喝多了，會拉肚子的。今兒妳吹了一肚子冷風，不能再沾涼。」說著生出幾分懊惱，早知道昨兒就不多事地去還東西，也不會惹上一身腥。

佟析春咳著，喝了幾口溫水，躺在炕上，啞著嗓音問：「二姊，妳是不是有事？」

「嗯。」佟析秋輕應，也不瞞她。佟析春長年生病，謹小慎微過日子，心思自然不是普通小孩能比的。

佟析春揪緊前襟，總算明白佟析秋為何要挖那麼多的野菜，虛弱地扯出笑，道：「妳放心去，家裡有我呢。」

佟析秋聽罷，嘆息著把她的小腦袋按在自己的心窩處。「若是順利，明兒說不定能吃頓飽飯了。」

「嗯！」佟析春乖巧地點點頭，窩在她懷裡一動不動，睡著了。

佟析秋見狀，失笑地搖搖頭，摟著她一同睡去。

第四章　掀坑

天未亮，佟析秋便早早起來燒了炕。

她將昨日挖來的野菜全部煮爛，直接捏成菜團子，做好後拿了三個，再進屋看看還未醒來的兩小兒。

想了想，她悄然坐到佟析春身旁，拍拍她。

「嗯？」

見佟析春迷糊地揉眼，佟析秋趕緊伸手比個噓。「二姊要走了，飯菜在鍋裡，吃不完的留著中午墊肚子。」

聽到此話，佟析春趕緊睜開眼，小手扯著她的窄袖蘆花襖。「二姊，妳會回來的，對不對？」

佟析秋愣住，心裡瞬間不是滋味，卻仍點頭笑道：「當然。乖乖在家等二姊，天黑之前，必定回家！」

佟析春的表情瞬間舒展。「嗯，我跟硯青等著二姊回來。」

佟析秋聽了，溫柔地摸摸她的頭髮。「天還早，妳再睡會兒。」

佟析春搖頭。「我想送二姊出門。」

佟析秋無法，只得隨了她的意。

兩人走到門口，佟析秋緊了緊不太保暖的襖子，摸摸懷中包好的兩張紙，便揮手讓佟析春趕緊回屋，獨自向外行去了。

佟家村位於雙河鎮，三面環山，唯一平坦的路就是直通村口的大道，也是去鎮上最近的路。

但經過前兒晚上的事，佟析秋不想再進村了，只能選擇走山路。這時積雪過膝，翻過小山，少不得會打濕褲子、凍木腿腳，來回的時辰也不少。可即使如此，佟析秋還是堅定地向後山行去。

待到天色大亮之際，她才氣喘吁吁地翻過小山，看著山下的雙河鎮，再沒有力氣，藉著被雪覆蓋的山坡滾了好幾圈，才到達山腳。

不待氣息喘勻，她立刻起身，循著記憶中的路線往鎮上走。雙手抱著瑟瑟發抖的身子，草帽下的腫臉早已被北風吹得沒了知覺。

半個多時辰後，佟析秋才看到刻著雙河鎮的磚牆，來來往往的行人很少，因為不是重要城鎮，門口連個守城之兵也無。但徒步走進鎮裡才發現，雙河鎮雖不大，卻整潔有序，各種商鋪林立，即便不熱鬧，也未見半分衰敗模樣。

佟析秋走走停停，為免等會兒走岔路失了方向，一路記著各商鋪的位置。

好不容易在比較安靜的街上找到一家叫明月的繡鋪，門面看起來很不錯，但不知怎的，佟析秋低頭瞧了眼身上已分辨不出原本顏色的補靪襖子，用手扯下一撮露頭的蘆花絮，生平第一次覺得難為情。躊躇半天，見未有客來，才鼓起勇氣，提腳走了進去。

誰知剛進門，還不待看清繡架上琳琅滿目的繡品，櫃檯後一名二十多歲的婦人立刻衝她嫌棄地喝道：「哪來的黃毛丫頭？趕緊出去！」

佟析秋忍著心中的不快，笑容得體地上前。「老闆娘，我想來這裡賣點東西，順道再拿些繡活做，您看成嗎？」

「賣東西？還要拿繡活？」婦人勢利的眼睛不著痕跡地看了下她那高腫流膿的小手，只一瞬，立即嫌惡地皺起眉，別開眼，很不耐地問道：「妳想賣啥？」全身上下也沒見著有包袱什麼的，難道要賣那身破衣不成？

佟析秋沒理會她眼中的嫌惡，也知自己一身破衣，實在難給人好印象，並不著慌地從懷中拿出那幅用樹枝畫成的圖。「我想賣個花樣，老闆娘看看能值多少銀錢？」說著，將圖放在高大的櫃檯上，慢慢展開來。

婦人本是不屑地用眼角瞄著，不想，這畫一展開，竟令她眼睛一亮。

只見劣質紙張上的線條雖是細細粗粗、很不均勻，可園林圖能畫得這般細緻漂亮的，卻是不曾多見。一花一木、一樑一瓦似活了般，居然與真實庭園一般無二。

對婦人的目不轉睛，佟析秋只微微勾唇。這幅蘇州園林，可是她按著前世建築圖樣畫出來的，那比例，就算沒有量尺比對，也早已深入她的心頭。雖比不得前世的精緻，但在這個時代，這樣的畫，該是僅此一份吧。

櫃檯後的婦人盯了一會兒，再抬頭時，眼中興奮的亮光慢慢隱下去，看向佟析秋，沒了剛才的嫌惡，反倒從頭到腳，細細打量了她一遍。

半晌後，她笑著開口問道：「丫頭，這畫是哪來的？」

佟析秋不動聲色地留了個心眼，淡淡笑著。「從別處撿來的。老闆娘看看，能賣多少錢？」

婦人聽了，又瞄向那雙高腫的手，有了幾分相信，再問：「家中可還有會畫之人？」

「沒有。」佟析秋搖頭，迷茫天真地看她。「這跟賣圖有關嗎？」

「無關。」婦人淡笑，伸手想將那畫紙捲起來。

佟析秋伸手攔下，表示自己會捲，又問：「老闆娘，妳看……」

「五百文！」不待她話落，婦人便伸出手掌比了個五。如此窮困的農女，這輩子怕沒見過這麼多錢呢。

「原來才值五百文，倒是個不值錢的玩意兒呢！」佟析秋抿嘴笑出聲，把捲好的畫紙握在手上，道聲打擾了，準備轉身離開。

婦人見她要走，眼睛半眯起來。「怎麼，丫頭嫌少？」

「嗯，嫌少！」

這般痛快地承認，倒讓婦人愣怔了下，不過轉瞬又諷刺地笑道：「竟然嫌少，妳可知五百文能買多少糧食了？」

「玉米麵一斤十文，可買五十斤；大白麵一斤二十文，可買二十五斤；精米一斤六十文，五百文買不到十斤呢！」佟析秋笑著回頭道。原身長年拿姊姊的月例上鎮買糧，怎會不知價錢？

「倒是個嘴利的。」婦人沒想到佟析秋對糧價一清二楚，還能這般流利地說出口，遂笑道：「可妳不賣，留在身上，也不過是廢紙罷了。」

「這就不用老闆娘擔心了。」佟析秋有禮地點點頭，把畫紙揣進懷裡，便要出去。

婦人見真沒了戲，就衝裡間叫了聲。「當家的，你跟我兄弟出來一下。」

「幹啥？」話落，放下的門簾立時被掀開，一個五大三粗、滿臉落腮鬍的漢子出現在兩人面前。

佟析秋瞇眼，心中有了幾分不好的預感。

站在櫃檯後的婦人似笑非笑地看了佟析秋一眼，指著她道：「這丫頭有古怪呢，手中竟有上好圖樣，可看這身破衣和那臉瘀青，想來是偷盜的。」

「偷盜？」另一個漢子聽到此話，也從裡間走出來，見佟析秋遮在草帽下的臉高腫著，不由危險地瞇起眼。

婦人笑得明媚。「我猜猜罷了。她懷裡的畫紙可是難得一見的好圖樣，憑著那雙手，怕是畫不出來。」

留落腮鬍的男人看了自家婆娘一眼，見她正給他使眼色，瞬間明白過來，衝著佟析秋吼道：「黃口小兒哪來的本事？將畫紙給本大爺瞧瞧！」

這是走進一家黑店了？佟析秋垮下臉，委屈哼道：「不願買，不買便是，何苦要冤了我？老闆娘這樣，不覺得沒良心嗎？」

「呵呵！」婦人冷笑，對漢子說：「當家的，我記得，你有個兄弟在衙門當捕快吧？」

漢子點頭，婦人便伸手指向佟析秋。「那把她抓去審審，就知道是不是偷的了！」

婦人說話的同時，另一個漢子已不動聲色地站在繡鋪門口，雙手抱胸盯著佟析秋。

留落腮鬍的男人點頭。「倒是這麼個理。」

佟析秋冷笑，這幾人真拿她當小姑娘嚇呢，可憑著她如今的身板，又與小孩有多大差別？

她抬眼看店中三人，心裡悶極。活了這般久，除那個男人之外，她何曾向人低過頭？又垂眸看向濕了半截的破褲腳，難道這就是所謂的虎落平陽？

佟析秋心中哼笑，面上卻不得不裝出被嚇哭的可憐樣子。「我沒偷，老闆娘冤枉我，我不服！」

婦人見她掉淚，以為嚇唬管用，又道：「有沒有偷，去衙門讓官老爺判了才知道！」說著，便假意要出了櫃檯。「當家的，你守在這裡，我這就去找你兄弟。」

佟析秋見她真要去，便佯裝驚慌地大喊。「不要，我真的沒偷啊！」

婦人止步，轉頭故作確認地問：「真不是妳偷的？」

佟析秋拚命點頭。「真不是！」

婦人聽罷，笑道：「那妳把圖樣賣給我，我便信妳。」

呵！佟析秋暗暗冷哼，故作委屈地伸手入懷，將畫紙拿出來。「我、我賣便是。」

婦人終於滿意地轉身回櫃檯。「拿來吧！」

佟析秋裝出不捨的模樣，眼中噙淚，哀求道：「老闆娘，我妹妹病重，家中糧食早就吃光了，如今全家等著這畫紙救命呢……妳能不能多給幾個錢？」

婦人不客氣地搶走她手中的畫紙，將五貫用紅繩綁好的銅錢扔在櫃檯上，哼了聲。「五百文相當不錯了，一幅細緻漂亮的刺繡錦緞門簾得花三個多月的工夫，也才五百文，丫頭還是別貪心的好。我也不想這般對妳，怪只怪鎮上不是僅有一家繡鋪，當然不能讓妳賣給別家來與我抗衡了。」

佟析秋聽罷，吞著眼淚，把五貫錢放入懷裡。

婦人看著突然鼓起的破襖，到底生出幾分同情，將一塊麻布的邊角料遞給她。「給妳包錢吧。」

佟析秋見狀，並未拒絕地接過，默默步出了鋪子。

待離了明月繡鋪，回想剛剛演的戲，佟析秋不覺嘲諷地勾唇冷笑。「還真是表裡不一呢。」果然有天分，難怪那男人這樣說她。

她揣著銅錢，去了記憶中給佟析春抓藥的藥鋪，將那張快被揉爛的藥方拿出來。

佟析春已有半月未吃藥，昨兒受她連累，被風一吹，咳得越發厲害了。前段時日，她沒辦法就算了，如今有錢，便不能再讓佟析春斷藥。佟析春已經九歲，再不好好調養，身子說不定就廢了。

佟析秋想著，狠心地拿出三百文，讓櫃檯的夥計抓了藥。

抓完藥，她去糧鋪買了十二斤的玉米麵，然後揣著僅剩的八十文，開始找起另一家繡鋪。連看了幾家，見一家比一家小，猜想小鋪子可能要比大店家更容易接納農人，遂乾脆選了位在街角的小小繡鋪。

小繡鋪名叫佘記，她走進去，見裡面雖暗，可該有的繡品種類齊全，仔細看，有些繡品的繡工竟比明月繡鋪要精緻不少。

行到櫃檯，裡面的搖椅上坐著一名三十出頭的婦人，眉目和善，桃花眼輕閉著，長長睫毛蓋在如瓷的白玉肌膚上，讓人看了不忍打擾。

佟析秋認真將婦人打量一番，見她通體上下，除了頭上那支與其不配的男子螺紋簪外，那透出的貴氣，怎麼也不像這種小店的老闆。

她想了想，雖覺不禮貌，還是不得不開口。「老闆娘，請問這裡能拿繡活做嗎？」聲落，婦人便緩緩睜開瀲灩的桃花眼，剎那間，昏暗小店似染了明輝般，變得光亮起來。饒是佟析秋上輩子看過形形色色的俊男美女，在這一刻，他們的氣質也難以與婦人的風華相比。

婦人輕輕掃了佟析秋一眼，不緊不慢的動作是說不出的優雅好看，勾唇溫婉笑道：「這得看妳要拿何種繡活了。」略略掃了眼那雙高腫流膿的小手，並未流露半分嘲諷或不屑。「依丫頭的雙手，拿粗棉為好。價錢雖低，卻是穩妥。」

佟析秋知她的意思，要是拿絲綢或細棉，若一個不慎被手上裂開的膿皮刮壞，怕是賠不起。粗棉便宜，能賺得幾個錢，她也付得了押金。

於是，她將剩下的八十文全拿出來。「那給我一副粗棉的炕屏吧！」

「炕屏？」

婦人詫異，但不過轉瞬，即神色如常地起身，拿出一本帳冊，問了佟析秋的名字，記好帳，便溫笑地對她道：「炕屏的棉布不大，押金只需二十文。」

佟析秋點頭謝過，數了二十文給她，隨後又問：「我還得挑些針線。老闆娘，您看……」

「自行揀選便可。」婦人說著，伸出蔥白纖指，指向店中的一座繡架。

佟析秋道了謝，走過去，在腦中配好色後，開始挑揀起來。

婦人立在櫃檯後，看著她認真的小臉，眼中雖有疑惑，面上卻未顯現半分，耐心等著。

一會兒後，佟析秋挑好繡線付了錢，又向婦人要了塊大點的粗麻邊角料，待要掏錢時，婦人卻大方送給了她。

佟析秋感激謝過，拿著東西離開繡鋪，發現居然還剩四十個銅錢，小小驚喜了一把，隨即毫不猶豫地走進油鹽鋪子，買了一斤鹽和兩斤最便宜的菜籽油，結果竟還剩下幾文錢。秉持錢不用完就不舒服的想法，想著還會用到的東西，遂又去糧鋪，用剩下的錢買了綠豆。

等抱著大包小包的東西出了鎮，佟析秋才發現天色不早，肚子也唱起空城計，便拿出早上備好的野菜團，邊吃邊趕回家去。

天色漸黑，佟析秋才走到半山腰，身揹大包袱，一手抱油罐、一手拄著樹枝當枴杖，一腳深、一腳淺地向山下急急趕著。

行到平坦的地方時，不想沒看清腳下，她一個踉蹌，竟直直朝前撲去，眼看就要摔倒在地。怕摔碎油罐，她乾脆把握著的樹枝一丟，雙手死死抱著罐子，就那樣硬生生栽了下去——

咚！佟析秋胸口一疼，低頭朝懷中看去，見油罐還好好的，不由輕吁了口氣。

「還好雪地夠鬆軟。」

她揉了揉心口，費力坐起來，拍去身上的雪。剛要站起身，腳踝卻驀然一緊，心中大驚，閃過不好的念頭，隨即用手中的罐子奮力向腳下砸去。

「嗯……」

一聲沈哼，令佟析秋心跳如鼓，心裡大罵，都改走山路了，怎麼還是不放過她，在這裡埋伏？這幫惡人就不能留條活路給他們嗎？想著，手上動作沒有絲毫猶豫，又連砸了好幾下。

抓住她腳踝的手，終於鬆開了。

佟析秋趕緊站起來，朝雪地看去，這才看清，她會絆倒不是因為天暗，而是因為有名著黑色短打的男子躺在那裡。

她氣極，直接拔出陷在雪地的腳，奮力向男子踢去，只聽哼哼兩聲後，就沒了動靜。

她拍拍心口，驚魂未定，抬腳就要走，不想腳踝又是一緊，竟再次被抓住。

佟析秋嚇得用手捂著嘴，這時一聲低沈艱難的聲音響起——

「煩請……姑娘出手相救。」

佟析秋愣住，低眸看去，見男子一動不動，試著抬腳，腳踝又是一緊，於是鼓起勇氣蹲下身，伸手戳戳他的腦袋。

「嗯？」男子不滿地輕哼，卻是沒有說話。

佟析秋這才大著膽子，把油罐放在地上，用手扳起那人的頭，藉著雪光，將輪廓看了個大概。

「倒是稜角分明。」

話落，見男子皺著入鬢的雙眉，似甚不喜她的打量，想偏頭躲過，卻又沒有半分力氣，只得將閉著的雙眼睜開。

當那道幽深的眸光射來時，佟析秋險些亂了心跳，隨即穩住心神，放下抬他腦袋的雙手，去摳緊抓她腳踝的大掌。

男子感覺到她的用力，依然沒有吭聲，又閉上眼，死抓著那隻纖細的腳踝。

佟析秋拚盡全力，也未能撼動那大掌半分，半晌後，無奈地嘆口氣。「你別死抓著了，我家窮得吃不飽飯，實在沒能力相救，壯士還是等下位路過的人吧。」

男子聞言，抽了下嘴角，他在這裡躺了大半天，就等著她一個人，再等，那要等到何時？而且天都黑了，夜晚可比白天來得寒冷，身子已經僵木，如何能撐到等著下個人？遂不理會她的勸說，仍死死抓著她。

佟析秋也很氣惱，不過出趟門，晚歸家不說，還莫名被絆住。她現在身無分文，拿什麼去救人？何況她並不想惹麻煩。

她又摳了幾下，還是沒用，乾脆一個大力，將男子掀翻過去。

男子疼得悶哼，佟析秋這才發現，他壓在雪底的背部已被鮮血浸得殷紅，此時眉頭深鎖、緊閉雙眸，樣子痛苦不堪。

都這樣了，還不放開她？只得嘆了口氣，雙手不客氣地在他身上摸起來。

男子一驚，趕緊睜眼，艱難地哼道：「妳……妳幹什麼？」

佟析秋白他一眼。「當然是看有沒有銀子了。你傷得不輕，我家又無銀錢，如何給你買藥？」

男子的嘴角再次抽了下，額頭冷汗直冒，心中大呼此女不懂男女之別，卻只能費力地吐字道：「在下身上無銀……姑娘無須買藥，在下有帶金瘡藥。」

佟析秋頓時無言了。

第五章　忘了某人

本就艱難的歸途，現在又捎帶了人，原本只剩短短一刻鐘的路程，佟析秋竟硬生生走了小半個時辰。

她先把東西拿到前面放好，回頭再拖男子，終於把人拖到山腳，再難忍耐地大大喘了口氣。

「呼！你先在這裡等一會兒，我把這些東西拿回家後，再來拖你。我家就在不遠處。」

面朝下的男子很是鬱悶，這一路的拖拽，雖沒有傷著傷口，可有些地方卻讓他甚是尷尬，若非暗中不停變換姿勢，怕是舊傷未去，又得另添新傷。

雖然這樣想著，他仍不忘道謝。「多謝姑娘。」

佟析秋不在意地擺擺手，揹起包袱、抱著罐子，大步向自家的破院趕去。

一到家，佟析秋便焦急地拍著院門，高聲向屋裡喚道：「析春，硯青，我回來了！快給二姊開門！」

話音剛落，堂屋的門立刻被打開，一個小人影飛快竄出，人未至、聲先哭地大叫。「嗚嗚……二姊……」

佟析春亦是顧不得冷風，跟著快步走來。

佟硯青的小短腿跑得快，到了柵欄前站定，大眼亮得嚇人，邊開門邊不停說道：「二姊，我還以為妳不要我了呢！我好怕啊！」

佟析春看著佟析秋，狠咳了兩聲。「二姊！」

那顫巍巍的聲音讓佟析秋心裡酸得厲害，推開門，摸摸衝過來抱住她腿腳的佟硯青，又看佟析春，道：「趕緊進屋。路上不好走，翻山花的工夫太久了。」

「嗯！」兩人點頭，跟她進了屋。

因未點燈，佟析秋依著記憶，將手中的罐子擱在平常放碗的地方，拉著弟妹摸索去了內室。

「可有吃飯？」

「下午拿菜團墊了肚子，倒是不餓。」

佟析秋讓兩人上炕，笑道：「等會兒二姊給你們烙餅吃，是有油鹽的玉米餅。」

佟硯青驚叫。「真的？二姊要烙玉米餅？」隨即歡呼。「好耶，有餅吃了！我已經好久沒吃過餅，哎呀，口水都流出來了。二姊，現在就烙好不好？」

佟析秋好笑地止了他的話頭，點著他的小鼻子，笑道：「好好好，你們在炕上暖著，二姊這就煮飯去。今晚，咱們吃個飽！」

佟析春咳嗽著說：「我來燒火！」

「我也幫忙！」做好吃的，顯然比在炕上暖著重要。

佟析秋拿兩人沒辦法，只好依了他們，向堂屋走去。

摸黑點亮灶眼，藉著火光，佟析秋小心地將包袱裡的玉米麵拿出來。

看見黃澄澄的麵子，三姊弟不約而同地嚥了口口水。

佟析春看著佟析秋，有些不敢相信。自大姊死後，家裡已是半個多月不曾吃過玉米麵，且為了她的藥錢，有玉米麵都是和著野菜煮成稀粥喝，乾餅幾乎是夢中才能見到了。

想著，她便乖巧地轉身坐下，準備燒火，而佟硯青亦跟著蹲在那裡，仰頭看兩個姊姊。

佟析秋剛用溫水將玉米麵和成團，正準備刷鍋烙餅時，腦中卻忽然閃過一道亮光——

「糟了！」

此時趴在山腳等佟析秋的黑衣男子，早已凍得咬牙切齒了。

佟析秋趕出門，氣喘吁吁地將黑衣男子拖回院，卻見佟硯青害怕地躲在佟析春懷裡。

看著凹凸的門檻，佟析秋對趴著的男子說了聲抱歉，隨即毫不手軟地把他拖上去。

男子悶哼一聲，痛得要支撐不住了。

佟析春見狀，趕緊跑過來，要抬他的頭，卻被佟析秋制止，喝了聲，又一個大力拖拽，將人拖過了門檻。

男子又是一陣悶哼，黑了臉。

佟析秋把他拖到堂屋的柴禾堆上，對佟硯青跟佟析春說：「你們別碰他，讓他躺在這裡緩緩。」又舀了瓢熱水給男子喝。「沒有薑，你將就一下。你傷口被凍著，沒有流血，等會兒我再幫你上藥。」

男子沒吭聲，佟析秋給什麼，他喝什麼，但由緊皺的眉頭看出，他很不爽。

佟硯青蹲下，藉著灶火看年紀明顯比他大甚多的男子，好奇問道：「這位大叔，你長得真好看。你怎麼受傷了呢？被野獸咬了嗎？那是怎麼逃出來的呢？還有，你傷在後背，為何不能走呢？為什麼一定要人拖呢？

「你怎麼不說話呢？你眉頭皺得好緊，是不是很痛？娘親說，痛的話，只要呼呼就不疼了，要我給你呼呼嗎？」

看著男子越皺越緊的眉頭，佟析秋很不厚道地噗了聲，對佟析春使個眼色，讓她趕緊燒火，接著打開油罐，用木勺舀了小半碗油放在灶臺上。

看到油，佟硯青眼睛一亮，也不嘮叨了，趕緊跑過來，眼巴巴望著她問：「二姊，是油嗎？」

「是。」

等鍋燒燙，佟析秋放了幾滴油下去，再將和好的麵餅貼在鍋邊，讓佟析春燒著細火，一點一點乾烙，待烙得兩面金黃後，便鏟出來。

佟硯青吸著口水，等著第一鍋出來的餅。「二姊，好香啊，一定很好吃！」

看他那快要流出的口水，佟析秋將一張餅子撕成兩半，放進碗裡遞給他。「待餅涼一會兒，跟三姊一塊兒吃。」

「好！」佟硯青迫不及待地伸手接過，轉身對佟析春喊道：「三姊，一起吃！」

佟析春眼巴巴地看著餅，卻邊咳邊搖頭。「我吃不得油星呢，不然等會兒咳得更厲害。」

「胡說，能吃。我有買藥回來，這一個月都不怕了！」

佟析春驚得抬眼。「一個月的藥？」

「嗯，一個月的。」佟析秋溫柔地笑，看著她渴望的眼神。「安心吃個痛快就是。」

佟析春眼睛濕潤，再看碗中的餅，終於忍不住舔了舔嘴。「嗯！」

黑衣男子聽著三姊弟的對話，心中煩躁不已。若不是受重傷，又中了軟筋散，哪裡用得著這般落魄？

佟析秋烙了一小木盆的餅，盛好交給佟析春，讓她領著佟硯青去內室吃。「等會兒吃完飯，我給妳熬藥。」

「嗯！」

看弟妹進去後，佟析秋用熱水將鐵鍋洗乾淨，確定沒有半點油星後，才在鍋裡加鹽，重新燒熱水。

待水燒好，她拿乾淨木盆盛著，端到男子面前。見有灶火暖著，男人的衣服已軟濕不少，便道：「我先幫你清洗一下。會有點疼。」

「無妨。」

於是，佟析秋便不客氣地將他後背的衣服撕開。不想，這一撕，卻令她抽了口氣。

只見男子背上從左肩頭到右腋處有條長長的刀痕，足有一寸多深，皮肉外翻，結著冰碴，顯然是故意死壓在雪下凍的。此時暖和了，傷口又開始滲血。

佟析秋忍著噁心，去內室撕了塊郝氏留下的嫁衣衣襬，沾著溫鹽水，想給他清理傷口。剛將濕巾子放在男子的傷口邊，就見他忍不住顫了一下。

佟析秋見他不出聲，便當作沒看見，繼續輕拭。這般擦下來，男子的臉色變得灰白一片，額上汗珠更是不停滾落。

佟析秋清理完傷口，鮮血又開始滲出來，趕緊把從男子懷裡搜來的金瘡藥灑上去，但不過片刻，血就將藥粉浸透。

「這傷口太大，金瘡藥粉怕是不夠，止不住血。」止不住倒是次要，關鍵是，他會不會死在這裡啊？

想到這個，她不由吐了句。「麻煩。」

男子瞬間黑了臉。

佟析秋起身，進內室翻找，拿出新買的針線，瞄男子一眼，直覺虧大了。

她把線浸在水裡，又從灶中拿出一根燃著的乾枝，將針放在火上烤了下，再用布巾把被血浸濕的藥粉擦乾淨。

男子被她這舉動惹得惱怒，不由抖聲喝道：「妳幹什麼?!」上了藥卻不包紮，現在居然還把藥粉抹掉，這個女人……好毒！

佟析秋瞥他一眼，不鹹不淡地說道：「給你縫傷。」幸好上輩子也學過這個，要不真是無計可施了。

縫傷?!男子大驚，瞪著雙眼，還不待再喝出聲，就覺皮肉一陣銳痛。

很明顯，佟析秋已經動手了。

「妳——嗯……」男子悶哼咬牙。

佟析秋淡淡道：「別動，不然縫歪了！」

男子無言了，默默看向灶眼裡燃得噼啪響的柴禾，再不吭聲。

佟析秋滿頭大汗地縫了一刻多鐘，其間佟硯青吃完飯想跑出來，被她喝止，讓他和佟析春乖乖待在內室。

等最後一針縫完，打好結，男子全身如水洗過般，化了凍的濕衣沾著熱氣，開始冒出輕微白煙。

佟析秋將剩下的最後一點金瘡藥灑上傷口，看著還算直的「蜈蚣」，滿意地挑了下眉頭。

「好，血果然流得少了。」她起身洗淨血手，又撕了布巾給男人包紮，最後拿來一張烙餅放在他面前。「可是要吃？」

見他搖頭，她便聳聳肩，坐到灶邊燒火，邊吃餅邊給佟析春熬藥。

經過痛苦的縫傷後，男子閉眼喘息，覺得柴枝很是硌人，皺眉看看這間要倒不倒的破茅屋，再次心煩地閉上眼。

將熬好的藥讓佟析春喝下後，佟析秋便催著兩人趕緊睡覺。

佟硯青拉著她的胳膊，關心地問：「二姊，那位大叔會不會冷啊？堂屋沒有炕呢。還有，他的衣服也濕了，會不會著涼？」

嗯，這倒是個問題！

佟析秋摸著下巴想了下，催弟妹先睡，她則把郝氏那件撕過的嫁衣再次翻出來，拿去堂屋。

男子見她過來，眼中生出警惕。

佟析秋淡笑一聲。「對著灶門雖暖和，可架不住晚上有風灌進來，你身上衣服又是濕的，當心發燒。」

「所以呢？」男子啞聲道，不耐地皺眉。

「所以？」

佟析秋挑眉蹲下，突然伸手，將他身上那件已經破掉的黑色短打一把撕個稀爛。

男子驚得想抬手，不想卻扯動傷口，當即痛哼出聲，動彈不得。

接著，佟析秋將那紅色麻面嫁衣披在他身上，淡淡地說：「按理，褲子也該脫掉，畢竟那玩意兒容易長疹子。可男女授受不親，就委屈你自己烙乾吧！」說完便起身，往門口走去。

男子暗中咬牙，她還知道授受不親？不但扒他的衣服，還摸了他，這會兒倒想起授受不親來了？真是天大的笑話！

佟析秋走到與內室相連的門口時，想了想，覺得一件單薄的衣服怕是不夠。男子本來就有傷，容易發高燒，要是燒死了……

再次嘀咕一聲麻煩後，她把身上的襖子脫下來，一把扔到男子背上。「賞給你了！」

男子：「……」

翌日，為怕男子死掉，佟析秋再次早早地起床，特意跑去堂屋看了，見男子雖閉著眼，但還有呼吸，不由暗吁了口氣。

接著，她進廚房拿玉米麵煮了粥，將買來的綠豆用溫水泡著。舀粥出鍋後，剛將鍋子洗淨，準備燒水洗漱，佟析春也跟著起來了。

佟析春喝了一帖藥，昨兒晚上咳得少些，此時看著精神了不少。走過來，似怕打擾到柴禾堆上的人，悄聲問佟析秋。「二姊，飯好了？」

「嗯。」佟析秋回了她，用手摸摸鍋裡的水，見差不多了，這才舀進盆裡遞給她。隨後又盛碗水，拿些鹽，再去裡屋找來繡線，將之一圈一圈纏在洗淨的樹枝上，做成簡單的牙刷，吩咐佟析春用這個蘸鹽刷牙。

佟析春點頭照做，佟析秋又做了兩把，看向男子時，覺得他暫時還不需要，便放棄也為他做一把的打算。

佟析春洗漱完，她也試了試，覺得不錯，比前些日子用手擦牙方便多了。

待佟硯青一醒，梳洗完，三姊弟才坐在炕上吃早飯。

吃著香香的玉米粥，佟硯青滿足地仰頭舔舔嘴。「真好吃啊！」已經好久沒吃到這麼濃的麵粥了。

「既是好吃，那就多吃點。」佟析秋好笑地又給他添了些。

佟硯青高聲地道好，猛喝起來，佟析春看得止不住笑，嗔了句小饞貓。佟析秋笑得溫和，也幫她再添一點。雖說這粥比不得前世的精緻粥品，可與黑黑的野菜相比，簡直是天堂級的美味了。

吃完飯，佟析秋把碗筷拿出去，見男子不知何時醒了，正皺著眉頭看向她。

佟析秋挑眉，將之前舀出溫著的粥送到他面前。「壯士的身子可舒服些了？」

男子深深看她一眼，沒吭聲，轉頭盯著那碗粥，用手撐住身下的柴禾堆，想坐起來。不想，才一動，傷口就扯得發疼。

佟析秋把碗放在灶臺上，伸手拿掉披在男子身上的小襖。「還是動動吧。線縫著皮肉呢，若不動而黏在一起了，到時會很醜的。」

男子抬眼看她，佟析秋聳聳肩，又道：「壯士吃完飯，能走便走吧，我們家窮，實在養不起一個漢子。」說完停了下，補充一句。「還有，你背後的傷口，得在七天後拆線才行。」

男子還是沒出聲，只緩慢地試著起身，待到滿頭大汗地坐起來後，才皺眉看向佟析秋，啞著嗓子開口道：「在下亓三郎，因身子虛軟，走不得長路，怕是現在還不能走。」

佟析秋皺眉，佟硯青卻從內室掀簾跑出來，一臉哀求地巴著她道：「二姊，他好可憐，妳看他流了那麼多血，身上的衣服也沒了，還有傷，這樣出去會凍死的，要是再遇到野獸，也會吃了他。留下他吧，等過兩天傷好了、能走了，再讓他走。」

佟硯青嘮叨一堆，佟析秋聽得頭疼不已，見他又要開口，遂趕緊點頭同意了。

見窄小的小炕擠著四人時，佟析秋無言了。

這亓三郎真是厚臉皮，喝完粥後，竟直接趴在暖和的小炕上，不再動彈。最讓她忍受不了的是，這死傢伙不但光著上半身，讓佟析春很不好意思地把被子讓給他蓋不說，那一百八十多公分的大個兒，令他伸不直腿而打了斜，霸占大半的炕。

佟析秋看著縮在她身邊的佟硯青和佟析春，一陣咬牙切齒，養著兩個小的已經吃緊，如今又多出一個大的，這是要她嗎？

佟析春見自家二姊從那男子上炕後，眉頭就一直皺著，此時更是一言不發瞪著那人，正擔心地想問一句，卻見她取出昨晚拿回來的包袱，將一把線扔在小炕桌上，對她道：「幫我分線，分得越細越好，最好比髮絲還細。」

「好。」佟析春伸手接過，一旁的佟硯青也自告奮勇地說：「我來幫忙！」

「行，你倆一起吧。」佟析秋邊說邊拿出繡炕屏的布來。

繡布不大，大小跟小梳妝檯上的鏡子差不多。雖說粗棉的炕屏不多，可還是很講究，畢竟這玩意兒是擺在炕上供人欣賞的，與一般粗製的門簾相比，繡工要更為精細才好。

見沒有繡繃子又沒有繡架，佟析秋找來一只爛掉的籃子，將籃框圈用剪刀剪下來，取麻繩纏了一圈，才將粗布繃在上面。接著，她削尖燒黑的樹枝當炭筆描圖，雖會弄髒繡布，但她相信，只要繡得好，那位還算溫柔的老闆娘不會太過計較的。

當削得尖尖細細的炭筆在白色棉布上遊走時，佟析秋腦子裡不自覺想到了前世有名的雙

份合約。

面繡。

說來也諷刺，之前為了拉一個孝子客戶，她想盡辦法討好其母親，因老人家很喜歡古色古香的繡花，她便不辭辛苦到處找有名的師傅來教老人家。整整花了大半年，才終於拿下那份合約。

當她滿心歡喜，將合約交給那人時，他卻說了句：繡花的女子最為嫻靜。

為了嫻靜二字，她居然又花五年時間，去學習各種刺繡方法。不想，最後未能為那人繡上一幅繡品，如今卻變成她用來討生活的技藝了。

飛快畫完兩面的圖，佟析秋拿著佟析春分好的繡線，挑最小的針，對著透進屋裡的光線，哧溜一下，便把線穿過針眼，接著端正坐姿，慢慢繡了起來。

旁邊的佟析春見狀，給佟硯青比個噓的手勢，兩人乖巧地低頭，繼續幫忙分線了。

當天晚上，佟析秋把小炕桌放在炕中間，這樣一來，亓三郎就沒辦法再打斜了。

亓三郎有些不喜，卻沒多說什麼，轉過腦袋對著牆，伸出大半截腿腳地睡了。

佟析秋見他還算有眼色，挑了眉，又將紅色麻面衣扔過去。「我們要蓋被子，你用這件吧！」說完，毫不客氣地把被子全拉到自己這邊。

佟硯青見狀，趕緊把脫下的小棉襖遞上。「三郎叔，這件給你。搭著心口，別凍著了！」

「嗯，我的也給你吧。」佟析秋聽了，也將自己的小襖脫下來。

而佟析春則有些害羞地躲在自家二姊身邊，躺在被窩裡，慢慢將棉襖脫下後，遞給了佟析秋。

「二姊，給三郎叔吧！」

亓三郎看著三件小破襖，無語了……

第六章 疑惑

這日，劉氏看著已經快月底了，有些奇怪地問佟百川。「你說，那幾個崽子是不是真要等死啊？沒了大丫的月例銀子，析春就沒有藥錢，都這會兒了，也沒見人來求？」她還等著看佟析秋那死丫頭求她的嘴臉呢。

佟百川雖有些不耐煩，卻也在意起來。「要不，妳去看看？」

劉氏癟嘴，本想拒絕，到底好奇心重，嘟囔一句。「好吧，我去看看析春那丫頭死了沒。」

另一邊，破茅屋裡，佟析秋給用巾帕捂在籃子裡的綠豆澆水，佟硯青睜著小鳳眼，不止一次地看著她問：「二姊，這真能長出豆芽嗎？」

「能！」佟析秋笑著點頭，澆完水，便把籃子放在用樹枝撐起的盆子裡，繼續放在炕上暖著。

坐在一旁的佟析春吃了兩天的藥，今兒上午倒是一聲未咳。

佟析秋抬眼看向依舊趴在炕上裝死的男子，咬了咬牙。兩天過去了，居然還不走，這是等著她給他拆線，養到他好為止不成？

見佟析秋又盯著炕上的男子磨牙，佟析春趕緊將繡活擺出來。「二姊，今兒我幫妳穿針可好？」

佟析秋回神，點點頭，掀簾出內室放水瓢去了。

佟硯青爬上炕，看著繡布上的亭子，忍不住用手摸了摸。「二姊好厲害，繡得真漂亮，兩面還不一樣呢。」

佟析春也滿臉羨慕。「嗯，比娘親的手藝還好！我可得好好學學，到時也繡，這樣一來就能掙雙份錢了。」

佟硯青點著小腦袋，看著佟析春，好奇說道：「真想去大姊那裡看看。二姊學了這麼多手藝，我也想學，為什麼大姊都不來找我呢？三姊，大姊那裡能不能學拳腳？要是能，今天就想請她來找我……」

他嘮叨一堆，佟析春不知怎麼回話，好在這會兒佟析秋進來聽到，嗔他一句：「來找你做什麼？大姊說不定像娘親那樣，去投了胎呢！」說罷，便上了炕，盤腿拿起用籃框繃著的繡布，開始繡了起來。

斜趴在另一側的亓三郎，這時卻驀地睜開眸光似深潭的深邃鷹眼，目中滑過幾絲疑惑，不過轉瞬，又閉上了。

劉氏再次到來時，佟析秋正繡得入神，冷不防聽見門被拍響，驚得拿針的手一抖，指尖瞬間被刺出小洞。

佟析春嚇得輕啊一聲，佟析秋則鎮定地用嘴吸去血珠，下地穿鞋。

劉氏拍著快要倒塌的木柵欄門，沒甚耐心地正要用腳踢時，就見佟析秋走了出來。

佟析秋不動聲色地將堂屋大門關上，才笑著迎過來。「原來是大伯母，有事不成？」

劉氏見她那樣，氣不打一處來，喝道：「趕緊開門！」

佟析秋上前，與她院裡院外地站著，並不打算聽她的話。「大伯母有事，就在這裡說吧。屋中窄小，實在沒有落腳之地呢。」

劉氏聞言，呸了一口。「那樣的髒地兒，也配讓我落腳？」說完，瞧了佟析秋兩眼，見她臉色似乎比幾天前好不少，不由暗驚，又打量她身上，見還是穿著露出蘆花絮的破襖，才收了幾分疑惑，問道：「析春那丫頭呢？」

「生病吹不得風，在屋子裡躺著呢。」

這就更奇怪了。劉氏瞇著眼看她。「妳這是打算讓她等死不成？」說完，不滿地再次吼道：「快開門！妳就是這麼對上門的長輩的？成何體統！」又打算踢門。

佟析秋淡淡回道：「這門門不結實的。上次，大伯母不是試過了嗎？」

劉氏被噎個半死，瞪著她的眼神狠戾起來，想著身分，忍了又忍，才終是沒有爆發地哼道：「析春的藥快沒了吧？」

佟析秋攏攏衣服，笑得平和。「若大伯母是來讓析春去賣身，還是打消這個念頭吧。析秋說過，就算死，也要全家在一塊兒。」

劉氏再次語塞，氣得胸口起伏半天，不知該如何是好，遂指著她，抖著手喝道：「妳當真這麼想？別忘了，硯青可是妳爹唯一的香火，要是這樣死了，對得起妳那沒了影兒的爹嗎？」

佟析秋不為所動地聳聳肩。「反正早死晚死都要死，還不如死得痛快點！」

「妳……」劉氏簡直拿她沒轍了，怒瞪雙眼，恨不得吃了她般，威脅道：「別敬酒不吃吃罰酒！」

「嗯，我等著！」佟析秋點頭。「大伯母要沒事，趕緊回去吧，怪冷的天兒，別耽誤了我們尋死。」連死都不怕了，還怕她的威脅？真是笑話！

劉氏被堵得差點沒暈倒，憋了一肚子氣，又說不過佟析秋，只好先回去了。

劉氏回到家，對著佟百川就是一陣抱怨。

「……人沒事，我看臉色好著呢，想來野菜比米飯來得補，用不著咱們操心。」

佟百川只當她在說氣話，哪有人光吃野菜就能把臉色吃好的？

「真要這樣的話，過幾天再去看看，可得留著硯青才成。」

「為什麼？」劉氏不解地看他。

佟百川眼神一深，哼了聲。「聽說生了個女兒，卻血崩了，如今正調養著呢，不知還中不中用……」

為著不讓躺在炕上的亓三郎一直光著膀子，佟析秋狠心扯下小半條蘆花被，簡單縫了，扔給他當夾襖穿。雖然兩條有力的胳膊還是露了出來，好歹也遮住一些地方。

她是沒什麼，可佟析春還小啊，不能教壞小孩不是？

亓三郎穿著得來的夾襖，第五天，身子好了不少，便開始去後山溜達。

為了不遭佟析秋的白眼，他有時會拖點柴禾回來，雖還帶著傷，但打的柴禾卻比佟析秋打的多得多。

有人打柴，佟析秋就有更多工夫刺繡。到第七天，繡布上的亭子已全部繡了出來。

想著今兒要做的事情，佟析秋放下繡繃子，出去端盆溫鹽水進來，讓佟析春跟佟硯青去了堂屋後，對亓三郎說道：「今兒是第七天，壯士傷口的線該拆了。」

亓三郎沒有吭聲，知她意思。這線都要拆了，為何還不見他滾？

這麼多天觀察下來，這女人表面看似溫和有禮，面帶微笑，實則是性冷心硬之人，從上回對他又砸又踢又是縫線，眼睛卻不眨一下，就可以看出——她是如此狠心冷靜，簡直不像普通的農家女子。

他悶不吭聲地將夾襖脫下，任佟析秋拆開包紮傷口的布條，拿著打濕的巾子，毫不客氣地在他後背用力擦著。

佟析秋將藥拭淨後，見歪曲的傷口恢復得還不錯，就直接拿了剪線的剪刀，將兩邊打結的線頭剪掉，接著，長指甲沒有半分憐惜地用力一撚——

啪！線斷了。

佟析秋無言，又拿起剪刀挑線，扯出一截後，又斷了。

她不服氣，就這樣挑一截、斷一截，完全無視亓三郎的黑臉。當她終於將最後一條線也扯出來後，亓三郎的後背早已血跡斑斑。

佟析秋輕吁口氣，看見滿背的血，不但沒有愧疚，還得意地挑了下眉。

「沒有藥粉可上了，壯士忍忍吧。待出了村，再去鎮上藥鋪買點。」說完，她便下了炕。

亓三郎坐在那裡，懶得再吭聲。

等佟析秋出去後，佟硯青進了屋，看著亓三郎，天真問道：「三郎叔，你這是要走了嗎？傷口是不是好了？你家住哪兒啊，離這裡遠不遠？你沒有錢能回得去嗎？若是遠的話，晚上沒有衣服、被子，會不會凍著……」

聽著佟硯青嘮叨不休，亓三郎再也忍不住，迅速將夾襖套上，趕緊下炕，掀簾出了內室。

亓三郎來到堂屋，見佟析秋正洗著剛發出的、叫豆芽的白胖根菜，不由挑了下眉。見她亦是挑眉望來，他沈聲說道：「在下怕還要叨擾一段時日。姑娘放心，在下絕不會白吃白住。」說罷，拱拱手，轉身大步走出去。

佟析秋暗哼一聲，敢情打了幾捆柴，就叫不白吃白住了？

如今七天過去，十二斤的玉米麵也耗了好幾斤，他吃得比他們還多，為著省糧，除了第一天吃餅，這幾天頓頓都是玉米粥。為怕營養不夠，她還特意將粥熬得濃稠點，又加了油鹽，知不知道她虧了多少？

佟析秋想著，來了氣，一下將豆芽全撈了出來。

佟析春看著白胖的豆芽，問道：「二姊，這玩意兒好不好吃？」

佟析秋點頭。「好吃，清爽著呢，等會兒炒了吃。」光喝粥都快吐了，怎樣也得來些炒菜才行。

午飯時，佟析秋用油鹽炒了豆芽，幾人在炕上吃著冬季裡難得一見的新鮮蔬菜。

佟硯青連著吃了幾大口菜，才喝兩小口粥。佟析春也很愛吃，直呼：「當真好吃，比以往藏地窖裡的醃白菜還要清脆。」

亓三郎優雅地動著筷子，將白胖豆芽放入口中，眼神一動，暗暗瞥了那吃得正香的女子，疑惑再次一閃而過。

佟析秋吃著爽口的豆芽，心中有了算計。這一回是試著孵孵看，由於天冷，除了放在炕上保暖，連半夜都得起來燒炕，雖然成功了，可數量還是有點少。而手上的繡活怕是還要再花幾天，可玉米麵要吃光了，得想辦法掙點錢才行。

正想著呢，院門又被劉氏拍響了。

佟析秋簡直搞不懂了，劉氏回回來逞嘴皮子，說不了幾句就敗下陣受氣，礙著面子，又不敢撒潑，為何還樂此不疲呢？

佟析秋無言地出門，果見劉氏又開始不耐煩了。

劉氏看到佟析秋時，驚得只差沒凸出眼珠子，直想擦擦眼，看看是不是眼花。雖然還是那身破衣裙，可氣色又比幾天前好了不少。

「大伯母。」佟析秋笑著走過來。

她一走近，劉氏就聞見一股味道，細聞之下，居然是炒菜的油香味！更是吃驚，想了想，遂穩住心神地笑了笑。「吃飯沒有？」

「剛吃。」佟析秋道。沒招呼劉氏來吃點，只是站著看她笑。

劉氏伸長脖子想向屋裡看，卻見堂屋門緊閉著，暗中癟了下嘴。「喲，大白天的，門關這麼緊，是偷著吃啥好的不成？」

「天冷，屋子裡不暖和，關著免得風吹進去。不過，確實是吃好吃的呢！」

佟析秋也不隱瞞，見劉氏垮下臉，便轉了轉眼珠，笑道：「前兒個餓昏了頭，想著去求大伯母，不承想，走到半道，居然看見有老鼠在跑，原來是從別家的玉米簍子裡鑽出來的。我餓得急了，就跑回來拿籠子，偷偷到村裡各家牆角、柴堆旁守著，打算捉老鼠！」

說到這裡，成功見劉氏變了臉，佟析秋繼續道：「我運氣真好，當天捉到好幾隻，扒了皮，和著生血便能一口吞了。有了吃的，趁著勢頭，這幾天又捉了不少，用鍋子煮來吃，比吃生的還香呢，大伯母要不要嚐嚐？」

劉氏聽到佟析秋生吞老鼠時，就要作嘔，再聽讓她去嚐，連忙擺手。「少拿那玩意兒噁心我！嘔……」終是忍不住乾嘔兩下，才皺著眉頭說道：「妳大伯叫妳去一趟。」

佟百川嗎？佟析秋偏頭想了下，叫她做什麼呢？

想了想，他是里長，總不好拿喬，遂笑著應聲。「大伯找我啊，那我現在就跟大伯母過去。」說著，伸手開門，見劉氏堵著不讓道，提醒了句。「大伯母，我要出來呢，您站前面會被撞到的。」

劉氏瞪她一眼，這才後退到一邊。

佟析秋出來，不動聲色地將門拉上。「咱們走吧！」

屋裡，佟析春扒在窗上，見佟析秋跟劉氏走了，便揪著衣服前襟，擔心道：「大伯母把二姊叫走了，會不會有事啊？」

佟硯青也沒了胃口，趕緊下炕。「我要跟著去！」

佟析春拉住他，搖搖頭。「先等等看吧，可別給二姊惹了麻煩。」

多一個人去，不見得能幫上忙，他們沒什麼本事，唯一能做的就是別給佟析秋添亂。這時趕去，不過是讓佟析秋更擔心罷了。

亓三郎面無表情地吃著豆芽菜，聽著姊弟倆的對話，微不可察地皺了下眉……

佟析秋跟著劉氏來到她家，看著那明亮的五間大瓦房，不由挑眉。如果她沒記錯，兩年前，應該只有三間房吧？

原身的親爹失蹤、親娘死後，佟百川竟突然富了起來。對外的說法，好像是從原身爹娘出事後，就去廟裡吃齋的親娘積了福，讓家裡發財。至於是怎麼發的財，卻是無人敢問。

如今佟百川把兒子送去縣學，女兒又不時到縣裡學學琴棋書畫，也算得上是村裡的成功人士了。

劉氏得意地看著佟析秋打量自家的眼神，暗中呸了一口。臭丫頭，再嘴硬也是個窮酸命。

進到堂屋，佟百川正坐在上首的小炕上，待劉氏也跟著坐上去後，他才繃著嚴肅的正臉，指著下首的椅子道：「坐。」

佟析秋低頭應了，坐下後，又聽佟百川問：「家中可是還行？」

「還行。」

話落，劉氏便嗤了聲，佟百川犀利的鳳眼看過來，嚇得她趕緊閉嘴。

「若是撐不下去，可以前來求助，畢竟一筆寫不出兩個佟字。硯青是妳爹唯一的骨血，可不能餓著了！」

佟析秋聞言，心中起疑，面上卻笑了笑。「大伯說得是，析秋記下了。」

「嗯。」佟百川半眯了眼，轉頭看著劉氏道：「等會兒，妳拿兩斤玉米麵給二丫頭帶回去。」

劉氏雖不滿，到底沒敢出聲，下炕掀簾，向廚房走去了。

佟百川不動聲色地打量佟析秋，前幾天自家婆娘說的氣色好，看來不是作假，遂端茶輕飲一口。「這大半月來可是有苦著？吃得還可以嗎？」

「前段時日有去挖山裡的野菜，如今倒是不用了。」

「哦？」

見他挑眉，佟析秋來了興致，將與劉氏說過的話，故意帶著小孩子的興奮又說了一遍。末了，見佟百川皺眉，眼中生出不耐，便很是回味地嚥了口口水。「家裡還有兩隻呢，大伯若想吃，等會兒我送隻過來？」

佟百川嫌惡，正想拒絕，劉氏舀了玉米麵過來，將布袋往她懷裡一塞，出聲趕人。「趕緊走，別說這些噁心事了。這玉米麵拿回去煮點粥吃，洗洗妳那髒肚兒。」

佟析秋眼神一深，卻不拒絕地起了身。「那多謝大伯、大伯母了。」說完，見兩人揮手讓她走，便不再停留地出了屋。

如今的她，可不會說什麼不受嗟來之食。有糧，當然沒有不要的理。

待佟析秋出屋後，劉氏終是忍不住呸了一口。「當真骯髒！」

第七章　惹禍

出了佟家，佟析秋朝自家方向走著，不想半路被人攔下來，抬眼看去，原來是林潤生。

林潤生看向她時，很明顯地愣了下。

佟析秋對這樣的眼神並不陌生，知道他發愣的理由跟劉氏一樣，只有禮地衝他點點頭，正準備不動聲色地繞過他時，卻見他迅速回神，面帶愧疚地對她說了聲。「對不住！」

「潤生哥的意思，是不該借我筆墨？」

「不是！」林潤生急急否認，上前兩步，不想佟析秋卻跟著退後兩步。

見狀，他自覺失禮地羞愧道：「是為著那日家母的無理取鬧，還請析秋妹妹不予計較。」

「這事與潤生哥無半分關係，不必潤生哥賠禮。」佟析秋淡笑著，瞄了不遠處的牆角一眼，無聲地勾唇。「家中還有事，先行一步了。」不待他回話，便快步離去。

林潤生看著她走遠的身影，很是挫敗地嘆口氣。今兒好不容易請假回來，本想解釋那天是被母親使計支開，才沒赴約，不承想竟是聽到了這話。對於佟析秋不想再與他沾上關係的樣子，除了無奈之外，不知怎的，心中竟還有幾分不是滋味。

他抬眼，再次看看那身影消失的方向，終是嘆氣，轉身回家去了。

此時，躲在一戶農家院角的佟氏，見自家兒子走後，才慢慢步了出來。

她望向村尾，很是怨毒地呸了口。「狐媚子，當真是一天不騷就得死！」想著自家兒子剛剛那臉落寞的模樣，很明顯是動了心呢。

佟氏急得直轉眼珠，看來，得想個法子制止才成。

佟析秋剛到家，還未開院門，佟析春跟佟硯青已滿臉擔心地跑了出來。

「二姊！」

「二姊，妳沒事吧？大伯是不是要趕我們走啊？今兒是不是就要出去，那我們去哪裡？會不會凍死啊……」佟硯青驚慌地扒著佟析秋，問個不停。

佟析秋好笑地摸他的頭，安撫道：「沒有要趕我們出村，別怕。就算出村，我們也不會凍死、餓死的，有二姊呢！」

「嗯！我知道二姊厲害，將來我也要很厲害才行！」

佟析春拉過佟硯青，看著佟析秋。「真的沒事嗎？」

佟析秋也摸摸她的髮際，搖頭。「無事。給了兩斤玉米麵，倒是能挺個幾天了。」

「給玉米麵？」佟析春不可置信地張大了嘴。大伯一家何曾這般善良過？當初大姊在時，家裡揭不開鍋，也未見大伯一家伸手，後來因她生病去求他們，不想竟是讓大姊賣了身，她到現在還愧疚得慌。

「嗯！」佟析秋回應她。「給就拿著，反正也快沒吃的了。」

幾人抬腳向屋子走去，亓三郎站在屋簷下，雙眼漆黑如墨，眸光幽深難辨。

佟析秋輕撇嘴角，當作沒看見，進屋將玉米麵放好後，便上炕吃著所剩不多的飯菜來。

林潤生在家的日子，佟氏把他看得賊死，除此之外，對佟析秋一家更是恨得咬牙切齒。好幾天了，也沒見那家子撐不住死絕，就有些不甘心地嘀咕。「不應該啊，按說佟大丫死了這麼久，就算能吃點東西維持著，可佟析春那死丫頭斷了藥，也該沒用了才是。怎麼還沒瞧見動靜呢？」

難掩好奇心的她，猜測著，佟析秋會不會跟死去的郝氏一樣，做了見不得人的勾當？這樣一想，她立刻來了精神，也不管關在屋裡的兒子了，出門快步向村尾跑去。

正在刺繡的佟析秋，並不知道一場風暴就要來臨。

見這會兒天開始陰下來，屋裡也有些暗，不由皺眉向炕外移，藉著窗口的微光，手上動作越發快了起來。

佟硯青支著小下巴看向突然陰了的天，有些擔心地說：「這麼久了，三郎叔還沒回來啊？等會兒颳大風，可是會迷眼睛的……哎呀！他會不會被山裡的大野獸叼了啊？」

佟析秋無語，打柴禾到半山腰去就行，野獸可是要離著好幾座林子遠的地方才有呢。

佟析春笑起來，用纖細的手指點了他額頭一下。「你呀，怎麼跟個小老太太似的。話這般多，也不嫌鬧騰？」

佟析秋抿嘴笑，倒覺得這樣也很可愛，小孩子嘛，大多有這毛病。前世有個女客戶帶著女兒來談生意，一群人坐在包廂吃飯喝酒，小女孩坐在一邊，嘴裡跟上了發條似的，不停嘀咕著，逗得一屋子大人笑得不行。

申時末，天徹底暗了下來。

天一黑，佟析秋就得停手了，下炕正準備做飯，佟硯青卻跟著下來，跑出了屋。

「硯青，你去哪裡？」

佟硯青轉頭，可憐兮兮地說：「我想出去看看，怕三郎叔迷了路，不知道怎麼回來。」

佟析秋聞言，很是無奈地嘆口氣，抬腳過去，把他攆回屋。「外面風冷，別著涼了。二姊去看看。」

佟硯青有些為難，但知道自家的窘況，遂乖巧地點點頭。

佟析春拿著帕子捂嘴。「那我來做飯吧。」

佟析秋頷首，攏了攏衣服，這才出屋，向山腳行去。

佟析秋行到山腳，被冷冽的風吹得縮成一團，抬眼不忿地朝山上看去時，見到有人拖著一大捆柴禾，正向山腳而來。

待人走近，她看見那人因拖柴而凸起的肌肉，似笑非笑地呵了聲。「壯士倒是勤快，打得這捆柴，回來得好早！」

對於她的反話，亓三郎並不回應，而是彎腰將最上面的柴禾掀開，幾隻死獵物靜靜躺在裡面。

佟析秋一看，眼睛立刻亮起來，表情有了幾分滿意，走過去細瞧，見是兩隻野兔並一隻灰色狐狸，便很是得體地笑道：「三郎叔快回家吧，天黑得快呢！」

三郎叔？亓三郎沈了臉。佟硯青跟佟析春這樣叫，他覺得沒什麼，可眼前的少女……總讓他覺得不自在。

他抬頭看她一眼，冷了臉，轉身拖著柴禾，向破院行去。

佟析秋納悶，她有叫錯嗎？

兩人一前一後回了院子，皆沒看見躲在遠處柳樹後的影子一閃而過……

當天晚上，佟析秋舀了半勺菜籽油，做出紅燒兔肉。雖然還是吃玉米粥，可是油水大，佟硯青整整吃了兩大碗粥並五大塊肉。

看他還要伸筷子，佟析秋趕緊制止他。小孩兒才六歲，能有多大的肚子？再加上長期未沾油星，可不能多吃了。

佟硯青有些委屈地癟了嘴，佟析春安撫地輕拍他。「別覺得委屈了，二姊也是為你好。你看三姊，都知道不能多吃呢！」

「三姊是有病，我又沒有！」

佟硯青無心的嘟囔，讓佟析春暗了臉色。

佟析秋見狀，將剩下的兔肉端走。「都別吃了，明兒再吃。」

亓三郎面露不滿，佟析秋懶得相理，直接下炕出屋。

佟硯青看不見肉，這才消停，看著佟析春暗下的表情，愧疚道：「三姊，對不起……」

佟析春搖頭。「不要緊。」

但亓三郎還在糾結呢，待在這裡快半個月，每天都是粥，只有那天的豆芽菜有點油，好不容易打了獵，想換換口味，不想竟吃得如此不盡興。

這女人……他無聲咬了咬牙，只得一口把剩下的粥喝了。

第八章　夫君

這兩日，佟析秋手不停歇，繼續趕製繡品，又泡了綠豆，打算等豆芽孵出來，先賣上一批。她忙碌著，卻不知村子裡已是謠言四起。

佟氏把那天看到的事加油添醋，到處去傳，說是上梁不正，下梁才多大，竟學著勾男人，日日宣淫不要臉！

這話一出，有心的人便來查探。

亓三郎有所察覺，不過沒發現會武的，以為不過是村民砍柴經過罷了，為怕露面，還特意藏了身。

這天，佟析秋將孵出的豆芽裝籃，想拿去鎮上賣，問亓三郎可要去？其實是想找個免錢的勞力，這一大籃豆芽雖說不多，可要提著翻座山，還是很累的。

亓三郎早看透她的想法，雖有些不願，但說過不會白吃白住，遂將打獵得的狐狸皮拿上，與佟析秋出了院門。

不想，兩人才出院子，剛走兩步，突然就被一群人圍起來。

人群中有個婦人大聲尖叫著。「里長，你不是不信我的話嗎？這回可是連姦夫都現身了呢！」

亓三郎面無表情地看她一眼。佟析秋皺眉，這聲音分明是佟氏。

這時，圍攏的人群讓出一條道，佟百川滿臉鐵青地走過來，瞪著佟析秋，眼中有明顯的狠戾。

「看來，如今由不得我不信了！」說罷，他一揮手。「將姦夫蕩女給我綁了，押去祠堂！」

姦夫蕩女？佟析秋無言，看向亓三郎，眼中有了絲埋怨。看吧！就說不救吧！

三個漢子過來，瞧瞧高大的亓三郎，沒有動手，先朝佟析秋走去，兩個快而狠地抬手扣住她細小的胳膊，另一個則伸出粗糙大掌，準備按下她的腦袋。

佟析秋心裡暗罵，從未恨過自己這般弱小，剛想反抗，不想按她頭的男人卻突然高聲慘叫——

「啊——」

在場的村民驚得心肝輕抖了下，緊接著又是兩聲慘叫，佟析秋被反剪的雙手一鬆，轉眼便看到亓三郎滿臉冷酷，而跪在地上的三個大漢皆面色慘白地哼唧著，再瞧包圍他們的村民，也個個面無人色了。

佟百川的臉快皺成包子樣，見佟析秋看來，便沈喝道：「妳一個姑娘家，何時變得這般放蕩？與男子並肩同行不說，還留其同睡一屋。析春和硯青才多大，妳這樣做，置他們於何地？」說完，還不忘高傲地甩袖。「敗壞德行！」

地上的漢子起身，有些氣怒地哼著。「邪門呢。里長，這男人怕是個會拳腳的，我們十里八村可是民風淳樸，何曾有過這等莽漢？要不，去告了官？」

佟氏混在人群裡，早看到佟析秋射過來的眼神，經過剛才那幕，本有些害怕，但一聽村民說要報官，不覺又大了膽子，高叫道：「對對對，報官！這事可大可小，別是哪個欽犯逃到這裡來躲禍，到時連累整村的人！」

「是啊，趕緊報官吧，這男人一臉殺氣，邪門著呢！」

有人說話，就有人附和，村中人早看不慣佟析秋一家，認為有個淫蕩的娘，女兒也會是蕩婦。如今已經顯形，長大了怕是更不得了，若不分老少地勾引，村裡再沒安寧日子了。

佟析秋聽著眾人七嘴八舌，笑了聲，移開眼神，看向冷酷的亓三郎。「怎麼辦？他們說你邪門，還說你是欽犯呢！」

亓三郎輕嗯了聲，頷首道：「既如此，不如全殺了，一起陪葬！」

人群中響起此起彼伏的抽氣聲，佟析秋覺得這亓三郎也是個玩心重的，遂配合道：「也好。反正要被沈塘，不如一起死，黃泉路上有人作伴，好熱鬧熱鬧！」一臉正經的模樣，讓圍觀的村民更加驚懼起來。

佟百川那張老臉的變化簡直堪比調色盤了，這男人的功夫可不是花拳繡腿，剛才一個彈指間，竟不費吹灰之力撂倒三個精壯大漢，若真讓他動手，今兒怕是得死不少人。

想到這裡，他不由懊惱不已，聽佟氏興匆匆地來告狀，以為得了好藉口，可以除去佟析秋這個賠錢貨，不承想，與她偷情的男人居然是個練家子。兩敗俱傷又不討好的事，絕不能發生，但就這麼認輸，到底有損他里長的威嚴。

佟百川厲眼瞪向佟析秋。「沒了郝氏，妳連女子的閨譽也不要了，當真是敗壞門楣！」

「敗壞門楣？」對於佟百川不服氣地耍嘴皮子，佟析秋只輕笑了聲。「敗壞誰的門楣？如今我們跟舅家脫了關係，連父輩家也說我們血統不正，無門無楣的孤兒，哪有門楣可敗？」

佟百川聽了，氣得連連甩著儒袍的寬袖。「放肆！這是妳跟長輩說話的態度？如此不知羞恥，反倒引以為榮，以為村裡還能容得下妳？」

佟析秋毫不在意，不過是被趕出村的威脅，住著破房子，哪有什麼好留戀的？

「既然容不下，那我們一家出村便是。」

一家出村？佟百川皺眉，豈能讓她帶走佟硯青？遂哼笑了聲。「想得倒好。」再次下令：「去將硯青姊弟給我接來！這沒臉皮的浪蕩女，不配住在村裡，更沒有教養我佟家血脈的資格！」

這丫頭變得太多了，不能硬碰硬弄死她，那就軟著來，逐了她。剩下佟析春是個沒主意的，倒是好解決得很。

佟析秋眼神一冷，見漢子轉身便向不遠處的自家走去，心中焦急，提腳想跟上，不想人群卻突然圍過來，阻了她前行。

佟百川一臉正氣道：「如今我也不為難妳，帶著妳的情夫快快離開便是。至於硯青，我會替二弟養成材，以後由不得妳管了！」

佟析秋冷眼，轉頭對皺眉的亓三郎吼道：「還不趕緊去救我弟！」

亓三郎看她一眼，再看看圍上來的都是些手無寸鐵的村民，真當他會濫殺無辜不成？

佟析秋擠不出去，亓三郎提著的籃子也不知被誰給弄翻在地，整籃白胖豆芽就那樣任人踩個稀爛。

見狀，亓三郎冷冷道：「麻煩！」隨即縱身躍起，在人群呆住的瞬間，足下輕點一男子的頭，迅速向不遠處的破屋飛去。

眾人看到這一幕，嘴都合不攏了。

佟析秋見人群被鎮住，大力推了擠在最前面、對她使了不少暗手的佟氏一把。

佟氏一個趔趄，大叫了聲：「哎喲！」

發呆的人群回神，看向佟析秋的眼光，由先前的憤恨變為驚訝。

接著，有人識趣地退開幾步，因為不遠處已傳來慘叫，比剛剛三個大漢被扭手的叫聲還要高亢！

佟析秋冷眼看著漸漸退開的人群，不過兩個彈指間，著灰色夾襖的身影又飛回來，一手拎著一個孩童，正是佟硯青和佟析春。

待落地，兩小兒滿臉是淚，飛快向她奔了過來。

佟硯青抱住佟析秋，哭道：「二姊，有壞人！他們要把我拉走，嗚嗚……」

佟析春也害怕地靠在佟析秋身旁，剛才那幾個漢子要抱走佟硯青，她上前阻止，卻被打了一巴掌，此時臉還火辣辣地疼著呢！

佟析秋自然也看到了她臉上的巴掌印，望向飛回來的亓三郎，冷笑道：「怕是這群人還不夠你練手吧，不如快些殺了，從此你我遠走江湖，做朝廷管不著的綠林好漢可好？」

亓三郎聞言，無聲地抽嘴角，哪有朝廷不管的綠林好漢，這女人是聽多了戲文不成？

他知其中關係，村民卻是不知，聽了佟析秋的話，一時間人心惶惶。

「怎麼辦呀？」

「要不，報官吧？」

更有人乾脆撇清關係，道：「我可沒有參與，不知發生啥事，就被帶來了。哎呀，家中忙著呢，先走一步了！」說完，當真提腳就跑。

其他人見狀，也生出退意。

「可不是，就佟氏在那裡瞎起鬨！哎呀，我家也有事呢！」

「我家也是，等我一起走啊！」

村民瞬間鳥獸散，沒剩下幾個人。

佟氏起身，看到佟析秋死盯著她，剛想拔腿就跑，不想亓三郎一個快閃，擋在她身前。

她嚇得尖叫一聲，轉頭對佟百川叫道：「里長，你可得作主啊！我、我說的都是實話！」

佟百川滿臉鐵青，佟析秋則冷笑連連。「什麼實話？說我勾人？我跟我夫君同住一屋，是一家人，算得上哪門子勾引？」

此話一出，傻眼的可不只是佟百川和一眾村民，被突然當作夫君的亓三郎更是無言，嘴角抽搐，覺得這個女人又在發瘋了！

佟析秋並不理會眾人的吃驚，若真將亓三郎當成江湖俠客，他們一家就此被趕出村，倒是沒什麼好怕的。

她只怕這幫村民跟佟百川報復，如果報官，亓三郎能拍拍屁股走人，但她跟弟妹呢？她可沒有高來高去的本事，只能帶著他們逃跑，要是被捉住怎麼辦？說成已婚婦，總比蕩婦強，順道將亓三郎洗洗白，也平安點！

佟百川覺得腦瓜仁都疼了，聽佟析秋說這男子是她夫君，更覺荒謬不已。「荒唐！無媒無證，妳拿什麼成婚？」

佟析秋摟著佟硯青，挺直身板，毫不臉紅地說：「紅燭為媒，天地為證！」

亓三郎再次抽了嘴角。他確定，這女人是中戲文的毒了！

佟百川的臉扭成一團，面色已經無法用鐵青來形容了，指著佟析秋，手抖個不停。「沒有三媒六聘，妳一個姑娘家怎可私訂終身？此人是什麼來路，妳又從何知道？」

佟析秋滿不在乎地哼了哼。「三媒六聘？我一個窮家女，身無分文，又有弟妹要養，哪會有人來三媒六聘？別的姑娘是不能私訂終身，可我無父無母、無親無故，難不成要當一輩子的老姑娘？

「他是何人，我無須知道，只知道他是我相公便可。能幫我護著一家子，就是好人！」

「妳……」佟百川被噎得牙都抖了，看向佟析秋的眼神，似恨不得吃了她般。「好一張利嘴！妳便是這般不自愛嗎？」

「自愛？」佟析秋看他，反問道：「敢問大伯，如何才叫自愛？我成親叫不自愛，難道真要做了人人口中的蕩女才叫自愛？」

「妳如今才多大?!」

「不多不少,十三是也,過年就十四了。雖早了點,但不是沒有十三歲就成婚的。」

佟百川問一句,佟析秋駁一句,他簡直搞不懂了,自己是來除她的,現在怎麼被她牽著鼻子走?

佟析秋見他被堵得沒了話,轉眼去看被亓三郎攔著的佟氏,扯了扯好看的嘴角。「林大娘,妳說我勾男人,敢情我跟我夫君在一起也叫勾男人?妳有憑有據,還是在造謠生事?」

佟氏有些膽怯地後退一步,但佟析秋的下一句話卻令她寒毛直豎,只聽她對著攔住她的男人道:「給我挑了她的手腳筋!我倒要看看,今後還有誰敢亂說我是浪蕩女!」

亓三郎無語地任佟析秋鬧著,中指與大拇指相撚一彈,佟氏便立在那裡不能動了。

佟析秋眨眼,難道這就是傳說中的隔空點穴?

「妳自己動手吧!」亓三郎的嗓音低沈而冰冷。「她動不了的。」

佟析秋點頭,佟氏大驚,如殺豬般的嚎叫著。「救命啊!不是我說的!二丫,真不是我!」

那破鑼嗓音讓佟析秋很不滿地皺了下眉頭,見佟氏還是不知悔改地狡辯,便哼了聲:「真難聽,等會兒把舌頭也割了吧!」

「嗯!」

兩人旁若無人的對話,讓還沒離開的村民嚇出一身冷汗,簡直不敢相信,佟析秋竟變得這般殘暴冷酷。

佟百川被他們當成空氣，很是不爽，再聽這對話，也心驚了。而佟氏根本想暈倒在地，奈何身子被定住，只能身不由己地站著。

佟析秋對佟析春道：「回去拿把刀來，二姊要挑筋。」

佟析春的臉白了下，佟硯青則邁開小短腿往家裡跑，叫道：「我去拿！」

「硯青！」佟百川鐵青了臉怒吼。

佟氏那殺豬般的破鑼嗓子又開始嚎了，佟析秋給亓三郎使眼色，他無言地看看她，又伸指一彈，佟氏的聲音便戛然而止。

待佟硯青咚咚跑回來後，佟析秋接過磨得鋥亮的大菜刀，在衣袖上蹭了蹭，看著白了臉的佟氏，笑得有如地獄的魔王般，朝她慢慢走過去。

佟百川的臉也白了，阻止道：「析秋，不可！」

佟析秋懶得聽他多說，看佟氏眼露恐懼，勾了勾嘴角，伸出刀，拉起她垂在身側的手，笑得如罌粟花綻放般。「我要動手了！」

佟氏轉動眼珠，眼中恐懼越來越深，旁邊的村民趕緊逃跑。

正當佟析秋把刀放在佟氏手腕上時，一道清亮的男音傳了過來——

「析秋妹妹手下留情！」

灰白儒生袍子出現在眼前，佟析秋一眼掃過去，只見林潤生表情很複雜地看向她們這邊，正了臉色走過來，拱手行了大禮。

「家母逞一時口舌之快，給析秋妹妹惹來麻煩，潤生在此賠禮了！」

佟析秋看著他，笑得明媚，也屈膝一禮。「潤生哥的大禮，析秋是不敢受的。你是讀書人，我不過是個貧女罷了。」

林潤生見她不接他的話，微愣了下，又道：「既如此，由我來替家母受過吧！」

「放肆！」

「你敢！」

佟百川跟另一個男人的聲音同時響起，佟析秋抬眼望去，原來是林潤生的父親。

林父大步走過來，拉著林潤生的衣袖吼道：「你瘋了不成？手腳筋斷了，將來如何讀書會考？」

佟氏也不贊同，不停地轉著眼珠。

佟百川已被鬧得有些搞不清狀況，見林潤生又來摻和，說要代替佟氏受過，如何能依？將來若林潤生中舉，村中有光不說，自家也多條人脈，如何能被一個婦人所連累？便板起臉訓斥道：「這種俗事，你來攪和什麼？還不快回家念你的書去，這裡有我呢！」

林潤生看看站著不動的亓三郎，不相信佟百川的話。

這幾天，他被看得死緊，剛才無意間從父親嘴裡聽說佟析秋勾男人的事，嚇得不顧父親的阻攔趕過來。想起前兩天母親的鬼鬼祟祟，以為是母親長舌亂造謠，不想竟是真有一個男人。

他轉頭看向佟析秋，正經道：「身體髮膚皆受之父母，我用父母恩賜之軀代為受過，又有何不妥呢？」

「你這個傻子，你娘的筋跟你的能比啊？」林父氣得簡直想敲兒子的頭，卻聽他搖頭道：「娘親的筋便是兒子的筋。兒子是娘親身上掉下的肉，有何不同？」

佟析秋聽著這話，倒是對林潤生刮目相看。十四、五歲的年紀，面對這樣的狀況，卻是半分慌亂也無，大無畏的樣子，實屬難得。

她把菜刀握在手裡轉了轉，輕笑一聲。「倒不必潤生哥來替。」

林潤生的眼神暗了下，以為佟析秋不同意，正想再求情，卻聽她道：「你曾借我筆墨紙硯，這事就當還上回的恩情，我不計較了。」

說到這裡，佟析秋轉頭看佟氏。「林大娘可是記住了？這次便算了，若有下回，析秋必當雙倍討還！」

佟氏趕緊眨眼，表示知道。

佟析秋這才給亓三郎使個眼色，亓三郎眼中閃過不滿，卻沒說什麼，再一彈指，解了佟氏的穴道。

佟氏的身子一軟，就要癱下去，林潤生見狀，趕緊上前幾步扶住她，對佟析秋頷首道謝後，便招呼父親過來，把人扶回去。

遠觀的村民見事情結束，便沒了起鬨的心，紛紛散去。

佟析秋整了整衣衫，淡聲吩咐弟妹。「我們回家收拾包袱，準備出村。」

佟百川聞言瞪眼。「不准！」

佟析秋回眸，皮笑肉不笑地看著他。「怎麼，大伯是想拘著我們，還是覺得我們真該送官？」

佟百川的臉色紅一陣、白一陣，變化幾次後，才勉強擠出笑容。「既是誤會，說清楚便是，留在村中總比出村受苦強。何況硯青還是妳爹唯一的香火，小心點好。」

佟析秋盯著他良久，別有深意地笑了下。「這倒是。」說罷，便拉著弟妹，向自家院子行去。

今兒要賣的豆芽全灑了，繡活也未完成，且再忍忍，待有了錢，再走不遲！

佟百川見他們離開，眼神更加陰沈，咬牙舉步走回了村中。

第九章　送繡活

幾人回到家，佟析秋將最後一點豆子全泡上，再拿出繡品，發了狠地飛針走線。

佟硯青扒著炕沿，看看佟析春的腫臉，擔心地問道：「三姊，妳的臉還疼不疼？要不，我幫妳呼呼吧！」

佟析春搖頭，佟析秋眼神一黯，吩咐道：「自己打水敷一下。」又抬眼一看，發現亓三郎跟著回來，卻沒有進屋。

佟析秋也不管他去了哪裡，只想著今日之事的前因後果。如今她手中無銀，就算出村也跑不遠，何況佟百川明顯是想留著佟硯青。若說親情濃，佟百川怎會任別人到處造謠，敗壞自家人的名聲？還來捉姦？這麼大張旗鼓的做法，分明是想除掉她。

想到這裡，佟析秋手上的針線跑得更快了，眨眼間，一朵含苞待放的粉色蓮花便栩栩如生地出現在布上。

佟硯青扒在那裡看，很是驚奇，這手法也太快了吧！卻是不敢出聲。

這些天來，他知道佟析秋刺繡時不能打擾，遂乖乖挪到炕上，小手拿起未分完的線，繼續幫忙分了。

另一邊，佟百川走到半路，遇著自家婆娘，見她臉色不佳，大概是知道了事情未成。

「聽說佟析秋那小賤人成親了？」

佟百川皺眉看她。「回去說！」

兩人匆匆回到家，佟百川一進屋，便將炕几上的茶杯狠狠掃落在地，氣悶地坐著，令劉氏心驚不已。

「到底怎麼回事？」

佟百川狠吸了口氣，搖搖頭。「算了，是我們著急了。再等段日子看看，說不定那邊會有消息傳來。」又瞇眼看劉氏。「咱們先別自作主張，過兩日我寫信問問，將這事交給他們拿主意。」

劉氏點頭，看著他氣怒的樣子，不敢再多問了。

午時一刻，亓三郎在佟析秋把飯做好時回來，見菜已經擺上桌，並未多說，直接坐上了炕。

佟析秋把碗筷布好，給每人添了粥，這才就著自家留的豆芽吃起來。

她剛動筷，桌上便響起噹的一聲，抬眼看去，原來是小半兩的碎銀。

「這些銀錢給妳。」

佟析秋抬眼看著對面面無表情的男人，皺眉道：「壯士這是要走了？」搞什麼，她剛宣佈有老公，馬上就要被拋棄不成？

亓三郎頓了下。走？他現在走，他們會不會馬上就被圍？雖不喜莫名被成了親，但佟析秋救過他一命，多住幾日，幫著壓壓陣也好。

見亓三郎未吱聲，佟析秋有點惱怒，讓他走，他不走，她一有難，就要拍拍屁股走人？

「壯士可曾聽過，受滴水之恩，當湧泉相報？」

亓三郎深邃的鷹眼似笑非笑地看向她。「姑娘都讓我以身相許了，還要如何相報？」

咳，佟析秋的表情有些不自然。「如此便行了。」

佟析春跟佟硯青一頭霧水地看著兩人，見佟析秋把銀子拿起來掂了掂，嘟囔道：「好歹買些糧米啊，這玩意兒又吃不了！」

亓三郎黑臉，佟析秋挑眉，笑著給佟硯青挾了一筷子菜。「多吃點，三郎叔拿錢回來，咱們又可以吃飽飯了！」

佟硯青扒拉著碗裡的菜，仰臉對亓三郎露出甜笑。「謝謝三郎叔！」

亓三郎又瞄了佟析秋一眼，這才低眸，快速優雅地吃起飯來。

第二天，佟析秋派滿臉不爽的亓三郎去買糧，順道買桐油回來，找出家中放著兩年未用的破油燈，開始沒日沒夜地趕工。

十一月初，雙面蓮花圖終於完成了，雖然都是蓮池，但一面池中有亭臺小橋，另一面岸上有柳蔭綠條。一個是站在岸上觀看，一個是立於亭中欣賞，各有不同。

待繡好，看著由白變黑的棉布，佟析秋挑眉想了想，把布收好，放進用麻布邊角料包的包袱裡。

佟析春看著黑掉的繡品，問佟析秋。「二姊不洗洗嗎？這麼漂亮的圖，卻弄得這般髒，會不會被壓價？」

佟析秋笑著搖頭。「我們洗不乾淨的，不如讓店裡請人洗。」若是壓價，便說明那老闆娘目光短淺，下回不必再合作了。

當天晚上，佟析秋難得做了回烙餅，和著剛發出來的豆芽菜，全家飽餐一頓，然後美美睡了個好覺，直到天亮。

翌日一早，佟析秋叮囑完弟妹後，便揹著包袱，拉起一臉彆扭、挽著籃子的亓三郎，大搖大擺向村中正道走去。

今兒是市集的日子，沒事幹的村民都會去逛逛，當大家再看到佟析秋時，愣了下，伴隨而來的反應便是鄙夷、氣怒、嫌惡，等所有表情上演一遍後，只見亓三郎冷眼掃去，便各自眼觀鼻、鼻觀心地埋頭走開。

為怕豆芽凍爛，佟析秋裝籃時，先墊了稻草，再用麻布裹著，這會兒感覺北風吹得臉疼，就轉眸望向黑臉的亓三郎，問道：「壯士內功深厚嗎？」

亓三郎斜她一眼，沒有吭聲。

收到眼神的佟析秋點頭。「那就是還行嘍？」接著自顧自地道：「壯士最好不時暖暖豆芽，免得凍爛就不值錢了。當然，也別暖過頭，若是熟了，沒有調料也不好吃。」

這女人！亓三郎只覺得黑雲罩頂，卻又不得不聽她的話，不時用內功給豆芽菜祛寒。

進了鎮，佟析秋直接走到佘記繡鋪，見今時不同那日冷清，已有不少前來交繡活的婦人和姑娘，便抬步跟著彆扭的亓三郎過去，排起隊來。

這會兒，櫃檯裡的婦人正一臉帶笑地記帳，身邊站了個著青衣、約十五、六歲的女子，一邊檢查繡品、一邊點頭跟婦人說話。

佟析秋站在那裡，又把婦人看了一遍，還是同樣的髮髻，插一支男子髮簪，不同的是，今日比著那日來，少了分貴氣，多了分親民的溫和。

亓三郎彆彆扭扭地躲在角落，似是很不習慣待在婦人堆裡，幾次黑臉地看著佟析秋，想走出去。

佟析秋對他點點頭，用眼神示意了一個角落，讓他過去等著。

兩盞茶後，終於輪到佟析秋，遂笑著上前。「老闆娘！」

婦人看到她時，愣了一下，不過轉瞬便笑道：「原來是丫頭啊。炕屏繡完了？」

記性倒是好。佟析秋點頭，將包袱放在櫃檯。「怕是有點髒。因為沒花樣，我用燒焦的樹枝畫出來。」

「無妨。」婦人溫婉笑道，讓佟析秋把包袱打開。

旁邊的青衣女子見狀，伸手請其他候著的人上前。

佟析秋將繡布取出，才展開一些，便見婦人瞇起眼睛，隨即不動聲色把她的手按住，笑道：「等會兒可好？」

佟析秋愣怔地抬頭，聽婦人對青衣女子交代道：「青衣，送這位姑娘去後堂一坐。」

名喚青衣的女子看了看佟析秋，點點頭，聲音清冷。「跟我來吧！」

有些明白過來的佟析秋，回頭看亓三郎，卻見他不知何時已出現在身後，遂示意一下，兩人跟著青衣向後堂行去。

三刻鐘後，婦人進了繡鋪後堂，見佟析秋跟一冷面男子坐在下首品茶，坐姿端正、腰身挺直。

她不動聲色，又掃了眼佟析秋的手，然後對兩人和煦笑著，開口道：「茶水可是對味？可要另換？」

「老闆娘過謙了，此茶甚好，倒是無須再換。」

婦人坐上上首，青衣端來茶盞，她輕抿一口，道：「最近明月繡鋪出了一種新的花樣，倒是賣得不錯。」

佟析秋轉動眼珠，這明月繡鋪，可不就是上回強買她花樣的那家店嗎！

當時她想著，雖然他們搶了圖，但圖上沒有配色，得自行琢磨，這樣一來，成品肯定會比原圖差。再加上她會雙面繡，繡出的樣子更好看，那繡鋪不一定有人能繡，是以才敢賣給他們。

「若老闆娘想要，我倒是能繡出雙面，且顏色定會更加好看。」

婦人拿著絲絹擦了下嘴。「小婦人隨夫家姓佘，姑娘以後可喚我佘掌櫃，若是想親近些，也可叫一聲佘姨。」

初次見面，自是不好拿大，佟析秋笑著起身，行了禮。「佘掌櫃。」

話落，就見佘氏瀲灩的桃花眼裡有了幾分滿意，又道：「還未請教姑娘名姓？」

「小女子姓佟，名析秋。」

「倒是好名字。」佘氏也不跟她繞彎，直接開門見山。「佟姑娘，這炕屏的繡工細緻精巧，小婦人想問問，可是妳親手所繡？」

「是。」有亓三郎在，佟析秋便直接承認了。

佘氏明瞭，不再追問，揮手讓她將繡品拿出來。

佟析秋將包袱遞給前來取物的青衣，待繡品展開後，見佘氏用手輕摸，看了好一會兒，才讓青衣收起來。

「雖有小髒，卻是難得的上品。二兩銀子，佟姑娘覺得如何？」

二兩？佟析秋算了算這個世界的物價，還算滿意。「承蒙佘掌櫃照拂了。」

佘氏不在意地揮手，隨即又問佟析秋。「姑娘能否在小年時繡出一座屏風？」

佟析秋愣了下，起身道：「那得看是多大的屏風。」

佘氏讓青衣拿出一張紙條遞給她。「這是尺寸，跟普通屏風並無太大差別。」

佟析秋看著上面標明的長寬與花樣，想了想，頷首道：「可以。」

佘氏含笑。「這件東西，我準備用來當壽禮相送，是以所用的布料和金絲線，都由我來出。」說罷，對青衣使個眼色。

青衣出去，不一會兒端著托盤過來，佘氏指著上面兩錠五兩、一錠二兩的銀子道：「這些是訂金和那幅雙面繡品的錢。待屏風繡完，再付姑娘二十兩，可行？」
佟析秋點頭，沒有任何投資，只出點手工，一個多月就能賺三十兩，倒也划算。如今她是什麼都缺，銀錢多多自然最好。
為表謝意，佟析秋轉眸，想示意亓三郎將那籃豆芽拿出來，送給佘掌櫃，卻發現這廝竟彆扭不堪，只當他是不習慣，未多理會，伸手提過他手中的籃子。
她伸手打開蓋著的麻布，指指裡面的白胖豆芽，對佘氏道：「小女子在家中無聊，無意間孵出這種豆芽菜，試著炒了一下，倒是爽口解膩得很，在冬日裡，也算是難得的菜蔬了。承蒙佘掌櫃照顧，這籃子豆芽送給您嚐嚐。」
佘氏有些不解，佟析秋見狀，又道：「此物是遮陽綠豆浸泡而發，小女子一家吃了半月有餘，佘掌櫃儘管放心。」
佘氏頷首，讓青衣拿下去。「倒是有心了。」
佟析秋連稱不敢，準備告辭，佘氏便命人將配好的繡布、絲線包好拿來。
佟析秋剛要接下，卻被亓三郎伸手搶過，淡淡道了句。「我來。」
遞包袱的青衣一愣，不過很快便恢復了神色。
佟析秋雖有些奇怪，卻沒有多說什麼，向佘氏告辭，拿著十二兩銀子，跟揹包袱的亓三郎邁出了繡鋪。
如今有了銀子，家中缺的要緊東西，倒是可以買個齊全了。

佟析秋拿著銀子，穿梭在大大小小的店鋪間，不管用的、吃的、穿的，都一一買下來。等到大包小包放滿地時，拿著銀子一算，總共去了二兩之多。

東西太多，佟析秋本打算租牛車載回去，可一問，竟連最便宜的車都要七十文。摸著口袋，一陣肉疼，只好轉頭挑眉問亓三郎。「以壯士的功力，這點重量應該不算什麼吧？」

亓三郎的嘴角抽搐了下，看看那堆東西，搖頭。「太雜！」

這是不好拿？佟析秋歪頭想了想，將棉花、布疋、糧食和雜七雜八的東西全放在買來的大木盆裡，又把亓三郎肩頭揹著的繡布包袱解下來，拿在自己手上。

「我替壯士分擔一點。這樣一鍋端，倒是輕省不少。」

亓三郎的表情動了兩動，終是眼神深沈地暗吸口氣，蹲下身，扛起大木盆，也不說話，足下一點，不過眨眼，便將佟析秋甩得老遠。

佟析秋聳肩，也不在意，反正聽那廝磨牙，令她心情大好。誰讓那日他露了功夫，有這好身手，不用白不用！

但是，今天買了這麼多東西，怕人眼紅，跟上亓三郎後，佟析秋決定翻山回去。

看著快要爆發的亓三郎，她故作嬌羞地說：「人家想重溫與壯士的相遇之路嘛！」

亓三郎一愣，臉全黑了。

兩人帶著大包小包回到家，佟硯青看見一大堆東西，樂得又開始唸叨了。

「哇！有布疋，還有棉花！三姊，我們可以穿新衣了……咦，這是什麼？哇！好多的糧，好多好多好東西！我是不是在作夢啊？只有夢裡才見過這些呢！二姊，我們在夢裡嗎？三郎叔，你也在我的夢裡呢！」

佟析秋聽著他的唸叨，突然伸手捏他一下，待成功聽到慘叫後，這才問道：「可是疼？」

見佟硯青點頭，她笑著摸他的頭。「這就對了。疼，就證明不是作夢了！」

「喔！」

亓三郎看著他們鬧騰，難得地沒有黑了臉。

佟析秋把東西放好，晚飯時做了糙米乾飯配肉，一家子吃得高高興興、熱熱鬧鬧，待洗漱完，很快便進入了夢鄉。

半夜時分，躺在炕桌另一邊的亓三郎突然睜了眼。

他看看睡得很香甜的三姊弟，有些不放心地對著佟析秋彈指一下——

瞬間，佟析秋嗯了聲，便沒了聲息。

見狀，他飛快起身，如狸貓般，輕輕開門溜出去。

待站在院中，他回頭深深看了破屋一眼，便迎著冷風，幾個跳躍，消失在黑夜裡。

雙河鎮上的佘記繡鋪前，有人輕敲門扉。

聽到聲音來開門的青衣女子，見到來人，連忙福了個身，帶人向後院行去。

佘氏早已等在那裡，一身富貴金絲牡丹直筒襖，顯得貴氣逼人。

看著來人，她輕端茶盞，卻見那人立即向她跪拜。「小甥亓容卿拜見姨母！」

佘氏的手頓了下，不動聲色地將杯盞放在桌上。「你便是我那妹妹的嫡長子，家中排行老三的亓三郎？」

「正是小甥！」

「起來吧。」佘氏聲音溫和，看著亓三郎的眼裡滿是笑意，命青衣上茶，讓他坐在下首，嘆道：「轉眼十年已過，當年的小小孩童，如今竟是這般大了。」又別有深意地看亓三郎一眼。「雙河鎮離京都有近一月的路程，你突然造訪，難不成是專為我這姨母而來？」

見亓三郎身穿露臂夾襖，佘氏促狹一笑。「卻不知，鎮國侯府的嫡長子，有一天也會穿得如此有失體統。」

亓三郎臉上浮現少許尷尬，輕咳道：「此事說來話長。」

「哦？」佘氏挑眉。

亓三郎見狀，這才將發生之事大略說了一遍。

他跟著四皇子到北疆巡察，不料回程時遭歹人偷襲，為保護四皇子，他奮力拖住刺客，讓四皇子突出重圍，但他卻身負重傷，還被下了軟筋散。後來，在護衛的掩護下，才憑著毅力逃到深山，保住一命。

佘氏聽了，盯著茶盞道：「既是朝中事，你說給我聽做什麼？如今已是十一月，你還在這裡待著，想讓京中家人真當你死了不成？」

亓三郎搖頭。「今日偶遇姨母，甥兒便想著，請求姨母代為寫幾封信。」

佘氏抬眼，笑著看他。「離京多年，見到你，倒勾起不少思親之情。」說罷，便揮手命青衣擺案，親自執筆。

她寫好信，交給亓三郎，亓三郎又對她耳語兩句，這才告辭。

青衣送亓三郎出來，將一枚半圓鳳珮交還給他。

亓三郎見是今日接繡布包袱時偷塞給她的信物，便默不作聲地伸手接過，頷首大步離去。

第十章　怪異

第二天，佟析秋很晚才起，揉著快要斷掉的脖子，心裡一陣嘀咕，明明睡得很香，為何還落了枕？

她掀簾出去，卻見佟析春用帕子捂著臉，正在燒火，見她出來，便對她瞇眼一笑。「二姊，飯煮好了，水也剛熱，快來洗洗吧！」

佟析秋點頭，洗漱完，就見佟硯青快步跑進屋，對她嘻嘻一笑。「二姊，妳可真能睡，三郎叔已經打了好大一捆柴呢，我也跑好幾圈了！」

打從看到亓三郎的武功後，佟硯青便磨著他要練，亓三郎被纏得沒法，只說他身子差，若要練武，得把身子養好一點。

於是佟硯青又追著亓三郎，問要如何才能養得好，亓三郎不勝其煩，直接甩了句。「好魚好肉好飯，多跑多跳勤吃苦！」

聽了這話，佟硯青雖覺好魚好肉還不能實現，但多跑多跳是能做到的。是以，一天天跑跳下來，精神還真好了不少。

佟析秋聽說亓三郎去打柴，愣了下，是她睡傻，還是那人傻了？大清早的飯都沒吃，居然就去做事了？

正想著呢，亓三郎面無表情地把柴禾拖進屋，堆在廚房，接了她洗過的洗臉水，洗完手，再端出去倒掉。

佟析秋盯著他一會兒，除了滿臉酷樣，實在看不出什麼，便不再糾結了。

吃過飯，她打算先做棉被、棉襖，讓弟妹暖和些，佟硯青卻可憐兮兮地看著她道：「二姊，妳先給三郎叔做件有袖子的襖子吧。三郎叔好可憐，每天要上山打柴，胳膊沒有布遮住，會被凍壞的。三郎叔這麼好，我捨不得他凍壞。」

佟析秋無奈，這小子，亓三郎到底是哪裡迷著他了？話少不說，這會兒更是連人影都看不到。但見佟硯青拉她袖子的小可憐樣，她無法拒絕，只得點點頭。「成，就先做他的吧！」

「嗯，好！」佟硯青高興地笑了。

佟析秋做了一上午的衣服，其間亓三郎打了兩捆柴回來。這就算了，要吃午飯時，他又掀簾出去。

佟硯青跟著下炕，大喊道：「三郎叔，你又要去打柴嗎？」

「嗯。」

「可是你今天都打三捆了，夠燒好些天，為啥還打？這多累啊，歇歇吧。」

「不要緊。」

亓三郎並未嫌他嘮叨，簡單回了一句，話落，便頭也不回地向山邊走去。

佟析春看了，好奇地嘀咕著。「三郎叔怎麼這麼勤快了呢？」

佟析秋若有所思地看著門口，心中隱隱約約有了想法。

一連三天，亓三郎都在忙著打柴。

佟硯青由原先的好奇變成了唸叨，看著堆得滿滿當當的堂屋，又跑出去看立在屋簷下的柴禾堆，背著手，像小老頭似的唉聲嘆氣。

「三郎叔莫不是瘋了，柴禾堆得沒地方落腳了……唉，二姊，三郎叔是怎麼了？再這麼下去，我們家可就成柴房了！」

佟析秋看著他在那裡走來走去，覺得好笑，把做好的小棉襖拿出來。

「管那麼多做啥？有柴禾燒，倒是省了你二姊不少事。來試試給你做的新衣。」

聽到新衣，佟硯青眼睛一亮，也不管亓三郎了，立刻爬上炕。

佟析春好笑地看他，伸手拿過那件寶藍棉布襖子。「我來幫你穿。」

她說罷，見佟硯青已經脫了舊衣，便抖開棉襖，給他穿上，待繫好帶子，佟硯青已迫不及待地上前，問佟析秋。「如何？可是好看？」

「好看，簡直是個英俊公子。」

佟析秋含笑看著他得意，見他又哧溜一聲下了炕。「那我去山腳等著，給三郎叔瞧瞧！」

佟析春搖搖頭，佟析秋便不管了。

這日晚間，佟硯青小心翼翼地把新棉襖脫下來，問在燈下忙活的佟析秋。「二姊，三郎叔的棉襖不是做好了嗎？妳怎麼還不給他啊？」

亓三郎聞言，抬起如墨潭的眼眸朝她看去。

佟析秋笑了笑。「還不是時候。」

「那要等到什麼時候？」佟硯青歪著腦袋問。

佟析秋拍拍他。「趕緊睡覺！」

見自家二姊不肯說，又埋頭縫著棉被，佟硯青低低喔了聲，掀開破舊的蘆花被擠進去。

亓三郎看著佟析秋良久，終是沒有說什麼，在小炕的另一邊躺下了。

這天深夜，佟析秋察覺到對面的人有了動靜。

她佯裝閉眼，卻覺得有人盯著她，驀地睜眼，見亓三郎微微轉了眼珠，並未有半分慌張，遂伸手示意他噤聲，輕輕起來，將佟析春跟佟硯青的被子掖好，才下地，比個請的手勢。

他看她一眼，步子輕如貓，毫無聲響地掀起簾子，開了堂屋門閂。

佟析秋取出一件寶藍直裰，拿在手裡，跟著走了出去。

今夜的月亮很圓、很滿，亓三郎背手而立，白色積雪上倒映著頎長偉岸的黑色影子。

佟析秋迎著寒冷的夜風，輕啟菱唇。「壯士這是要走了？」

「嗯。」簡單低沈的聲音，算是對她最好的回答。

佟析秋淡笑。「難怪這幾天壯士格外賣力勤快，原來是報恩哪！」話落，雖沒看到他的臉色，想來也是有些不好看的。

於是，她繞到他身前，遞上手裡的寶藍直裰，淺笑道：「雖說救命之恩大過天，但這般久了，壯士幫的忙也能抵些債，析秋便好人做到底，送件薄衣給壯士吧。天寒，還是穿得厚實點保暖。」

這女人！亓三郎無語，想從她嘴裡聽點軟話，簡直是癡人說夢。

他伸手接過那件寶藍直裰，見針腳細密整齊，手工了得，張了張冷硬的雙唇，想說些什麼，卻終是只道了聲。「多謝！」便一個縱身，迅速消失在佟析秋眼前。

看著人影突然騰空消失，佟析秋莫名地有些失落，自嘲了聲，搖搖頭，向屋子走去。

老舊木門被推得嘎吱作響，佟析春嗯了聲，睜眼看來，見自家二姊掀簾上炕，在她身邊睡下，又輕撫她的髮際，低哄著。「睡吧。」

佟析春轉轉眼珠，點點頭，靠著她的肩頭，很快又睡著了。

待她睡熟，佟析秋才聽著她微小的呼吸聲，漸漸入眠……

天將亮，佟析秋起來，剛掀簾走到堂屋，卻被一樣東西吸引了目光——

一座酸枝木做的繡架，靜靜地立在堂屋正中央。

她微微一愣，走過去摸了摸，冷冷的觸感讓她瑟縮了下，心裡思忖，這亓三郎是如何做到神不知、鬼不覺的？

佟析春也下了炕，看到繡架時亦是一愣，隨後像是明白什麼，走過來小聲問道：「二姊，三郎叔是不是……走了？」

「嗯。」

兩人話落，內室即傳來一陣哇哇之聲。

「三郎叔，我不要你走！我還要跟你學拳腳呢，你走了，我怎麼辦？三郎叔，你別走啊……」

佟硯青一邊哭、一邊掀簾跑出來，對著快要憋不住笑的佟析秋哭訴。「二姊，三郎叔怎麼走了呢？啥時走的啊？為啥沒跟我說呢，那我怎麼辦啊……」

「噗！」佟析秋終是繃不住地笑出聲，聽著佟硯青的唸叨，總算驅走一點別離的愁意。

突然少了亓三郎的生活，佟析秋只有頭兩天覺得不習慣，過後便完全不在意了。

但佟硯青卻沒了精神，為了紀念走掉的亓三郎，不跑步不說，連話也少了。盯著佟析秋做完棉襖、棉被後，再看她刺繡，瞧瞧兩面完全不同的花樣，無精打采地分著繡線，唉聲嘆氣，不時來上一句。「二姊，我想三郎叔了。」

「嗯，想的話，你就對著西邊說說吧，當時他是從西邊走的。」

「喔！」聽罷這話，佟硯青果真轉到西邊，喊道：「三郎叔，我想你！」

「噗！」對於自家二姊的玩笑，佟析春也跟著笑了起來。

亓三郎走後第五天，有人上門來。佟析秋開門一看，原來是佘氏身邊的婢女青衣。

她有禮地請青衣進屋，青衣簡單打量屋內後，便直接說明來意。「主子很喜歡佟姑娘上回送的豆芽菜，想厚著臉皮再求上一點。」

佟析秋愣了愣，亓三郎走後，她便犯懶沒再孵豆子，自家剩的，前天就吃完了，便有些不好意思地笑道：「不知佘掌櫃會喜歡這道小菜，如今犯懶，倒是沒有孵呢……不如，我把做法送給妳們？」

青衣皺著好看的柳眉想了下，又看看這貧困之家，遂抱拳道：「待我回去問問主子可好？」

佟析秋點頭，見青衣這般行事，對佘掌櫃的好感又加深一分。

於是，送走青衣後，她便著手泡了小把豆子，然後又開始繡屏風了。

第二天辰時，青衣再次到來，拿出一封信與二十兩紋銀給佟析秋。

「主子說，不能白得了姑娘的好處。另外，這封信是主子讓我代為轉交的。」

佟析秋不動聲色地取出白色信箋，一目雙行看完後，不由挑眉。

原來這是一紙保證，大意是佘氏得了她的好處，絕不加以利用，豆芽只供自家食用，二十兩紋銀算是她傾囊相告的報酬。若將來佟析秋以此做生意，她也絕不仿效。信末，為表誠意，還蓋了私印。

佟析秋將信收好，看向那四錠白銀，只取走一錠。「佘掌櫃如此重義，析秋也不能貪財。孵豆芽看似複雜，會了後，也不過如此，五兩銀子便可。還請姑娘代為相告，就說析秋多謝佘掌櫃了。」

青衣看看剩下的十五兩銀子，用手輕輕推回去。「主子有交代，若姑娘看完信後要退還銀子，不如煩勞姑娘畫張圖。」

佟析秋愣怔一下，隨即回神點頭。「自然可以。」

話落，即見青衣變戲法似的從身後拿出小包袱，取出裡面的東西放在炕桌上。「兩日後，我會來拿。」

佟析秋道好，見她起身，便將豆芽的孵法告訴她，然後送她出去。

佟析春跟佟硯青一直窩在炕上角落聽她們說話，見青衣走後，便趕緊圍攏過來，眼睛對著桌上的銀子閃光。

「二姊，這麼多銀兩啊！」

上回佟析秋雖然有拿銀子回來，不過他們沒看到，這還是頭回見呢。

佟析秋點頭。「嗯，有了錢，以後咱們想去哪裡，就去哪裡。等這繡活做完，咱們就離開村子。」

「好！」佟析春與佟硯青點頭，眼中滿是憧憬。

日子平平淡淡地過著，但亓三郎走了這般久，總會有些風聲傳出去。

村中有人起了猜疑，便有意無意地打探，等確定後，又是流言四起。

對於這些，佟析秋不聞不問，如今她手中有銀，根本不怕他們。

另一邊，十一月下旬，佟百川接到了一封信。

讀完信後，他沈思良久，看向做針線的劉氏，問道：「最近村中在傳二丫的男人跑了？」

劉氏拿針在頭皮上刮了下，不屑地撇撇嘴。「嗯。說什麼成了親，我看就是耐不住寂寞的騷狐狸。這下可好，人跑了，被白玩了吧！」

「胡說八道什麼？她才多大，不過是鬧著玩罷了！」

聽佟百川突然改口，劉氏驚了一跳，訝異看著自家男人。「你這是怎麼了？為何說出這種話來？」

佟百川瞥她一眼。「閨女在縣裡學了幾年的琴棋書畫，如今快十四歲，該找個好人家了。」

劉氏癟嘴，有好人家，誰不想找？可鎮上的富戶，他不是看不上嗎？

見她這樣，佟百川哼了聲，果然是頭髮長、見識短的婆娘。

「妳好好在村中打點一下，不要再讓二丫的謠言亂飛。若有人不聽，就拿撵村除族威脅。」

劉氏皺眉。「這是為什麼？」

佟百川眼色幽深。「有人用得著！」

劉氏恍然大悟，隨即擔憂問道：「你可有說大丫之事？」

「沒事！」佟百川揮揮手。「他們早知道了。而且，不是還有兩個嗎？」

見他這樣，劉氏不好再說什麼，只點頭道：「行，待會兒我就去打點。想造我佟家的謠，也得看看老娘臉色才行！」

第十一章　佟析玉

進入臘月，刺繡的活兒也到收尾的時候了。

臘八這天，佟析秋早早就將備好的八樣穀米放進鍋裡，細細熬煮著。

這個時代有送粥的習俗，但自家在村裡無人喜歡，便只做了一家三口的量。

待佟析春他們起來後，佟析秋聽見院門被人拍響，遂先招呼佟析春來舀粥，這才拍拍身上的灰，開門出去。

只見柵欄門前站著一名十三、四歲的女子，細長身姿，著藕粉白細棉直筒襖，頭綰斜髻，一支流蘇銀簪別在上面，有著幾分楚楚之味。再看面容，內雙眼配著挺鼻小嘴，顯得十分清麗可人。

佟析秋依著腦中的記憶，笑著上前招呼。「析玉姊。」

佟析玉也將佟析秋打量了一遍，見她面色紅潤、神采奕奕，穿的雖是芙蓉花色粗棉襖，頭髮也只是隨意用粗布綁著，可眼中的那抹自信風采，卻莫名令她心頭有絲不舒服。

想著來時父親的囑咐，佟析玉笑吟吟地說：「析秋，爹爹讓我來送粥呢！」說罷，炫耀地將鏤空雕花竹食盒舉給她瞧。

佟析秋並不開門，只淡笑著。「有勞大伯掛心了。煩請析玉姊回去代傳一聲，說我們自家有呢，就不交換了。」

佟析玉的嘴角癟了下，隨即恢復笑顏，道：「雖說家裡有，到底是習俗。」

「倒也是。」佟析秋恍然。「那有勞析玉姊稍等。」說罷，轉身喚道：「析春，盛碗八寶粥來，再拿個空碗，我們跟大伯家換粥。」

佟析春應了，小心地把粥端出來。

佟析玉打量了跟佟析秋著同色襖子的佟析春，見她沒了從前面黃肌瘦的病癆樣，不由瞇起眼，再看她端來的粥，瞳孔立即縮了一下。

佟析秋接過另一只粗瓷空碗，笑著看佟析玉。「析玉姊，換粥吧。」

佟析玉回神，得體地笑著，把自家的粥端出來，是一碗白米配著紅棗、枸杞的甜粥。

佟析秋不動聲色，把碗伸到柵欄外，等著接過。明顯不願開院門的樣子，惹得佟析玉皺眉不已。

佟析秋笑道：「家中無地供客人站腳，還請析玉姊見諒。」

佟析玉聽罷，眼中的惱怒再難隱藏，飛快換了粥後，為怕露餡兒，當即一個轉身，急急離去。

瞧佟析玉走遠，佟析秋若有所思地回了屋。

看來，她得快點想辦法找房子，準備出村了！

佟百川看著自家閨女端回的黑米八寶粥，愣了一下，又聽佟析玉甩著手絹道：「我才離村幾個月，村尾那家居然吃得這般好了！」

佟百川皺眉，難不成是那男子留的錢？若真是這樣，無親無故又無任何好處，誰願意白給錢？

想到這裡，他眼神一深，看著自家閨女，卻又搖搖頭。雖然那人身分不錯，可終是沒用的，將來又幫不上自家兒子，送了去，女兒是享福，卻白白送個便宜給別人，如何能成？

於是，他忍不住嘆息，低喃了句。「得想個法子驗驗才成……」

臘月二十，繡品終於完成了。

佟析秋把布捲好放進包袱裡，看佟硯青一臉渴求，便有些頭疼，知道這小子想跟著去市集，偏頭看向佟析春，見她也隱隱羨慕，想了下，道：「要不，我們一起去？」

佟硯青猛點著小腦袋，佟析春則有些猶豫。「我的病才好了點，怕吹風又嚴重了。」

佟析秋伸手摸摸她身上新做的棉襖，比以前厚了不止一倍，裡面鋪的又是新棉絮，應該沒有多大問題。老待著不出門透氣也不是辦法，總得讓人散散心，舒緩舒緩。

「等會兒我縫幾頂棉帽，再做幾條棉布巾圍臉吧。」她看了看鞋子，又道：「鞋子用油布裹著，應該就不會被浸濕了。」

佟析春想了想，問道：「這樣就可以了嗎？」

「可以！」佟硯青小大人般地點頭。「三姊放心，二姊一定會讓妳暖呼呼的！」

他認真的表情，逗得佟析秋忍不住戳了下他的小腦袋瓜。「你這小子！」說完，便開始做捂頭捂耳的棉帽了。

第二天，姊弟三人全副武裝，向市集出發。

路上碰到村民，大多是怪異地看看他們後，便裝作不認識地繞開了路。

對於村民的反應，佟析秋只當看不見，拉著弟妹慢慢走。

佟析春有些氣喘，走上一步就得歇上好幾步，小半個時辰的路，三人硬是走了一個多時辰。待到雙河鎮時，三人雖裹得嚴嚴實實，臉上卻滿是因呵氣而凝成的冰碴。

進了鎮，佟析春跟佟硯青如好奇寶寶般，轉動眼珠看個不停。佟析秋知他們一個是因為病痛長期不出門，一個是因為太小，早已記不得鎮裡的熱鬧，乾脆領著他們走了一圈，再去佘記繡鋪。

三人到了繡鋪，走進後院，等青衣上了茶後，佟析秋才拿出繡好的繡品遞給青衣。

青衣將繡品展開，佘氏十分滿意，笑問佟析秋，要銀兩還是銀票？

佟析秋直接選了後者，臨走時，想了想，道：「佘掌櫃可還要圖樣？若是要，小女子可趁著年節前畫些出來。」

佘氏點頭。「自然要的。」又以商量的口氣問道：「不如妳每月出一個新花樣，我按著月錢給妳？一張上品圖樣，五兩白銀可好？」

一個月五兩，對於小繡鋪來說，已算得上很好的待遇了，可佟析秋卻不打算這麼做。之所以開口相問，不過是看佘氏對她照顧有加，想還個人情罷了。

她想了下，回道：「一月一張，小女實在無法做到。不如每個季度一張，一年四張如何？」

佘氏看她一眼，笑得溫和。「不如分一成利錢給佟姑娘，妳看如何？」

佟析秋愣住，佘氏卻立刻寫出契紙遞給她，別有深意地笑道：「佟姑娘的花樣繡出來十分精緻，受人喜愛，為表誠意，還是分成，長久合作為好。畢竟佟姑娘也得多存嫁妝不是？」

對於佘氏促狹的調侃，佟析秋卻當成了嘲諷，以為在說她貪心，用一成利來誘惑，又拿存嫁妝這種羞於啟齒的事來刺她，遂皺了眉，起身福禮。「佘掌櫃怕是誤會了！」

佘氏愣怔，仔細回味剛才說的話，似有了幾分明白，擺手道：「不，該是佟姑娘誤會我了。」

佟析秋抬眼對上佘氏瀲灩的桃花眼，只見她表情溫和，未有半分諷刺和不喜，便低眸道歉。「小女子魯莽了。」

最後，兩人達成協定，佘氏很是大方，依舊給一成利，佟析秋則每季提供一個新花樣。

得到這個結果，佟析秋有些恍惚，怎麼也沒想到，不過一個轉眼的工夫，她就有了一筆屬於自己的生意？會不會太快了點？

出了店門，因著暈乎，讓她忘了找牙行問搬家的事，回神後，不得不拉著弟妹去找鎮中婦人詢問，才找到牙行。但她敲門許久，卻無人來應，問了左右鄰居，原來是年尾將至，牙行販子已回鄉過節去了。

她嘆息一聲，看向佟析春和佟硯青。「要不，我們過完年再搬？」

佟析春有些喘，卻乖巧地點頭。「嗯，不差這兩天的。」

佟硯青拉緊她的手，亦道：「對，不差。」

既然三人意見一致，搬家的事便暫時擱下，乾脆拉著佟析春去藥鋪，請了德高望重的大夫把脈，拿出以前常吃的藥方給他瞧瞧。

大夫看過藥方後，問了家境，得知不錯，便在原來的藥方裡添了幾味補藥。末了，叮囑該注意的事，說佟析春的身子雖不能大好，倒可以小癒。

姊弟三人抓完藥，出了藥鋪，又去各種炒貨店、果子店、點心店逛了逛。

待兩小兒累了，佟析秋領著他們去吃了頓熱呼呼的骨頭湯麵，最後上肉鋪買豬頭，準備過幾天燉來吃，才租驢車回家。

一個時辰後，劉氏從外面往家裡跑，衝著門口大喊。「當家的，村尾發大財了！」

「怎麼了？」佟百川不悅地看了眼喘氣不已的自家婆娘。

劉氏一邊挪著屁股上炕、一邊急道：「剛才村裡有人看到二丫他們坐著驢車從鎮上回來呢，看那車輪印子，車上怕是裝了不少東西。」

佟百川聽了，皺眉不語。劉氏見狀，不敢吱聲，悄悄下炕，去偏廂找自家閨女說悄悄話了。

另一邊，村裡有人看見趕驢車的車夫拿了兩貫銅錢，便奔相走告，一時間，大家都在猜測錢是哪裡來的，若真是那個拳腳好的男人所給，那佟析秋可就是個厲害的，注定要走勾男人的路了。

一些多心的婦人聽說後，決定今後將自家男人看緊點，免得被勾搭上，又失人、又丟財。

佟百川也有些愁，怕村中有人起了歹意，真去勾搭佟析秋，得想個法子才行……

第二天，佟百川親自來到村尾，拍了小屋的門。

佟析秋出來，看見他，很是訝異，佟百川則用眼神示意她開門。

佟析秋看看他那臉凶樣，若是不開，惹毛了他，這年怕會過得不好，遂開了門。

佟百川背著手，自顧自地踱步向破屋行去。

佟析秋微蹙了眉，卻沒說什麼，隨後跟上。

屋子裡，佟析春和佟硯青看到佟百川，雖有些瑟縮，但仍知禮地喚了聲。「大伯。」

「嗯。」佟百川不動聲色地把屋子打量一遍，便揮手對兩人道：「你們先去內室待著。」

佟析春看了後面的佟析秋一眼，見她點頭，才拉著佟硯青去內室。

待兩人走後，佟百川背手而立，問佟析秋。「妳的夫君呢？」

佟析秋面不改色，淡道：「說是去闖一番事業，過幾年就回來了。」

呵！佟百川的眼神冷了下來，看向屋子裡堆著的東西。「妳可知你們昨兒坐驢車回來，已引得村中風言風語？」

「不知。」

佟析秋的冷淡，終是激得佟百川生出惱意，強忍怒氣地轉眼看她。「如今妳夫君走了，可知村民會有何猜想？不說別的，若有起了壞心的人前來，妳一個弱質女流拿什麼抵抗？」

佟析秋皺眉。這是什麼意思？真當她勾人不成？

佟百川見她皺眉沈思，想著差不多了，又是一嘆。「說到底，都是一家人，上回之事，我這做大伯的也太過魯莽了。可有些時候，是恨鐵不成鋼啊！」

佟百川在道歉？佟析秋驚疑，眼中有了絲不可置信。

佟百川揮了下衣袖，又道：「如今見妳這般，到底有些不忍，不如你們搬回以前的老宅去？這樣兩家離得近，也能防那些起歪心的人打妳的主意。」

佟析秋不動聲色地勾唇，他說得關切，但眼神卻是半分誠意也無！便笑了笑，衝他福了個身。「倒是不知大伯這般為我們姊弟著想。可我們並不想回老宅。」

「為何？」佟百川眼中閃過不喜。

佟析秋故意把手抬起，用袖角擦眼睛。「老宅有著爹爹、娘親和我們四姊弟全家和樂的回憶，如今只剩下我們三個，析秋不想觸景傷情，還是不回的好。」

「不回？難道留在這偏遠之地等人上門不成？簡直胡鬧！」佟百川沈喝甩袖，終於現出惱意。

佟析秋也不懼怕，再次擦擦眼角。「雖說別人不信，可析秋是真的成了親。別人如何看，析秋卻是管不著的。夫君走時，打了不少獵物，賣了不少錢，為的就是出去闖蕩後，怕我們吃苦啊。」

佟百川瞇眼，冷嗤了聲。「成親？那我問妳，你們可有婚書？可有去鎮衙造冊備錄？」

佟析秋愣了一下，立刻回神答道：「啊，倒是忘了。謝大伯提醒，明日析秋便去。」

「呵呵！」佟百川冷笑更甚。「我再問妳，妳要不要回老宅住？還是要長久住在這裡？」

佟析秋不知他這話何意，她對古時的規矩不太明白，理解的不過是前世看電視學的一些。雖然如此，還是鎮定笑道：「倒是不必麻煩了，待年節一過，我們姊弟就會搬出村。不過幾天工夫，想來不會出什麼大事。」

「出村？」佟百川詭異地挑眉。「妳以為還有夫君護著不成？」

什麼意思？佟析秋皺眉。

佟百川粗嘎地笑出聲。「沒有戶籍，妳想出村？一名女子，沒有族人護著，妳以為能走得了？」

說到這裡，他狠戾瞪她一眼。「再說，你們是我佟氏的後人，並未除族，本里長要拿捏你們，就像踩死螞蟻那般簡單！」出村？想得倒美！

佟析秋大驚，看著佟百川胸有成竹的樣子，想起亓三郎在時，當時聽說她成婚了，他明明氣個半死，卻做出各種討好的模樣，難不成這一切……

佟析秋恍然大悟，原來這一切都是在作戲啊，怕亓三郎動手，故意妥協的！

想到這裡，她心驚不已，沒有戶籍，可以跑去偏遠地方偽造，可沒有除族，隨便一個理由就能無聲處死她。這在古代屬家法，官家是不管的！

佟百川滿意地看著佟析秋變化的臉色，陰笑了聲。「妳一名女子，根本沒有立門戶的資格，更何況硯青是我族中兒郎，將來若念書考科舉，沒有乾淨的身家背景，還想走官路？」

他每說一句，佟析秋的心就沈一分，那種被人掌控命運的感覺，令她十分不爽。見佟百川一臉得意，便皮笑肉不笑地哼道：「不知大伯是何時捏了我們二房的戶籍？」

佟百川別有深意地看她，高仰著頭，哼笑道：「妳無須知道。明日，不，今日馬上搬去村中！」說完，便甩袖出屋。

馬上嗎？這麼迫不及待地想監視他們？可這又是為什麼？忽然轉變態度，不再任他們自生自滅，究竟有何意圖？

佟析秋看著佟百川掉頭出屋，心中悶氣陡生。

這時，佟析春跟佟硯青滿臉是淚地掀簾走出來，佟硯青抱著她的腰哭道：「二姊，大伯為什麼要我們搬家啊，是要對我們好了嗎？可是，為啥以前不對我們好，現在才要對我們好呢？二姊，我好怕，大伯剛剛的聲音好可怕！」

佟析秋摸著他的小腦袋，思考現在的處境。要不要拚拚看？可拿什麼拚呢？命嗎？

佟析秋悲嘆，她真是恨極了這種感覺，握拳佇立良久，終是嘆道：「先搬再說。兵來將擋，水來土掩，若被惹急，咱們就跟他拚了。」

如今還不是拚死的時候，看佟百川之前到現在的轉變，怕是中間還有詭計。只要不是逼死他們，定會有反擊的時候。

她低頭向兩小兒看去，見佟析春眼中雖閃動淚花，卻少有地現出一抹堅毅，心中遂生了一絲信心。

臘月二十三是小年，這天，佟析秋姊弟是在忙碌中度過的。

三人到了舊宅，佟百川就把鑰匙交給佟析秋，為怕她找理由，還特意道：「昨兒叫妳大伯母來烘了炕，只管放心睡，沒有潮氣的。」

剛才，劉氏借了輛獨輪車給他們，雖然近日添置不少東西，但佟析秋不過跑個三、四趟，就將破屋搬空了。

躺在那間青瓦房裡，雖是好屋大炕，三姊弟卻睡得很不安穩。

佟硯青睡得迷糊之際，巴著佟析秋，語帶顫音地哭喊。「二姊……我怕……」

佟析秋嘆息著，把他的小腦袋瓜抱在懷裡。

這回，怕是她想跑，也跑不了了！

第十二章 來人

小年一過，村子裡就開始忙著過大年了。

臘月底有什麼講究，佟析秋是一點興趣也無，只在二十八日、傳說中洗邋遢（注）這天，燒了滿滿兩大鍋熱水，三姊弟痛快泡了個澡，將髒衣洗淨，略略晾乾後，扔在炕上烘著。

中午時分，院外響起敲門聲，佟析秋打開木門，見外面站著的人居然是林潤生。她有些驚訝，卻臉色未變，笑喚了聲。「潤生哥。」

林潤生表情有些複雜地看她，良久才開口問道：「我聽家裡人說，妳搬回來住了。可還習慣？」

其實他並不想這麼問，只是聽父母說她勾引男人，有了錢，現在被里長拘著，便過來看看她好不好。

「還行。」佟析秋頷首。「潤生哥有什麼事嗎？」

「無事。」他有些悶悶地搖頭，張了張嘴，見她微笑地看著自己，終是不敢對視，移開目光。明知踰矩，還是問出了聲。「對了，那位俠士呢？」

佟析秋恍然，哂笑一聲，卻未明著回答他。「有些事，並不是聽說了，就是真理；親眼看到了，就是真事。」說完，便衝他福身。「謝謝潤生哥掛懷，慢走不送。」

注：洗邋遢，一種過年習俗，在臘月二十八日淨身與清掃家裡，以去除前一年的壞運。

林潤生愣怔，見她關了門，便沈吟著，疑惑地轉身離去。

佟析春看佟析秋回來，問道：「二姊，是誰呀？」

「一個無關緊要的人。」佟析秋淡笑著，摸摸她的頭。「再兩天就過年，咱們去把前幾日買的豬頭燉了！」

「好！」

「二姊，這麼大的豬頭，咱們吃得完嗎？吃不完還凍著嗎？再凍，會不會凍壞呀……」

絮絮叨叨的聲音，混著佟析秋的笑聲，這個年，倒也不那麼無奈了。

隔天，佟析秋帶著六刀紙，領著兩小兒到亂葬崗，給郝氏和佟析冬上墳。

三姊弟對著兩座挨得極近的墳跪下磕頭後，佟析秋便在旁邊燒紙，佟析春跟佟硯青則開始絮叨起他們的想念。

年三十那天，三姊弟平平靜靜吃了頓豐盛的年夜飯，守完歲，吃了餃子後，便上炕呼呼大睡。

至於拜年？呵呵，反正不招人喜歡，他們也不想上門，就混過去了。

過完年，即正式步入了正月。

由於跟佘氏商量好一季出一個新花樣，佟析秋便開始畫起來，放棄毛筆，改用炭筆勾勒。也不畫衣著花樣，只畫風景樓閣，稜角分明、清晰自然的畫風，代替了水墨畫的朦朧之美，想來會另起一波熱潮的。

轉眼到了正月十五，佟析秋去繡鋪送畫，順道領兩小兒看燈會。可惜人多，怕擠著他倆，終是沒有盡興，在天黑前回了村。

正月二十，村民開始忙著選種子、磨鋤頭與農具，等著雪化，就要春耕了。

這天午時，忙完活兒的村民準備回家，走在村頭大路上，卻聽見陣陣車輪嘎吱和噠噠的馬蹄聲。

有人停下腳步，互相使著眼色；有人撇嘴，覺得還是回家的好。

聲音漸漸靠近，原來是幾輛馬車，刻有花紋、裝飾風鈴，連車簾都是漂亮的錦緞做成，這般富貴華麗的馬車，令眾人吃驚不已。

馬車駛到村民面前停下，最前頭的馬車裡突然傳來老太太的聲音——

「李家的，佟四家的，佟正家的……」老太太將在場的村民一一叫過，掀開車簾，笑得露出一臉皺紋。「你們還記得我嗎？我兒子沒失蹤呢！不但沒事，還做大官，娶新媳婦了！」

圍觀的村民皆吃驚地張大了嘴，良久，才有人回過神驚呼。「佟老太太，妳不是去廟裡吃齋唸佛了嗎？」

「是啊！」被稱作佟老太太的朱氏興奮地跳下車。「我不是去給我那不見的二兒子祈福嗎？這不，老天保佑，我兒子非但沒事，還做了大官，如今兒媳要接我去京都當官家太太呢！」

眾人驚呆，這、這是啥情況？

有那反應快的，轉身就往里長家跑，邊跑邊喊著。「快去通知里長！」

朱氏笑著跟村民寒暄，後面馬車的簾子被偷偷掀起一角，有個婢女盯著她，冷哼了聲。「真是粗鄙！」放下車簾，看向著華麗織雲錦緞的雍容婦人，問道：「夫人身子可有不適？」

婦人睜開有些上挑的狐狸眼，玉盤臉看起來端莊肅穆。「不是到了嗎？」

「到是到了，可是老夫人……」

「由得她去。」婦人淡淡地道。

婢女低頭。「是。」

朱氏寒暄完，上了馬車，村民喧鬧著跟隨，緩緩向佟百里家行去。

這時，佟百川跟劉氏領著休沐回來的小兒子佟硯墨與大女兒佟析玉，正笑得一臉討好，站在大門相迎。

馬車一停，朱氏便率先跳下車，看到佟百川時，還上演了一段母子情深的戲碼，當眾灑淚的模樣，惹得後面三人也跟著上前嚶嚶不止。

就在一家人抱頭痛哭時，有個雍容華貴的婦人從後面馬車走下來，只見她著織雲錦緞褙子，珠圍翠繞，玉盤臉上滿是親切笑容，雙目雖是上挑的狐狸眼，不過給人的感覺卻很端莊隨和。

一番騷動，婦人身後簇擁著的十多個婢女、下人，齊刷刷上前對佟百川行叩禮，口裡道：「給大老爺請安！」

佟百川看了，心臟急劇跳動，情緒澎湃不已。

婦人得體地移步到劉氏面前，雙手疊放腰側，屈膝行了半禮。「王氏見過嫂嫂。」

劉氏慌得手足無措，連連搓手，不知該如何是好。

扶著王氏的婢女見狀，很是不屑地暗中撇嘴。

佟硯墨反應過來，趕緊出聲打圓場。「爹，娘，二嬸一路舟車勞頓，還是快快進屋歇息要緊。」

「喔喔！對對對！」劉氏回過神，對著王氏彎腰，伸手比道：「弟妹請。」

「嫂嫂請。」

王氏端莊勾笑，讓這輩子沒見過高門貴婦的村民，頓時驚得連連吸氣。

「看來里長家是祖墳冒青煙了。這貴夫人比起郝氏，真是一個天、一個地啊！」

「誰說不是呢？」

看著那行人相互謙讓地進了屋，圍觀的村民紛紛搖頭，驚嘆不已。

外面議論紛紛，佟家一片忙碌，但在舊宅窩著的佟析秋姊弟，卻是半分不知。

此時，佟析秋正問佟硯青要不要去上學。

誰知，那小子點點頭後，又搖搖頭，見自家二姊疑惑，便很猶豫地問：「二姊，我去上學，是不是就得跟潤生哥一樣住在學堂裡呢？那樣，我是不是就要跟妳和三姊分開了？」這樣的話，他有點不想去呢。

佟析秋想了想，現在佟硯青才七歲，若是住在學裡，的確有些早，再加上沒有朋友，怕是會被排擠。可就算這樣，也不能永遠待在家裡吧，會讓人越發膽小的。

「不然……你去後，二姊每隔一天就去看你？」

佟硯青聽了，嘟囔著，還是不太願意。

佟析春見狀，放下學刺繡的繃子，笑著對他道：「你忘記說過的話了？你說要變強，要變得像村口的大爺那麼壯，這會兒卻連門都不敢出，還怎麼變強？」

佟析秋轉眼看她，有些訝異，想不到佟析春還有這般能說的時候。

佟硯青有些不服氣地鼓起腮幫子。「我只是怕到時想妳們嘛！」

佟析秋笑著摸摸他的頭，知他不過嘴硬罷了。任何一個離家的孩子，在陌生的地方，沒有不害怕的。

「先不急，明兒二姊帶你去看看學堂，遛達一圈再說。」

「好！明兒我就去上學，不用遛達了！」佟硯青握起小拳頭，滿臉堅毅地碎碎唸著：「我才不怕，明兒我就去念書，去學裡住。我不怕，我不怕……」

而佟家這邊，王氏梳洗過後，出了偏廂，看著特意為她設下的接風宴，有禮地向佟百川夫婦道了謝。

因注重規矩，王氏身邊的掌事婢女命人搬來屏風，放在中間，分了男女桌。就這樣，隔著屏風，一家人兩張桌地吃起飯。

劉氏平日裡雖牙尖嘴利，可今兒頭一回見到這般大的富貴陣仗，坐在那裡，連話都不會說了，其間更是頻頻失禮地站起來，要給王氏挾菜，被王氏身邊的婢女婉拒多回後，才不再起身。

朱氏在旁邊看著，心中不喜，面上卻不顯半分。畢竟她以前也幹過這事，便打著圓場道：「沒事，習慣就好。」

佟百川父子坐在屏風另一邊，十一歲的佟硯墨給自家老爹使眼色，佟百川卻搖頭，舉杯對女桌的王氏說道：「弟妹遠道而來，寒舍粗鄙簡陋，還望海涵。」

王氏端莊一笑，優雅地執杯，側身相對。「哪裡的話，自家人住自家屋，豈有嫌棄之理？」

「那就好。」佟百川伸手相請，兩人相繼喝了杯中酒。

王氏喝罷，用手絹輕拭嘴角，那優雅的動作，令規矩坐在母親下首的佟析玉豔羨不已。

飯後，朱氏直接脫鞋坐上小炕，這般不拘禮，讓佟百川微微尷尬，抬眼看向坐在對面的王氏，見她面容平靜，連眉頭都不曾皺上一分，才暗暗鬆了口氣。

朱氏看著下首的大兒子與大兒媳，問道：「你二弟的幾個子女，如今過得如何了？」

話落，就見劉氏用衣袖抹起了眼淚。「唉，說來話長，那幾個孩子……」

「孩子怎麼了？」朱氏面露焦急，見她哭個不停，便不悅地喝道：「妳倒是說啊！」

於是，一屋子人聽著劉氏不斷抽噎，說起朱氏走後的事。

從郝氏沈塘開始，說到佟析冬的死，劉氏更是撲通一聲跪在地上，大哭不止。「娘啊，您要罵就罵吧，我真不知道會這樣啊！若知道二弟會做官，我說啥也不會讓大丫賣了死契。您打死兒媳吧，我是好心辦了壞事啊！」

朱氏皺眉看她，假意斥了下。「行了，先起來說話。這事也怪不得妳，妳二弟會理解的。說後面的。」

劉氏千恩萬謝地起身，擦擦眼睛，嘆口氣又道：「大丫死後，二丫像變了個人似的，如今日子雖是好過，可……也不知是不是太過荒唐了，才得來這福氣。」

「什麼荒唐？」

「就是……」

劉氏頓了頓，把佟析秋私自成親的事，一五一十說了出來……

第十三章 狗血劇

翌日早間，有人拍了門。

佟析秋看著拍門的彩衣女子，面露疑惑，正準備開口，便聽對方尖了嗓子問道：「姑娘是佟二老爺的女兒佟析秋吧？」

佟析秋點頭。「正是。敢問……」

不待她說完，就見彩衣女子露出似笑非笑的表情，吩咐道：「帶上佟三姑娘和佟小少爺跟我走吧！」

走？去哪兒？佟析秋皺了下秀氣的眉頭。「還未請教……」

彩衣女子聽了，故作恍然狀，屈身施了半禮。「是婢子疏忽了。婢子梅椿，是我們夫人身邊的一等管事婢女。」

婢女？夫人？佟析秋不動聲色地看向她。

梅椿見她無動於衷，笑著用手輕拍自己的嘴。「瞧瞧，婢子真是糊塗了，還把這裡當京都呢！」說罷，又假意賠了不是。「二姑娘請放心，婢子是二夫人身邊的婢女。」

佟析秋見她一直在亮身分，覺得可笑不已。京都？難道京都人人都認識她家夫人不成？

「二夫人的婢女？」佟析秋故意驚恐地瞪大了杏眸。「難不成姊姊是從陰間來的？我母親何時有過婢女了？難不成是年前我燒去的紙人變成魂兒來找我了！」

說到這裡，她害怕地抖了下，抬手要關院門，卻聽梅椿咬牙切齒地又說了一句。「二姑娘不識得我家夫人，總識得自家祖母吧！」

佟析秋頓住，眼神瞬間深了幾分。

梅椿見狀，對她笑得別有深意。「二姑娘請吧。老夫人吩咐，請幾位姑娘、少爺過去呢！」

佟析秋心頭一沈，良久後，終是頷首，轉身進屋喚了佟析春跟佟硯青出來。

「二姊，我們這是要去哪裡？」路上，佟硯青仰起頭，問表情嚴肅的佟析秋。

佟析秋瞄了眼前面帶路的下人，低頭安撫他道：「說是奶奶在大伯家，讓我們去看看。」

奶奶不是去廟裡念經祈福嗎？何時回來的？怎麼還帶了這麼大的陣仗？

走在旁邊的佟析春不自覺揪緊身前的衣服，心中生了絲慌亂……

佟析秋姊弟跟著梅椿走進佟百川家，剛跨過門檻時，就聽見朱氏的聲音急喚道：「青兒？春兒？快，快到奶奶這裡來。」

佟硯青緊抓著佟析秋的衣袖，有些膽怯地躲在她身後，佟析春亦是跟著自家二姊，隨她抬眼向上看去。

只見堂屋上首坐著一個五十多歲的老太太，滿面紅光，著卍字不斷頭的水亮暗紅襖，睜著一雙小凸眼，見他們看她，就趕緊伸出手，招呼佟硯青近前。

「硯青，快過來讓奶奶看看。你不記得奶奶了嗎？奶奶才走不到三年啊！」

佟析秋挑眉，拍拍佟硯青的後背，拉著佟析春，走到朱氏身前跪下，三人一起喊道：「奶奶。」

朱氏看到佟析秋，眼中厲光一閃而過，揮手輕嗯了聲。「起來吧！」待幾人起身，又招手喚佟硯青過去。

佟硯青抬眸看向佟析秋，見她頷首，這才小心地走過去。剛靠近朱氏，便被她一把摟在懷裡，心肝兒肉地叫了一通。

佟百川咳嗽一聲，指著坐在朱氏下首的王氏道：「析秋，來拜見妳的母親。」

母親？佟析秋抬眼看去，見是一名雍容貴婦。

王氏見她看來，微笑著伸出白玉纖手，和藹道：「這就是夫君的女兒？快過來讓我瞧瞧。」

佟析秋淡笑一聲。「不知我們姊弟何時多出了一位母親？還望大伯開解。」

王氏聞言，溫柔道：「是我唐突了。難怪秋兒會疑惑。」

「哪能怪妳。不守閨譽的女子，哪有資格怪罪人！」

朱氏略帶怒氣的聲音傳來，讓佟析秋的眼神一冷。

王氏卻笑道：「母親勿急，其中怕是有什麼誤會呢。」

「哼！」想著要驗證的事，朱氏冷哼一聲，不耐煩地揮手。「妳趕緊說，等會兒還有事呢！」

「是。」王氏眼中有絲異樣閃過，面上卻不動聲色，正準備開口，卻聽佟百川搶道：「這種事情，婦人怎麼好開口？還是由我來講明吧！」

說著，他咳嗽了聲，轉眸看向佟析秋，語重心長地說：「這事說來話長，不過王氏確實是妳的母親。」便緩緩道出了始末。

佟析秋聽完他所講的故事後，只覺好笑不已。

原來，原身老爹佟百里赴京趕考，快到京都地界時，不慎遇到搶劫，受了重傷，被前往清心寺禮佛歸來的王氏所救。

被救回的佟百里，醒轉後只記得自己的姓名和科考，其他一概不知。而寫有身分、籍貫的推薦信，因為放在包袱裡，也被強盜一併打劫走了。王氏見他可憐，便把他接回家中養傷。

在養傷的日子裡，王氏那身為翰林院大學士的老爹，看佟百里是個有為男子，生了惜才之意，親自作保，力薦他去科考。

這一考，佟百里竟位於頭甲之列，且因日久生情，對身為寡婦還帶著一女的王氏有了誓娶之言，隨即完婚。兩人恩愛有加，去歲十月，王氏更為夫君誕下一女。

至此，該是一家人和美，永遠幸福下去才是。不想，如今已升至五品同知的佟百里，去歲十一月時，因起床摸黑撞了頭，竟恢復了記憶！

憶及前事，佟百里愧疚難安，不願欺瞞王氏，遂說出在失憶前已有家室之事。本以為會得到王氏的埋怨，不想王氏聽了這話，感動於他的敢做敢當，決定親自來接夫君的元配，哪怕要低半頭自稱妹妹，她也甘願！

佟百里感動，連夜寫信回來告訴佟百川，不想哥哥的回信卻令他痛苦不已。王氏得知他們所發生的事情後，更是堅持要回鄉接婆母和孩子們上京安置。

於是，這件事在京都傳開，王氏也成了京中婦人圈中的表率。

「沒想到，夫君的孩子竟吃了這麼多苦。可憐了大姑娘，夫君知道後，傷心得一夜之間生出華髮。」王氏用絹帕拭著眼角，表情哀戚，彷彿死的是她親閨女似的。

佟析秋不動聲色地輕勾嘴角，抬眸看看上首說是唸了三年佛，卻吃得紅光滿面的朱氏。這般漏洞百出、狗血淋頭的劇情，他們是怎麼想出來的？心中哼笑，卻是呆愣地站在原地，一動不動。

佟百川聽王氏說完後，也跟著嘆了聲。「我也有錯，當初不該氣昏頭，把幾個孩子攆去村尾受罪。」說著，雙膝落地，砰的向朱氏跪下。「還請娘親去京都後，跟二弟帶個話，說大哥在此給他賠禮了。若他心中有怨，大哥隨他怎麼罰，絕不會有半句怨言！」

佟析秋懶得聽這些作秀的話，在腦中快速思索起來。

王氏是去歲十月生女兒的，這樣倒可以解釋，當時村中傳她勾男人時，佟百川想除她留佟硯青的動機了。可若只是這樣，也說不通，王氏看起來才三十出頭，又生過孩子，再懷第二胎應該不是難事，卻要強留佟硯青……

想到這裡，佟析秋釐清一些疑點，可是後來為什麼又不為難她了，還強行留在眼皮子底下看著？

這夥人回來，說了這麼多，不過是為佟百里拋妻棄子找藉口開脫罷了！

聽說朱氏是在郝氏沈塘後去禮佛的，可究竟在哪座寺廟，卻從未提過；佟百川家中突然大富，兒子上了縣學，女兒又學琴棋書畫。這些人怕是早跟佟百里有聯繫了，且知道他再娶之事。朱氏在郝氏沈塘後消失，應是被接到京都，或藏在某間宅子裡養著吧。

這時，佟析秋腦中突然有閃光劃過，讓她瞬間白了臉，忽然想通佟百川把他們扔在村尾自生自滅、不管不顧的原因了。

讓佟析冬賣身，為的是讓他們不會立刻死，因為他們在等一個人的肚子！

佟析秋臉色灰敗，驚出一身冷汗，不敢想像，若去歲王氏生了兒子，亓三郎離開後，他們的屍身會在哪裡？想著他們姊弟被這些人扼著喉嚨，卻毫不知情，心裡就止不住地悲涼。

她的腦瓜仁疼了起來，按理，所有謎團應該都解開了才是，但仍然有疑惑。現在確定他們要佟硯青了，可為何還要留下她與佟析春？依佟百川之前的做法，明顯是不想留啊！

一時間，她的思緒陷入泥淖，手有些發抖，發現這群古人的心計真是可怕。

朱氏聽了佟百川那番話後，哼了聲。「這事如何能怪你？只怪你二弟娶了個不守婦道的蕩婦！當初你是被逼得沒法，得做表率給族人看。大丫不就是你幫的嗎？雖出了差錯，可若不伸手相助，這幾個孩子哪能活到今天？」說完，拍拍被驚著的佟硯青，對佟百川揮手。「起來吧，我會跟老二說明白的。」

佟百川自慚地起了身，王氏離座，衝他福了個禮。「有勞大哥看顧這幾個孩子了。」

「當不得、當不得！」

兩人正客套著，佟析秋卻猛地回神，低頭一看，不知何時，佟析春已悄然握住她的手，很是擔憂地看著她，給了安撫的笑容。

朱氏見佟析秋終於回神，冷哼了聲。

「如今知道王氏是妳母親了，還不上前拜見？」

她身邊的佟硯青早想掙脫，扭動身子時，卻被暗中掐了下，痛得一抖，瞬間愣住。

朱氏見他紅了眼，趕緊露出慈愛模樣，解釋道：「還不快去拜見你的嫡母。」

嫡母？佟析秋冷笑，站在那裡未動。兩小兒見狀，緊緊依偎在她身邊。

王氏的眼神閃了下，朱氏則立刻不悅地瞪起小凸眼。

佟百川給劉氏使眼色，劉氏站起來，喝道：「二丫，妳這是做啥？還不趕緊行禮，不想見妳爹了不成？」

見她爹？這是拿去京都威脅她嗎？

雖然這樣想，她到底給了三分面子，對王氏福身，兩小兒隨她喚道：「二娘。」

朱氏聽罷，當即大拍炕桌，衝著佟析秋怒吼。「妳還要認妳那下賤的娘？那個蕩婦早不是我佟家的人了！從今以後，你們的母親便是王氏，給我叫娘！」

佟析秋面上委屈，眼淚流了滿臉，哭道：「娘親十月懷胎生下我，我不能這麼不孝，不認了她！」

佟析春聞言，跟著掉淚。佟硯青看兩個姊姊都哭了，也哇一聲哭起來。

朱氏皺眉，還想高喝，王氏卻笑著擺擺手。「母親別嚇著他們了。都還小，叫什麼不是一樣？兒媳不計較的。」

「也就妳性子好！」朱氏冷哼一聲。

佟析秋見狀，心裡更是冷笑不已……

第十四章　屈辱

稱呼的事作罷，朱氏端盞喝茶，看著佟析秋，眼露利芒地又問：「聽說妳成親了？」

佟析秋安撫著緊扯她衣袖的佟硯青，不鹹不淡地嗯了聲。

朱氏砰的將茶盞重重磕在炕几上，佟硯青和佟析春嚇得又是一抖，佟析秋不著痕跡地把兩人掩到身後。

朱氏尖聲吼道：「妳好大的膽子，私自淫亂苟合，當真不要禮義廉恥了嗎？」

佟析秋聽到這話，差點沒笑出聲來。

佟百川卻飛快起身，解圍道：「娘，您消消火，她連戶籍都沒有，怎麼成婚？再說，她才多大，哪懂男女之情。」

朱氏聽他這樣說，消了點氣。「你說她不懂男女之情？」

「不懂男女之情，會把成婚大事掛在嘴邊？不懂男女之情，能跟男子同住一個屋簷下，且身子還是清白的？娘，您別聽村民瞎說，析秋才多大，清不清白，驗身不就知道了？」

「對對對！」劉氏跟著起身附和。

佟析秋瞇眼，冷冷看著這拙劣的雙簧，眼角餘光向王氏瞟去，卻見她優雅端盞，似乎沒聽見，讓人不由疑惑。朱氏這樣，難道不是她授意的？

「把她給我綁了，我要親自驗身！」

正思索著的佟析秋，被這一吼驚得迅速回神。劉氏跟伺候朱氏的婆子向她走來，她則將弟妹緊護身後，眼睛半瞇。

朱氏揮手，不耐道：「趕緊將人拿住。這可關係到佟家名聲，不能馬虎了！」

劉氏點頭，轉頭對佟析秋笑了笑。「二丫，妳還是乖點，若妳是清白的，就能上京都過千金小姐的日子了。別怕，就脫脫褲子的事。」

王氏聞言，用帕子掩住嘴，覺得劉氏當著男子的面說出脫褲子的話很不得體。

佟析秋面上一冷。「不用驗了。我已破身，不再是佟家女，將我除族吧！」

驗身？前世民風那般開放，當著陌生女子的面脫褲子都覺得難堪，更何況是這般侮辱。

眾人聽她這樣一說，不由愣怔。

佟百川暗中皺眉，看向王氏，見她無所謂的樣子，想著自家兒女的前程，便咬牙，狠聲道：「妳以為破了身只是除族這麼簡單？無媒苟合，姦夫也未前來提親，似妳這般敗壞德行、損毀家族顏面之女，豈是被逐這般簡單？下場可是會跟妳親娘一樣！妳當真想這樣？」

佟析秋冷然抬眼，佟硯青則死抱著她，大喊道：「我不要二姊跟娘親一樣！哇……」隨即而來的哭聲震得佟析秋心肝都碎了。

屋中其他人見他哭鬧，皺眉的皺眉、癟嘴的癟嘴，朱氏更是不滿地大喝。「你哭喪啊！都多大了，沒點男孩子的樣子，跟個小姑娘似的，成何體統?!」

她吼完佟硯青，又對佟百川吼道：「她不是破了身嗎？給我抓住她，老娘要去官府告她。不遵婦德的賤貨，讓她被扒光衣服遊街！」

朱氏吼完，對王氏軟下口氣道：「媳婦兒，拿些銀子出來，再派人去衙門招呼一聲，今兒我要把這小賤人給辦了！等衙差來了，直接剝光她的衣服押進鎮！」

佟析秋聽得心中發冷，佟硯青扒著她，哭得好不淒慘。

突然，佟析春顫聲喚道：「二姊！」

佟析秋轉頭，卻見她眼中滿是淚光，輕輕對她搖搖頭，低泣一句。「留得青山在。」她的聲音很輕、很低，低得只有佟析秋能聽見。

佟析秋愣住，轉眼看著張牙舞爪的朱氏，再看看起身行禮的王氏，聽她道：「是，兒媳這就遣人去。」

佟百川緊蹙眉峰，不喜地狠狠瞪向佟析秋。要是她被辦了，那件事只能自家女兒去頂了。沒有好處可拿，怎能甘心？

想到這裡，他再次看向朱氏，勸道：「姑娘家任性，多少人住一屋呢，不可能破身的。娘，咱們不能置氣，說到底，二丫也是佟家的人，大張旗鼓地鬧，老二還在京都為官呢，這不是抹黑他嗎？」

朱氏聞言，頓了下，朝王氏看去。

王氏恭敬道：「雖是這麼個理兒，可若真破了身子，往後在京都說親，丟的也是夫君的臉呢。京都可不比鄉下，鬧鬧就罷了。」

朱氏點頭，見自家大兒不停使著眼色，遂哼唧了聲。「那就驗。要不聽話，給我綁死了，扒光了驗！」

「是！」得了令的婆子和收到佟百川眼神的劉氏再次上前，伸手要捉佟析秋。
佟析秋眼中生出決裂之意，不想衣襬卻被人死死拉住，回頭看去，瞧見佟析春近乎哀求的眼神，無聲用嘴形祈求著。「二姊，別丟下我們，求求妳！」
她的心似被堵住般，動作停頓下來，雙手立時被人狠狠反剪。
為著佟析春眼中的乞求，佟析秋沒有掙扎，暗中握緊了拳頭……
佟析秋被押進昏暗的房間，腦中一片空白，被人毫不留情地扒光衣服，用力掰開了雙腿。
當噁心的手伸來時，她含淚，再難忍屈辱地閉上眼。
朱氏檢查完，哼了聲。「把衣服穿上。小賤蹄子，非得老娘用狠的！」見劉氏正諂媚地看著她，便揮手道：「出去說。」婆媳倆一前一後地出了門。
等房裡沒了人，佟析秋才慢慢地坐起身，平靜異常地將衣服繫好，抬腳離開。
外面的人見佟析秋出來，眼神齊齊向她望去，經過佟析玉身邊時，佟析玉很是不屑地撇撇嘴。
朱氏嫌惡地別開眼。「滾回去收拾收拾，明兒一早就上京都。」
佟析秋沒有吭聲，木木地福了個身，便拉著一雙弟妹，轉身走人。
王氏看著她遠去的身影，眼神閃爍了下……

回到舊宅，佟析秋對佟析春吩咐道：「你們先收拾，我去鎮上一趟。」

「二姊，妳……」佟析春想關心一句，卻發現怎麼也開不了口，掉著眼淚，半晌才囁嚅了聲。「對不起。」

佟析秋搖頭。「不是妳的錯。」

「二姊！」佟硯青仰起小腦袋看她。雖不懂驗身是怎麼回事，但剛剛奶奶她們好凶，一定是壞人，便上前小心拉著她的手道：「妳痛不痛？奶奶是不是打了妳？」

佟析秋扯出笑容，再次搖頭。「沒事的，二姊不痛。」不過是屈辱罷了，她倒要看看，她們想把她怎麼樣。

透過驗身之事，讓她把未解的疑點解開了。難怪要留著她，是想用來結姻親吧！

她回過神，對兩人說道：「好好在家待著，二姊等會兒就回來。」

「嗯！」

交代完畢，佟析秋便開了院門，向鎮上行去。

看到佟析秋來，佘氏訝異了下，不過轉瞬便和氣地請她去後堂坐。

佟析秋有些歉疚地說明來意。「今日前來，有一事想與佘掌櫃相商。」

「請說。」佘氏轉著眼波，笑得溫婉。

佟析秋在心裡想了下，簡單將王氏她們那套說詞說了一遍。

佘氏聽罷，點頭讚道：「倒是個有情義的，恢復了記憶還不忘妻兒。」抬眼看她。「佟姑娘是想商量這事？」

見佟析秋點頭，她又道：「這是想要終止合作？」

佟析秋搖頭。「析秋並不是這個意思。」

佘氏聞言，頓了頓，抿嘴一笑。「這回去京都，佟姑娘就是高門小姐了，小婦人雖在鄉野，但對高門大戶的規矩還是略知一二。似妳這樣的千金，若將閨中畫作流出，被有心人抓住把柄，怕是會礙了閨譽。」

佟析秋聽了，毫不在乎地道：「無妨。只要佘掌櫃不說，沒人知道我會畫圖。」

佘氏聽罷，見她平靜異常，不由小小訝異了下，搖頭道：「小婦人不喜紛爭。」

佟析秋怔住。這話是何意？是不願再合作了？

如今她身上只有區區幾十兩白銀，對高門大戶來說，還不夠塞牙縫。如果斷了這條財路，沒有背景，又沒有銀兩傍身，就算將來被當成商品嫁出去，還是會被佟家捏得死死的。有些路，若沒銀錢，可就走不通了！

佟析秋垂眸，眼中溢滿了苦澀。前世雖是孤兒，但只要有衝勁，就有出頭的日子。可到了這裡，全被所謂的規矩壓著，退不得，進不得，被人拿捏命運，還要想辦法保護兩個小兒……

她緊了緊拳頭，滿滿的挫敗，令她快不能呼吸了。

佘氏見她忽然露出頹樣，眼色一深，溫婉開口。「佟姑娘怕是誤會了。」

佟析秋苦澀地抬眸，見她笑意盈盈，溫聲道：「小婦人說的紛爭，是指會發生的紛爭。」

也就是說，若不被人發現，就不會有紛爭了？

佟析秋內心一陣激動，以眸光相詢，見佘氏輕笑地點頭，便立刻起身，行了大禮。「多謝佘掌櫃！」

佘氏搖頭，親自扶她起身，兩人就以後如何通信做了一番討論。

待再出繡鋪時，佟析秋的心情是難得地舒暢不已。

佘氏站在店門口，看著那走遠的身影，對身邊的青衣悄聲吩咐了幾句。

青衣眼中閃過一抹驚訝，轉瞬便恢復如常，回道：「婢子知道了。」

佘氏頷首，走回了店內。

另一邊，佟府裡，梅椿小聲地在王氏耳邊低語了幾句。

王氏輕嗯了聲，睜眼看她。「夫君說二女兒一向膽小聽話，看來變化不少。」

梅椿不以為意，幫她輕捏肩膀。「再怎麼變化，也只是個鄉下女，去了京都，不照樣拿捏在夫人手裡？至於三姑娘……」輕哼了聲。「一個病癆子，有用就好好養著；沒用，也可神不知、鬼不覺地弄死。」

王氏聽了，淡淡睇她一眼。「怎麼說話的？」

梅椿驚了下，隨即低眸認錯。「婢子踰矩！」便不敢再多說了。

佟析秋回到家，把藏著的銀子全拿出來，除卻用掉的開支，算了算，全部家產竟連一百兩都無。

她嘆息了聲，看向一雙弟妹，不由皺眉沈思起來。

當天晚上，王氏身邊的管事婢女梅椿再次上門，且笑得很是刺眼。

「夫人說，兩位姑娘跟小少爺的衣服怕是跟身分有些不符，特意讓婢子過來送些合適的。」

佟析秋無視她的清高，將門打開，淡淡道：「有勞。」

梅椿見狀，這才揮手招呼後面的婢女、婆子，將衣飾送進院裡。

待送走煩人之人，佟析秋看了眼擺在屋裡的華服首飾，對很是不安的佟硯青和佟析春道：「睡吧，明日我們啟程去京都見爹爹。」

佟硯青年紀小，或許還想見親爹，可對敏感的佟析春來說，只覺這條路不會好走了。白天時，若她沒及時發現二姊的決絕，任由她去，現在會不會只剩下她了？

她不敢想像，抬眼看向佟析秋，眸光裡是想尋得答案的執著。「二姊，妳會丟下我們嗎？」

佟析秋怔住，半晌後，苦澀地搖頭。「不會！」答完，又催促道：「快去睡覺。」

「好！」

夜裡，佟析秋躺在炕上，凝視屋頂發呆，想著佟析春的問話。

若她真想丟下他們，早在朱氏強迫驗身時，便一頭撞死了。之所以忍住，是因為不捨。佟析春的眼神太悲哀了，以她的敏感，自是知道去京都定非好事。

若她放手，佟硯青或許會有條不錯的路，可佟析春……

佟析秋閉眼哀嘆，這個世界對女子從來都是這般不公平！

天未亮，門便被拍響了。

佟析秋將銀子貼身藏好，舊宅裡的東西一樣未帶，與弟妹被梅椿領著，在佟百川家會合。

彼時，十多輛馬車並排停在佟家院門前的大道上。

佟百川夫婦抹著淚，朱氏冷眼瞟了下佟析秋，便笑著對佟硯青道：「等會兒跟奶奶坐一輛車。這車太大，無趣得緊，陪奶奶解解悶可好？」

佟硯青有些不願，見朱氏皺起眉頭，便趕緊轉頭向佟析秋看去，瞧佟析秋頷首，才不情不願地點頭。

臨行時，佟析秋見佟析玉和佟硯墨也跟了過來，佟析玉還被安排與她們同車。

王氏看著她們，笑得溫和，解釋道：「路途遙遠，姊妹幾個坐一輛車，倒是能解悶。」

辰時三刻，馬車便緩緩駛離了村子。

佟析秋透過窗外看著不斷變小的佟家人，諷刺地勾了抹笑後，便靠著車壁，閉目養起神來。

第十五章　藍衣

車隊駛出雙河鎮，離別的愁緒總算被沖淡了點。

佟析玉看著依偎在一起的兩姊妹，腦中想著前一晚爹爹跟她說的話。

「那人雖看著身分顯赫，可終究是個沒用的，做人正妻，不一定比做妾來得有用。此去要好好討好妳二嬸，我助她這麼多，想來定會同意妳跟在長女身邊，只要巴結得好，我們長房出頭的日子就不遠了。切記，勿驕勿躁，這幾年學的東西，可不能白學了！」

佟析玉哼了聲，微微掀起車簾，看著外面的風景，想像將來的錦繡前途。

車行一天，傍晚快到驛站打尖時，車隊卻驀然停了下來。

聽前面有些吵鬧，佟析玉忍不住問坐在車外的婢女。「敢問姊姊，這車如何停了？」

婢女癟癟嘴，瞬間隱去不屑表情，笑回道：「婢子也不太清楚呢，聽著好像是前面有個乞丐攔了路，正叫著救命呢！」

「乞丐？」

「嗯。」婢女哼笑。「這年頭，隨便是誰都敢稱可憐，也不張開眼看看，攔的是誰的車！」

佟析玉聞言，有些尷尬地放下簾子，佟析秋卻緩緩睜了眼。

這時，馬車又動起來，佟析秋掀起車簾，任寒涼冷風陡然吹進車裡，無視天邊夕陽映照雪上的美景，眼睛盯著某處的小黑點，一動不動。

當她們的車子慢慢駛近，佟析秋眼睛盯著的小黑點也逐漸放大。

看著蜷縮在雪堆裡、身上全是污泥的乞丐，佟析秋還不待生出幾分憐憫之心，卻見她猛地抬頭，清澈晶亮的目光直直射來，眼中沒有半分躲閃和慌亂，黢黑臉上也看不出半點怯弱。

佟析秋沈吟，想著自己現今的處境，突然對外面大喊一聲。「停車！」

車夫頓住，坐在旁邊的婢女則不耐地壓著嗓子笑問：「姑娘有事不成？」

「停車！」佟析秋執拗地再次大喊。

那婢女無法，見前面馬車的婢女走過來，眼帶詢問，遂趕緊撇嘴指了指車裡。婢女點頭，轉身向最前頭的馬車行去。

佟析秋一連喚了五、六聲，馬車才停下來。

佟析玉見狀，很不耐煩地說她。「魔怔了不成？真是沒教養！」

佟析秋不理會，佟析春見她這樣，有些害怕，只得緊緊靠著她，以期能平復她的情緒。

馬車一停，佟析秋便拍了拍佟析春的手。「在車上等著。」

佟析春點頭，見她快速掀起簾子，跳下車，向路上的小乞丐走去。

此時，馬車已駛離了近百尺之遠，佟析秋快步跑過去，見小乞丐不知何時已坐了起來，安靜的模樣，竟是看不出一絲一毫的落魄。

聽著佟析秋跑來的腳步聲，小乞丐緩緩抬頭，露出一排編貝小牙，笑得很燦爛，衝她喚道：「姑娘！」

佟析秋愣怔，立在她跟前，平緩呼吸後，看著她晶亮的雙眼。半晌，對她勾唇。「跟我走吧。」

「嗯！」小乞丐點頭，起身慢慢跟在她身後。

佟析秋在前領路，看到有人來，便暗中使勁掐了自己的大腿一下，迎著冷冷的北風，任淚水糊了雙眼。

「煩請梅椿姊姊跟二娘說一聲，析秋想救下這個小乞丐。」

梅椿皺眉，看了看衣衫襤褸、髒得看不清面相的乞丐，對佟析秋扯出不友好的笑。「姑娘還是別添亂的好，畢竟趕著路呢，可不是施捨的時候。」

佟析秋哭得悲慘，道：「可是……可是她好可憐。梅椿姊姊帶我去求求二娘可好？」

梅椿面露不耐，哼笑一聲。「姑娘該明白如今的處境才是。多個人進府，就多份銀錢，如今府裡可是靠我們夫人的嫁妝支撐著，還是別添堵吧！」

這般快就忍不住壓人了？佟析秋冷哼，低眸委屈道：「既如此，那請梅椿姊姊跟二娘說，我們三姊弟不去京都了，免得給人添堵。」

「妳……」梅椿語塞，她哪敢去說？做這種踰矩的事，夫人的懲罰，絕不會讓人好過。她強忍怒氣，勉強笑道：「那婢子先去問問。」

「有勞了。」佟析秋點頭，還不忘對她施了半禮。

梅椿回到車上，王氏聽了她的稟報，沈吟思索後，道：「既然要帶，就由她吧。」

於是，佟析秋的車上便多了個乞丐同行。

這件事惹得佟析玉很不滿，實在受不了小乞丐的臭味，隨即下車找王氏告狀去了。之後，再也沒回這輛馬車來。

馬車向驛站行去，佟析春看著黑臉的小乞丐，非但沒有害怕，還好心地拿巾子來。「擦擦臉。」

佟析秋則把熱茶端給她，又將桌下炭盆的火撥旺些。「馬上就到驛站了，到時我請人燒點熱水來，妳梳洗後，也能暖暖身子。」

「多謝姑娘！」

佟析秋搖頭，她救她並不是因為好心，而是現在缺得用之人。

當日晚間，到了驛站，佟析秋拿出貼身的銀兩，求隨行的粗使婆子燒幾桶熱水來。

當小乞丐洗去一身髒污後，清爽地站在她們面前，佟析春跟佟析秋俱是看得愣了半晌。

只見那小乞丐年約十三、四歲，白淨肌膚、圓圓臉蛋，小巧豐潤的唇、大大的清澈雙眼，分明就是俏皮開朗之人，哪有半點乞丐的模樣？

見兩人發愣，小乞丐一臉嚴肅地抱拳跪下。「姑娘救命之恩，藍衣無以為報，唯有效命左右，望姑娘成全！」

佟析秋眨眨眼，怎麼想都覺得內情不簡單，卻沒有多少猶豫。她本就是個一無所有的人，能圖她什麼呢？若是要害佟百里，她更是樂見其成！

於是，佟析秋應了，又找來一件王氏送的淺藍襖裙讓她換上，也不打算給她改名，就繼續叫藍衣。

藍衣沒有異議，當晚便留在房裡當值。

另一間房裡，王氏想著今日之事的離奇處，問梅椿。「可看出二姑娘有何不妥？」

梅椿搖頭。「倒是未曾。今日她求著救那乞丐時，哭得好不淒慘，而剛才聽婆子說，她找了很久，才翻出一錠碎銀求婆子燒熱水。看那給銀子的不捨模樣，就跟剜肉差不多。」

說到這裡，她不屑地撇撇嘴。「聽說洗完後，還當姊妹處著呢，居然連夫人送的衣服也拿來給那乞丐穿，當真沒有半點小姐該有的樣子。」這般好心氾濫地跟乞丐姊妹相稱，當真是個泥腿子(注)，不知身分！

王氏聞言，輕吁口氣，點點頭，揮手讓梅椿下去了。

馬車走了幾天，佟析秋的心也漸漸放寬。

其間，王氏允藍衣做她的貼身婢女時，就令梅椿送身契過來，讓藍衣按了手印。按完手印，梅椿拿著身契，正想不動聲色地走掉，幸好佟析秋看穿她的想法，及時道了句。「接下來，身契是不是得由我這做主子的保管？」

梅椿聽她說得肯定，打算糊弄的話還未出口，就見她將身契拿回去，不好再多說，只得

注：泥腿子，此為農人的貶稱。農人勞作時，常被泥水弄髒腿腳，故有此稱。

臉色難看地離去了。

轉眼過了半個多月。這日，坐在外面的婢女對佟析秋笑道：「姑娘，現在已經到京都地界，再幾日便到京都城了呢。」

佟析秋輕嗯了聲。而佟析春則有些不好受，馬車雖用厚褥坐墊墊著，但這半個多月來，終日坐著顛簸，骨架早受不住，似裂開了般。

藍衣拿出小銅鏡照了照，俏皮笑道：「夫人當真和善，這半個月婢子跟著兩位姑娘同吃同睡，都快胖一圈了。」

佟析秋扯扯嘴角，看著怎麼進補也沒有圓潤起來的佟析春，想著王氏是真和善，還是打算把她們的氣色養好等著宰？又摸摸佟析春的頭。「可是要透透氣？」見她點頭，就讓藍衣將簾子掀起一角。

進入京都地界後，倒比位在大越最北的雙河鎮暖和不少，看著外面已漸漸吐綠的草皮，等著她們的陰謀也越來越近了。

二月初十，梅椿從王氏的馬車過來，隔著車簾囑咐道：「姑娘，夫人吩咐，馬上就到京都城了，為免失儀，不要拉起車簾。若真想透透氣，須戴上帷帽，再將車簾掀條縫。」

「知道了。」淡淡的聲音傳出。

待梅椿走後，佟析秋便將帷帽拿出來，與佟析春戴上後，微微掀開車簾。

這幾天，佟析春的不舒服越來越嚴重，放下車簾就吐，明顯是暈車，若要顧著禮儀，怕是還沒到目的地，便撐不住了。

第二天晌午，車隊停在京都城門，不過兩盞茶工夫，又緩緩向城中移動。

經過守衛時，藍衣飛快將兩邊車簾放下，待進到城內，才偷偷掀起一條縫。

聽著外面比雙河鎮還要喧鬧好幾倍的叫賣聲，佟析春眼中有了好奇之意。「今兒是市集嗎？好熱鬧。」

藍衣被她天真的問話逗得嘻嘻一笑。「姑娘怕是有所不知，京都乃天子腳下，每日都是如此，即便到了晚上也不會靜下來，湖中更是張燈結綵，花船上還有名伶唱曲呢！」一邊說，一邊俏皮地比劃著。

佟析秋瞄她一眼，沒有吭聲，見佟析春聽得入神，就拍拍她的小腦袋瓜。「到佟府後，記得別再說雙河鎮的土話了。這一路教妳的官話，可有記住？」

「有的！」佟析春乖巧地點點頭。

佟析秋見狀，便不再多說什麼了。

第十六章 作戲

午時一刻，終於到了佟府。

外面守著的婢女喚道：「姑娘，下車吧！」

藍衣先行跳下，緊跟著扶佟析秋姊妹出來。

待到一行人立在朱門高牆外時，高處的白石階梯兩邊，早已有不少府中下人恭敬候著。

「夫人！」一位三十多歲、著普通緞子的管事快步拱著腰身跑下來。

王氏輕嗯了聲。「老爺呢？」

「老爺還未下衙。」

王氏頷首，帶眾人踏入府門，守在兩邊的下人跪下，齊聲高呼。「恭迎夫人回府！」

佟析春有些害怕地抓緊佟析秋，佟硯青則被朱氏攥住，從下車開始就變得異常沈默，此時見到如此大陣仗的跪拜，嚇得直想往後躲。

朱氏見狀，立時大怒。「怕什麼？你是男孩子，這樣像話嗎？」

後面的佟析秋聽到，輕蹙秀眉，見佟硯青含淚轉頭看來，就給了個安撫的眼神。如今不能再任他撒嬌了，得逼著他快點堅強才行。

王氏讓下人起身，問道：「怡芳院和春暉院可收拾出來了？」

管事婆子立刻諂媚地上前。「早備好了，還是大姑娘親手佈置的呢！」

王氏聽罷，寵溺搖頭。「這孩子，倒是個熱心的。」

「可不是，大姑娘可是天天都在盼著呢！」

說著，一行人來到二門處，遠遠就見一著丁香色繡芙蓉花襦裙的女子快步走來。她行走雖快，卻不帶動半點裙角，掛在肘彎的披帛隨風向後飄飛，如蝴蝶般輕盈靈動。

「娘親！」女子的聲音宛如黃鸝清脆，笑開的巴掌臉看著很是討喜。

待到近前，眾人才看清，女子有著彎彎亮亮似新月的眼睛，鼻若懸膽，櫻桃小嘴，唇色粉如杏花，嘴角有顆小小的紅痣。如此絕色，連同為女子的佟析秋都禁不住讚嘆。

女子走近，衝著眾人甜甜一笑，隨即挽著王氏的手撒嬌。「母親這一走，便是一個多月，真真想死女兒了呢！」原來女子正是王氏與前夫所生的女兒謝寧。

「妳呀！」王氏笑著點了下謝寧好看的鼻子，問身後跟來的奶娘。「二姑娘呢？」說完又覺不對，趕緊改口。「珍兒呢？」

「回夫人，二姑娘已經睡下了。」奶娘回完，表情有一絲古怪。

王氏聽了，揮手讓奶娘下去，然後拍拍謝寧的柔荑。

謝寧點頭，鬆了挽住王氏的手，向朱氏行禮。「祖母。」

「欸！」朱氏很大聲地笑著應了。

謝寧見狀，沒有半絲不豫，看看她牽著的佟硯青。「這是硯青弟弟吧？」

佟硯青有些害怕，卻仍有禮地道：「大姊。」

謝寧點頭微笑，又轉眼向後看去，見到佟析秋姊妹，立時露出一排潔白的貝齒，越過佟析玉快步走來，抓住佟析秋的手，開心問道：「妳可是析秋妹妹？」

佟析秋點頭，不著痕跡地把手抽回來，退開半步，行了禮。「大姊。」

「果真標緻呢！」謝寧說罷，又看佟析春。「這是析春妹妹？」

「大姊。」佟析春亦行了禮。

待認完佟析秋姊妹，謝寧才轉頭看向佟析玉。「妳是大伯家的析玉妹妹？」說完，不待佟析玉拍馬，又如脫兔般，跳到佟硯墨那裡，彎著好看的月牙眼，笑道：「那你就是硯墨弟弟了！」

佟硯墨哪曾被這般美豔又高貴的女子近過身？聽了這話，不由俊顏通紅，拱手作揖。「寧姊姊。」

謝寧聽罷，轉身嘟起小嘴，佯裝生氣地嗔道：「不好玩，都比我小，連叫聲姊姊的機會都沒有。」

「妳這皮丫頭，當姊姊還不好？」王氏笑著說她。

謝寧聽了，跑過來挽住她的手，俏皮地眨眼。「娘親，您取笑我！」

王氏失笑搖頭，拍著她的纖手道：「行了，別貧嘴了。這一路舟車勞頓，先安排大家洗漱，歇息一番再說。」

「好！」說罷，謝寧如翩飛的蝴蝶般，忙碌地指揮起下人來。「孫婆子，妳負責帶妹妹們去怡芳院。林婆子，將小少爺和堂弟領到前院的春暉院。」

待吩咐完，謝寧轉身，對朱氏笑道：「至於我麼，親自陪祖母去福安堂。那裡早早便佈置好了，就等著您來呢。」

「好好好，哎呀，還是寧兒貼心啊！」朱氏笑出一臉皺紋，直誇謝寧懂事。

佟析秋聽著兩人的對話，心中冷笑。剛剛王氏只問了怡芳院和春暉院，很明顯，這兩座院子是不常用的。而福安堂……難不成王氏娘家爹娘早來住過了？

她不動聲色地牽起佟析春，又給佟硯青暗中使眼色，讓他聽話些。

分配妥當，幾個婆子便來帶路，各自向各院行去了。

來到怡芳院，佟析玉被分到偏院，雖有些不滿，但瞪了佟析秋一眼後，就不吭聲地過去安置。

佟析秋姊妹進主院，婆子給佟析春指了房間，卻見她拉著佟析秋的手搖頭。「我想跟我二姊住。」

佟析秋點頭，拒了婆子的好意，命藍衣把她們的東西拿來放好。

進到內室，剛坐定，一個管事婆子便笑著來稟。「姑娘，下人們送水來了。」

佟析秋頷首，讓人抬水進來。梳洗完，便換上粉色襦裙，配草綠披帛，又瞟了眼乾癟的前胸，嘆息一聲，望向鏡中梳雙丫髻、繫銀鈴絲帶的自己。

其實佟家三姊弟真是不醜，若吃得好長開了，一樣有傾城之貌。姊弟三人都是巴掌小臉，挺直翹鼻，菱唇似花瓣。不同的是，佟析秋的眼睛是原身母親的杏仁水眸，比起佟析春她們的鳳眼，多了一抹柔美，少了一分魅惑。

佟析秋起身，見佟析春著杏花紅配粉色披帛的襦裙，站在那裡，有些手足無措，便過去拉她一同坐下。

婆子送來飯菜，佟析秋招呼藍衣一起吃，見婆子撇嘴，也不理會。

用過飯，兩姊妹便躺在榻上，瞇眼午歇。

未時末，王氏院裡的婢女匆匆忙忙跑過來。「二位姑娘呢？可醒了？」

「不知呢。」

「哎呀，快叫姑娘起來。老爺回府了，這會兒正急著向後院趕呢，說是要見二位姑娘和小少爺。」

佟析秋已經醒了，聽見外面的對話，拉著緊張的佟析春安撫道：「莫怕，等會兒跟著我做就成。」

「嗯！」

兩姊妹整理好衣飾，便隨著領頭婢女，向凝香院行去。

剛到凝香院門口，就見梅椿等人匆匆過來，看著佟析秋，不由皺眉。「如何現在才到？老爺都等急了呢！」又吩咐人去主院通報。

佟析秋無視她的踰矩，拉著佟析春的小手，朝院中走去。

剛行到主院高階前，就見裡面快步跑出一名瘦高的男子，著墨紋直裰，束柳葉圖樣腰帶，佩青色圓玉，腳蹬黑色皂靴，俊白少鬍，當真是難得的中年美男。

佟百里看到兩姊妹時，蓄在鳳眼裡的眼淚當即流了出來。「秋兒，春兒……」聲音顫抖，跟死了爹娘似的。

佟析秋不動聲色，暗暗用捏著絹帕的手狠掐大腿一把，待到眼淚蓄滿，亦哽咽不已地道：「爹……爹……」配著肝腸寸斷的悲呼，飛快小跑過去。

後面的佟析春愣了下，隨即回神，也跟著濕了眼睛，快步跑去。「爹爹……」

見兩個姊姊哭倒在佟百里懷裡，後到的佟硯青亦跟著哭起來。

王氏自主院出來，看到這一幕，眼神閃了下，笑著上前。「夫君是怎麼了？這大好的日子，秋兒他們來，應該高興才是，這般啼哭，恐會招了不吉利呢。」

「對對對！」佟百里趕緊鬆手，用寬袖抹淚。無人看到，那躲在袖下的雙眼，一抹不耐一閃而逝。

一行人進了堂屋，佟析玉與佟硯墨向佟百里行禮，佟百里笑著讓他們起身，考了佟硯墨的功課，末了點頭問道：「墨兒可有功名在身？」

佟硯墨面露慚愧，低眸搖頭。「暫無功名在身。父親與縣學老師提過，讓姪兒今秋下場一試。」

「嗯，如此甚好。」佟百里看向王氏。「為夫記得，岳父大人好似跟鴻鵠書院的山長曾是同窗？」

王氏端笑，答道：「倒是有過幾年讀書時光。」

「那夫人可否請岳父大人寫封舉薦信？」

「妾身知道了。」

王氏應下，佟百里又看向佟硯青，想了想。「青兒好似還未啟蒙，倒是可打聽京都哪位大人府裡有家學，或者獨自請先生來教？」

王氏想自請先生，畢竟在家裡比較好培養感情，正當張口之際，佟析秋便出聲攔道：「爹爹還是找人多的家學讓弟弟去吧。這幾年，我們受村民排擠，硯青也因此變得不願近了生人。去人多的家學，一來練膽，二來可結交同齡學子，學習為人處世之道，倒是一舉多得。」

王氏聞言，不動聲色地用絹帕掩嘴，輕瞟佟析秋一眼。

佟百里點頭，看向王氏問道：「夫人以為呢？」

王氏笑著說：「雖是個好法子，就怕青兒年紀太小，又是初來，太過陌生，沒辦法習慣呢。」

「去哪裡念書都是陌生，府中雖有二娘關心，可硯青不小了，再不好生調教……」說到這裡，佟析秋輕嘆。「要是二娘給爹爹生個弟弟就好了，這樣的話，硯青便有伴了呢！」

王氏緊了下手中絹帕。廢話，若她生了兒子，還能接他們到京都？

佟百里皺眉思索。「要不，還是去家學？」

王氏臉色未變，依舊笑得賢慧。「那依夫君的意思吧。」

正討論著，門外婢女通報，老夫人跟大姑娘來了。

佟百里聽見，立刻起身，快步迎了出去。

佟析秋見他鳳眼又是一片晶瑩，不由想笑。若真是久未相見的母子，還能坐得住？怕早等不及去請安問罪，現在不過裝樣子罷了。雖這樣想，還是拉著兩小兒跟在王氏後面去迎。見佟硯青有些抑鬱，不由輕嘆，用手捏了捏他的小手。

剛抬腳出門，便聽謝寧驚喜的嗓音傳來。「父親，您看誰來了？」

「母親！母親啊……」又是一幕感天動地的母子情深。

佟析秋再次掐了大腿，流出眼淚，佟析春趕緊跟著有樣學樣。佟析玉與佟硯墨也紅了眼。

這下子，一堆人全跟著開始嚶嚶哭泣，只有佟硯青懵懂，不知發生了何事。

佟析秋看著他，嘆息了聲。從離村時就被隔開，再未有說話的時候，現在當著這麼多人的面，她要如何才能跟他說，這些全是演出來的，他看到的都不是真的，以後要戴著面具過日子了。

佟析秋無奈地扯動嘴角，好在佟硯青現在是這個家裡的獨苗，暫時無礙。如今唯一要防的，便是不能讓王氏挑撥，令他與她們姊妹離了心。

待演得差不多，謝寧便一邊用絹帕拭淚、一邊嗔道：「爹爹是怎麼了？這般好的日子，怎就惹得全家跟著掉起了眼淚！」

她那嬌嗔的模樣，說得佟百里眼裡滿是寵溺，王氏嗔怪不已，一家三口就這般旁若無人地展現親密。

最後，還是王氏先回過神，請大家進屋，又忙命下人們擺飯。

見要分桌，佟百里揮手道：「難得的喜慶之日，就不講究那些虛禮了。」

王氏聽罷，含笑命人撤走兩桌間的屏風，眾人按身分坐下。

席上，自然免不了佟百里的一番唱作，其間更是頻頻拭淚，惹得朱氏又跟著抹了把老淚。好不容易作足了戲，又舉杯請罪，這才請朱氏領頭動筷開席。待到真正的飯菜入嘴時，已過了兩刻有餘。

席間，朱氏幾次想說話，卻見大家規規矩矩，未有人出聲，只好作罷，先吃飯了。

第十七章　夜話

吃完飯，用香茶漱口後，一行人移到偏廳小坐。

待婢女們重新上了茶，退下後，坐在上首的朱氏，緩緩說起來時佟百川要請罪的事。

佟百里聽罷，搖頭嘆了聲。「是兒子識人不清，如何能怪罪大哥？」說罷，溫柔地看向王氏。「雖有些愧對秋兒她們，可這些年來王氏的體貼，也讓兒子倍感溫馨。今後，兒子會好好彌補母親和秋兒姊弟。」

「你有心就好。」朱氏滿意道。「王氏是個好的，也孝順，往後你們夫妻一心，又兒女雙全，富貴福壽自是享之不盡。」

她說著，看向佟硯青。「青兒的身分也該換了。不如找個日子，開了祠堂，將他過繼到王氏名下，好成為佟家二房的嫡長子。」

佟百里捏鬚，剛要點頭，卻聽佟析秋故作訝異地說：「難道我們不是嫡子嫡女？」

話落，見朱氏不喜。她也不懼，反正如今已處在水深火熱之中，他們都在利用她了，難道不能反抗？接著，她又道：「娘親跟二娘都是爹爹明媒正娶的，為什麼硯青要換身分？」

佟百里眼神閃了一下。

「何況硯青已經上了族譜，也寫明是爹爹的嫡子，為何還要再開祠堂？」

「夠了！」朱氏氣得拍桌大喝。「來來回回就妳話多！妳不要臉，難不成我們佟家都得跟著不要臉？」

佟析秋委屈。「我不過問問罷了，奶奶何苦要發這般大的火？您要驗我清白，也給您驗了，如何還要這樣說我？嗚嗚……既然不喜歡我，為何又要我上京都？不如送我一根繩子，讓我死了吧……」

她止不住地大哭著，讓在座的人皆沈了臉。這還不算，又哽咽地說起理來。「就算娘親做了那骯髒事，可二娘來接我們姊弟，京都又有哪個不知？二娘這般大度，我等姊弟自會敬她、尊她，但嫡子還得過繼，難道要讓我們改姓不成？」

「放肆！」朱氏氣得滿臉通紅，雙眼凸出，簡直恨不得吃了她。

佟析秋也不理會，眼淚似水般嘩嘩流個不停，拿著絹帕捂臉，轉向佟百里問道：「敢問爹爹，娘親難道不是您明媒正娶的？還是爹爹覺得我們的身分低賤，見不得人？」

佟百里皺眉，郝氏是他明媒正娶，婚書也經過衙門登記造冊。再說當初為有個正當理由，京都富貴圈中都知他失憶前有個糟糠之妻。郝氏雖壞了名聲，可兒子還是他的兒子，過繼這種欲蓋彌彰的事，怕是有心的人會看出什麼來。何況王氏為著賢德，又自降了半頭……

想到這裡，佟百里朝王氏看去，見她搖頭，遂將這事作罷。

佟析秋見這幫子人歇了心思，這才止住哭聲，不再質問。

謝寧跑過來挽她的手，用自己的絹帕幫她拭淚。「妳如何就這般著急呢，祖母不過隨口一說罷了。妳我都是爹爹的女兒，哪有什麼貴賤之分？大娘是大娘，妳是妳，都是血親，什麼賤不賤的。」

呵呵，這雙關語說的是賤還是不賤呢？都是佟百里的女兒？謝寧還真敢說啊。

佟析秋低頭，眼中的諷刺一閃而過。

佟百里給朱氏使眼色，朱氏哼唧了聲，終是平下心氣地揮揮手。「罷了，老婆子好心辦壞事，本想幫唯一的孫子提高身分，誰承想招了人厭。我回福安堂去。」說完就起了身。

眾人見狀，趕緊起身相送。

朱氏經過佟析秋時，狠戾地瞪她一眼。見佟析秋害怕地後退半步，終是憋下怒氣，走了出去。

眾人跟著散了，佟硯青在分別的院門前停步，滿眼乞求地向佟析秋看去。

佟硯墨在幾步遠的地方等著，語帶笑意。「硯青弟弟，咱們回春暉院吧。」

佟析秋上前，拉著佟硯青的小手，蹲下身看著他。人多，她不好明說什麼，只笑了笑道：「以後要學著自己睡覺喔。在京都可不像在鄉下，什麼都要自己來，不然會亂了規矩，讓人不高興的。」

佟硯青聽了，有些哽咽。「那……那二姊也會不高興嗎？」

佟析秋點著頭，卻悄悄挨近他，聲音極輕地說了句。「不會！」

佟硯青愣住，卻見自家二姊笑得很明媚。「要勇敢喔！」說著，又見她無聲地做了個嘴形道：「作戲！」

這會兒天已全黑了，提燈籠的下人只離他們幾步遠，姊弟倆的話，一行人聽得清清楚楚。可無人知道，在燈影暗處，佟析秋的菱唇看似未動，卻聲音極輕地訴說著告誡之語。

說完，佟析秋起身，摸摸佟硯青的頭，朝不遠處笑了笑，示意佟硯墨來帶人。

佟硯墨點頭，過來拉起佟硯青的小手。「我們走吧。」

佟硯青愣愣跟著他走，轉著小腦袋向佟析秋看去。見她站在微弱的燈影裡，笑得溫暖，不由想起剛剛她無聲說的話，淚光閃閃，終於回頭，不再留戀地離去。

謝寧從廊下步來，見此情景，便笑著寬慰道：「不要緊，過兩天就習慣了。」

「嗯。」佟析秋轉身，對她施了一禮。「那析秋先回去了。」

佟析玉見狀，亦道：「寧姊姊也早些歇下吧，今兒為著我們受累了。」

謝寧點頭，三姊妹便辭別眾人，回了怡芳院。

進了院子，婆子將佟析春的湯藥送來，佟析春喝下後，佟析秋便讓她先回內室休息。

接著，她把藍衣叫進暖閣，看著她問：「妳曾經到過京都？」

藍衣點頭。「曾在京都住過一些時日。」

「哦？」佟析秋挑眉，卻不問她緣由。「這麼說來，妳對京都地界很熟嘍？」

「倒是知個大概。姑娘問這個做什麼？」

佟析秋搖頭，揮手讓她退下。「無事了，下去吧。」

「是！」藍衣雖然納悶，卻只得福身退下了。

佟析秋進到內室，見佟析春正睜著雙眼，盯著床頭的燈燭發呆。

聽到聲響，她回過神，輕喚了聲。「二姊。」

佟析秋應了，脫衣上床，剛躺在軟絲被上，佟析春便輕輕靠過來。「二姊……爹爹再不是從前的樣子了。」

「嗯。」佟析秋點頭，輕撫她的髮絲。「別怕，有二姊在呢。」

凝香院中，一番雲雨過後的王氏紅著臉喘息不斷，見自家夫君的手腳還不老實，不由嬌嗔了聲，拍開他的大手。「你說你那二女兒是膽小之人，幾個姊弟裡，唯大女兒有幾分見解，為何如今一看，完全不是那麼回事？」

佟百里把手自她胸前拿開，雙臂枕頭，哼了聲。「聽大哥說，好像是大丫的死讓她受了刺激。不過不用擔心，她能有多大本事？一個眼界窄、只識得幾個字的粗俗女子，以夫人的手段，還怕治不了她？」

王氏哼笑一聲。「那可是你的女兒！」

「我的女兒？」佟百里邪笑一聲。「夫人不是剛為為夫誕下嗎？怎麼，又想要了？」

「呸！」王氏羞得嗔了一句，卻惹得他大笑不已。

聽著佟百里的笑聲，王氏的手不自覺摸上自己的小腹。當初生二女兒時，因血崩差點沒了性命，大夫說傷及根本，怕是再難懷上。如今雖吃著大補之藥，可總得防範不是？有些人，若不從小養著，長大便養不熟了，更何況……

想到這裡，她轉身看佟百里。「花朝節將至，德妃娘娘的事可確定了？」

佟百里點頭。「確定了。四皇子重傷初癒，皇上特地恩准德妃娘娘陪他出宮遊玩散心。

屆時京中貴族世家自當跟隨，有熱鬧瞧了。」

每年的花朝節也就那麼回事，說是賞花，實則為相親宴，當日京中貴婦必會帶自家兒女前往相國寺。雖說男女不能私下授受，卻能在這日於行曲水流觴的小溪處，隔水相對，女子這邊再以輕紗為界，屆時各自施展拿手才藝，隔紗挑選心儀之人。雖看不到全貌，卻意外地能撩動人心。

「那鎮國侯府的人呢？」

「應該能去。」佟百里給了安撫的眼神。「放心好了，每年這天，明鈺公主都會前往相國寺上香。何況如今她兒子正落魄，更要帶他去求佛祖保佑了。」

王氏瞪他一眼。「我不是怕不妥嗎？那人向來冷情，不知這事能不能成。」

佟百里的眸光閃了閃，翻身壓上她。「既然夫人這麼有精神，不如咱們再赴一次巫山？」

王氏掙脫不開，嗔他一句，嬌嗲嗓音引來陣陣淫聲浪語，在這寂靜的夜色中，顯得分外靡靡……

隔天一早，王氏便著人來給佟析秋等人量身，準備各做兩套春衫和夏衫。

接著，她依照年紀，重新算了幾個女孩子的排行。為了表示沒有區別，謝寧最大居長，佟析玉占第二，而佟析秋後退一位，成了三姑娘，佟析春排第四，至於才幾個月大的佟珍兒，則變成五姑娘。

不僅如此，每人身邊還配了幾名伺候的下人。因佟百里僅為五品同知，府中排場不能過大，是以只有貼身伺候的人是二等，其餘的皆為三等。

佟析秋把藍衣歸為二等，又因跟佟析春同住一屋，遂拒了王氏送來的二等婢女，只留了個看守院子的婆子，並四個未留頭的三等婢女掃灑跑腿。

除此之外，為教她們宅門禮儀，王氏還特意請了教養姑姑，每日一早，從鄉下來的三個女孩會在特意隔出的後院學一個時辰的規矩。到了下午，則跟謝寧一起學女子該念的《女誡》、《女訓》、《女論語》等等。空閒了，還得學刺繡與彈琴，再有工夫，便學詩學畫。總之，每天行程排得是滿滿當當。

這日，四個姑娘一起刺繡、彈琴。

為隱藏實力，佟析秋不是刺繡刺傷手，就是彈琴彈破手指。聽著那比彈棉花還來得難聽的琴音，謝寧再撐不住完美笑臉，隱藏心思的月牙眼中更是生出一絲鄙夷。倒是佟析玉深藏不露，不僅琴彈得好，一手繡技更是讓人讚不絕口。

佟析秋瞟了佟析玉的繡品一眼，原來是模仿她給佘掌櫃的花樣，雖不及原圖，倒也有六分精緻。

佟析玉得意一笑，將繡品遞給謝寧看。「寧姊姊，妳瞧這花樣如何？」

謝寧眸光輕閃，彎起一雙月牙眼，笑道：「倒新鮮得緊，想不到析玉妹妹的手如此之巧，竟能繡出這般精緻漂亮的花樣。這樣子是妳畫的嗎？」

佟析玉搖頭。「不是，是妹妹借住在外家時，縣裡突然時興起的花樣。看過幾眼，就試著描下來了。」

謝寧點頭。「妹妹真是心靈手巧。」

面對謝寧的誇獎，佟析玉臉色微紅地囁嚅道：「比起姊姊，妹妹還差得遠呢。以後，還請姊姊多加照拂。」

「這是自然。」謝寧笑得得體，一絲異樣快速從眼中滑過。

一旁的佟析秋繼續彈琴，佟析春紅著臉，都想找地洞鑽了。從自家二姊刺繡故意捅破手指開始，便隱隱猜出她有意藏鋒，這會兒就算琴音難聽，也只得強撐著聽下去了。

當天晚上，教養姑姑在凝香院的暖閣裡向王氏稟報三位姑娘的表現時，謝寧未經婢女通傳就直接走進房，自顧自地坐在小炕另一邊，拿起蜜餞，優雅地吃起來。

待教養姑姑說完，王氏揮手讓她退下後，謝寧才喝了口香冽花茶去膩，看向王氏問道：「娘親打算讓那個佟析玉跟我？」

王氏笑了笑。「怎麼？她表現得不好？」

謝寧勾唇輕哼。「倒是表現大好。看來，這幾年大伯沒少費心思呢。」

王氏品著茶，慢悠悠地問：「那妳中意誰？」

中意誰？這幾天相處下來，雖然佟析秋跟佟析春學什麼都笨得可以，但佟析秋總給她一種怪異感。禮儀規矩做得滴水不漏的人，其他方面真會如此蠢笨嗎？

「我是一個都不中意。如果可以，女兒倒是希望，家中只有爹爹、娘親還有珍兒妹妹，咱們一家四口和樂地過日子。」

王氏睨她一眼。「要不，那件婚事，妳自己去嫁？」

話落，就見謝寧癟了嘴。「可讓我帶個人在身邊，我希望是個笨的。佟析秋不行，佟析春倒是可以，有病，意外就多。」

王氏沒有理會她，只輕聲道：「有些事，妳不願意也得做。不過是個鄉下女，妳還怕鬥不過？」

見謝寧不吱聲，王氏便握住她的手。「佟析玉是個沒腦子的，才藝再好，憑著妳的本事，要拿捏她，還不輕而易舉？將來若去了王府，府中眾多側妃、侍妾，看不順眼，能全打死不成？有些東西得靠手段，多一個敵人，不如多個同伴，等妳獨大，還怕借不了手除？」

謝寧沈默，半晌才終是點頭。「女兒知道了。」

王氏輕嗯。讓佟析玉去，雖是賣佟百川面子，可又何嘗不是看她夠簡單？

至於佟析秋……王氏眯眼，不知為何，總覺得她跟傳言相差甚大，令人難以心安……

三月初二的早上，四個姑娘隨著王氏去福安堂請安，然後回了凝香院。

王氏斜倚在軟榻上，笑著看她們，說道：「明兒就是三月三，今天暫時不學規矩，把精神養足了。明日一早，咱們去相國寺賞花踏春。」

「是。」眾人齊齊回答。話落，佟析春有些犯咳，忍不住咳嗽了幾聲。

王氏聽罷，輕皺秀眉，關切地問：「可是難受得緊？」轉頭吩咐梅椿：「等會兒請府醫來瞧瞧四姑娘。」

梅椿應下，佟析秋看向佟析春，定是課業太過繁重，累著了。那滿滿的安排，連她這個正常人都有些受不住，何況佟析春還是個身子不好的。

想了想，她便朝上首開口道：「怕是這幾日上課吹著涼風，引得析春犯了舊疾。二娘可否讓析春暫歇幾天？她自娘胎帶病，底子比著我們要差上一些。」

王氏點頭。「要不，明天的上巳也別去了。相國寺在山上，比山下還要涼，春兒待在家裡好好養著吧。」

「謝謝二娘。」佟析春乖巧地起身行禮。

王氏點頭，讓她起身。見沒有要事，便命她們散了，各自回院。

待謝寧先行走遠後，佟析玉突然哼了聲。「還真是長能耐了，自己受不住，卻拿著生病找由頭，暗示嬸嬸給的功課繁重，當真是頭白眼狼呢。」說罷，甩著絹帕就走。

佟析秋聽罷，瞇起眼。「自是比不得析玉姊來得孝順。」

佟析玉黑臉，這話是什麼意思？是說她不顧親娘，跑來這裡巴結？

她咬了咬牙，瞪著擦身而過的兩姊妹，暗哼一聲，快步上前，用力擠開她們，高傲地抬頭，向怡芳院行去。

佟析秋見狀，拉著佟析春道：「咱們慢慢走。等會兒回到房裡，讓藍衣給妳熬藥。」

「好。」佟析春應道，也不多言，隨佟析秋去了。

第十八章　陷阱

第二天，天剛亮，佟析秋就被婢女喚醒，開始梳妝打扮。

著梨花白窄袖襦裙，外罩淡黃滾邊印花褙子，挽淺黃披帛，配嫩黃帕子。頭梳垂鬟分髾髻，插粉色珍珠簪並蝴蝶銀步搖，簪粉白紗質絹花，耳戴水晶耳墜。接著，額點紅色花鈿，抹桃花口脂，纖手套上一雙白玉鐲。

裝扮完，佟析秋看向鏡中那個完全認不出的自己，不由呆愣半晌。

她轉過頭，卻見佟析春亦呆呆地看著她。「二姊，妳好美！」

佟析秋回神，淡笑著摸摸她的小臉。傻丫頭，這是有人要賣妳二姊呢！

王氏再孝順、再賢慧，能急得沒過完年就往雙河鎮跑？來來回回一個多月，原來在這裡等著呢。

三月三啊，傳說中踏青賞花的好季節，當然，也是發情相親的好季節，就是不知這個時代規矩這般嚴，要如何發情了。

交代院中的婢女、婆子一聲，佟析秋才帶著藍衣，向凝香院行去。

主僕倆來到凝香院，見王氏亦是盛裝打扮，石榴紅的撒花褙子，配著滿頭珠翠，閃亮得讓人險些睜不開眼。

看到佟析秋的裝扮，王氏很滿意地點點頭。

謝寧則是一身煙紫襦裙，配同色撒花褙子、煙紅細紗披帛。百合髻上簪了支和闐玉雕成的水仙花簪，並幾朵宮紗珠花。耳墜是紅寶石的，襯著脖子戴的赤金瓔珞項圈，整個人看起來甜甜暖暖，很是俏皮。

而佟析玉著乳白色百合花裙，手挽粉色披帛，頭梳雙刀髻，簪石榴紅鑲寶石步搖與淡黃絹紗珠花，配翡翠耳墜。

佟析秋看完，不由感嘆，這次王氏真是下了血本啊！

於是，一行人坐上軟轎，來到了二門。

準備上車前，佟析玉找著謝寧與王氏，想跟她們坐同一輛車。王氏雖是斥責，到底不忍她紅了眼，便讓人來問佟析秋的意思。

佟析秋自然沒意見，對於佟析玉，她是半分好感也無。見商量妥了，大家便相繼上車，朝相國寺去了。

車上，藍衣很熟練地斟好茶水，又將點心一一擺出來。

看著精緻的小糕點，佟析秋卻完全沒有胃口。

她猜到王氏跟佟百里可能是打著利用她結親的主意，卻不知道會把她配給誰。是給年紀大的當繼室？還是直接送給上峰做妾？抑或要用她來討好誰？

以她農女的身分，做正妻是癡心妄想，不太實際，就算高門庶子也不一定能看上她，若查出她的過去，怕是會更加排斥。

她有些煩躁地絞著手中絹帕，雖做好準備，到底還是不甘心任人拿捏。這種茫然無措又沒有依靠的感覺，讓她十分不爽。

藍衣拿起玫瑰酥放進嘴裡，濃郁的香味讓她享受地瞇起雙眼。見佟析秋一臉鬱悶，便嘻嘻笑道：「姑娘不必太過煩惱，正所謂車到山前必有路，妳又怎知前面不是一條康莊大道呢？」

佟析秋好笑地瞥她一眼。「想不到妳還有這般開解人的金玉良言。敢情妳以前都是裝的，特地等我來救？」

對於她的試探，藍衣並不回應。「姑娘當真聰明過人。不過，妳猜妳的，婢子做婢子該做的就行。」

聽著藍衣的貧嘴，佟析秋的心情總算好了一點。

辰時三刻，馬車到了山腳。

佟析秋等人下車後，即戴好帷帽，坐上專程來接她們的軟轎，向位於半山腰的相國寺行去。

待來到相國寺正門前，相識的夫人們正聚在一起，彼此寒暄，等寺院的人確認身分文牒後放行。有兒女的人，自然免不了相互打聽一番，而佟析秋她們幾個，更是惹人頻頻注目。

有夫人笑著打趣王氏。「倒是個個賽仙女，看來妳有福了。」

王氏應付這種場面，自是駕輕就熟，回答時，完全是一副慈母寵溺之態。

放行後，來到聚會的桃花林，眾人按身分坐下。因德妃未到，自然還不能獻藝，有些夫人怕男女踰矩，便帶著自家兒女，先去林中的廂房小坐。

因此，佟析秋一行人來到位於南面、專供女眷歇息的桃林廂房。

一進去，王氏便躺在榻上，對幾個孩子揮手。「若覺得煩悶，且出去走走，只要不越過北面就行。好不容易出門踏青，悶著也怪難受的。」

謝寧不待她說完，即興奮地拍著小手起身。「我才覺著悶呢，娘親就開了口，當真是母女連心。我剛瞧見尚書府的姑娘也來了，這便找她去。」說罷，轉身看向佟析秋和佟析玉。「兩位妹妹一起吧！這般待著無聊得緊。德妃娘娘還得好一會兒才到，從宮裡出來，得經過層層報備呢！」

「妳這孩子怎麼說話的？此事豈能妄自非議，還不趕緊閉了嘴！」

聽王氏嗔怪，謝寧俏皮地吐吐舌。「知道了！」便拉起佟析秋，喚上佟析玉。「走吧！」

其實佟析秋不太想去，可想到要與王氏共處一室，還是出去看一群姑娘裝模作樣比較好。要看不下去，還能想法子找個清靜地方躲著，便跟她們去了。

相國寺的後山種滿桃樹，頂峰還有雲霧繚繞。而佟析秋她們所在之處，分南北兩邊，南面住女眷，北面住男賓，以峰頂蜿蜒至山腳的小溪流為界。

離小溪十尺遠的地方，有輕紗圍樹，若看到這景象，便不能再往前，因為那後面正是每年男女獻藝相看的地方。若繼續前進，又沒有婦人陪同，萬一碰見男子，會壞了名聲的。

佟析秋跟在那群嘻笑的千金後面，見丟下她、上前巴結的佟析玉正努力說著各種討好的話，遂放慢腳步，與藍衣欣賞著雲海般的粉色花瓣，偶爾春風乍起，樹枝搖曳間，林間落下花雨，當真美不勝收。

藍衣看著前面的人，對佟析秋笑道：「姑娘，跟著她們多無趣，不如我們去別處看看？」

佟析秋瞥她一眼，見那些千金正拿著佟析玉尋開心，便點點頭。「妳去向大姑娘稟一聲，與她們相約地點，屆時我們再與她們會合。」

「是！」

藍衣福身，過去找謝寧後，謝寧轉身快步行了過來。

「析秋妹妹嫌吵？」

佟析秋搖頭，面上露出幾分羞澀。「只是覺著陌生。大姊也知道，以析秋的身分……」說到這裡，有些自卑地低了頭，隨即似鼓起勇氣般道：「如今花開正好，析秋想隨意走走看看，不如大姊跟析秋約定時辰，時辰一到，我再與妳們會合可好？」

謝寧見她如此自卑害羞，生出幾分心疼，點頭道：「前面有座亭子，我們正準備在那裡看花，既然析秋妹妹怕生，便另尋一地吧。只一點……」突然肅了聲，見佟析秋看來，才繼續道：「不能去北面，那裡是男子休息的地方。」

「謝謝大姊指點，析秋記住了。」

謝寧點頭，頓了頓，又叮囑道：「林子有些大，為免迷路，妳也別走得太遠了。」說罷，纖手指個方向。「若沒方向地亂竄，很容易迷路，這兒有條小道，沿著走，來回能省不少工夫。半個時辰後，咱們在這裡會合。」

佟析秋聽罷，行了禮。「半個時辰後，析秋定會回來的。」

「嗯。」謝寧還她半禮。「去吧！」

佟析秋轉身，帶藍衣向那條小道行去了。

謝寧站在原地，瞧著主僕倆走遠後，這才轉身步向那群千金，對她們小聲地說了幾句。眾人聽得頻頻點頭，別有深意地看小道一眼，便朝前面的亭子去了。

佟析秋順著小道漫步，不時抬頭看看遮住天際的粉色花瓣，享受難得的靜謐時光。孰料，一刻鐘後，藍衣突然臉色難看地捂著肚子，彎下了腰。

佟析秋見狀，面露疑惑地問：「妳怎麼了？」

藍衣滿臉通紅，尷尬半晌，才吞吞吐吐地擠出一句。「姑娘，婢子想……出恭！」

「好好的，怎會突然這樣？吃壞了肚子不成？」

藍衣搖頭。「婢子也不知。早飯是跟著姑娘用的，來時只在車裡吃了塊玫瑰酥，飲了杯清茶罷了。」

說到這裡，她受不住地急道：「姑娘，容婢子去趟茅房！」再待下去，怕要拉在褲子裡了。

佟析秋見她已經憋得臉色血紅，趕緊揮手。「快去吧！」

藍衣一溜煙地跑了，待她跑遠後，佟析秋便細細思量起她的話來。玫瑰酥嗎？幸好當時她覺得心煩，沒有吃進嘴！

那現在要不要先走呢？可藍衣去茅房了，若出來沒看到她，會不會找不到人？

佟析秋站在原地等了一會兒，卻未見藍衣回來，心裡想著，難不成很嚴重？還是王氏施了什麼計，讓她的婢女陷進去？那要不要去尋？可去了，她也上當怎麼辦？她不熟悉此地，看不到天空，就分不清東南西北，萬一迷路，如何是好？可若放任藍衣不管……

「真是……」終究放心不下，佟析秋只好抬腳，向藍衣走掉的方向尋去。

佟析秋走進桃花林深處，迎著粉色花雨，皺起眉頭想著茅房到底在哪裡，當時怎麼就沒問清楚呢？

她漫無目的地直著走了一盞茶工夫後，便停住腳，轉向左邊，準備再走一盞茶工夫。為怕迷路，還特意數步子，又在轉身處取幾顆石子擺成堆做記號。

結果，仍然沒有找到茅房，佟析秋便往回走，待數夠步數，應到做記號的地方時，卻發現空無一物。想了想，又向前走幾步，便停住了。

就算步子有大有小，可她已多走幾步，也該到了。很明顯，她做的記號不見了！

佟析秋皺眉深思，現在有兩條路，最簡單的是沿著來時的路再走回去，但不能保證那條路還是安全的。可若選擇別條路，不知道能不能順利繞出去。都是路，卻是哪條都未必行得通。

佟析秋頭疼，她恨透這種被人設計死的感覺了。

她正想著對策，耳邊突然傳來一陣沙沙聲，是人走路的聲音，且步伐很重，不似閨閣女子的碎步。

佟析秋皺眉，捏著手絹，強壓住心中升起的慌亂，轉身快速向桃林深處跑去。

她身後的腳步頓了下，亦跟著跑起來。

佟析秋不敢往後看，不停跑著，可該死的長襦裙絆了腳，讓她趔趄好幾步，再顧不得禮儀，用手撩起裙襬，邁開大步向前狂奔。

邪沈的聲音傳來。「倒是能跑！」

因著跑得過急，佟析秋的心幾乎已經跳到了嗓子眼，沒有工夫回頭，只能一邊飛快跑著，一邊動腦想辦法。

突然，一隻大掌伸到她的頸子後面。

佟析秋感到後頸一涼，遂立刻蹲下，抓起一把泥沙，轉身朝抓她之人撒去。

「唔！」來人用手擋了下。

慌亂中，佟析秋看見對方是一名蒙了巾子的高個兒男人，趁著男人擦眼的工夫，又開始狂奔。本想再繞些彎，看看有沒有藏身之地，不想很快便被追上了。

「倒是個潑辣的！」

邪沈聲音讓佟析秋聽得很不舒服，又被男人碰著了後頸，再顧不得許多，將身上那件淡黃印花褙子脫下，拉起襦裙繼續跑，還不忘大喊。「救命啊！救命啊！」

男人怒極，將褙子扔在地上，罵了聲。「賤丫頭，倒是個主意多的！」說完，便發狠勁，大步追上佟析秋。

佟析秋大驚，待眼角瞄到他快要跑近時，乾脆也發了狠，轉身抬腳，用力向男人的胯下踢去。

男人嚇了一跳，來不及住腳，整個人朝佟析秋撲來。

佟析秋想躲開，卻來不及了。

「唔！」

「唔！」

一聲是佟析秋重心不穩倒地的驚叫，一聲是來自那個男人的痛呼。

佟析秋並未感到有重量壓在身上，正覺奇怪，卻聽沈冷聲音傳來——

「姑娘沒事吧？」

這聲音……佟析秋蹙眉睜眼，這才想到，自己可能被救了。接著，又聽那背對她的男子道：「請姑娘……整理衣裝。」

呃……佟析秋尷尬，這才記起，身上的褙子在那個男人抓她時，被她急中生智脫掉了。

正想著，一件淡黃印花褙子就扔在了她面前。

佟析秋抬眼看了看背對著她的男子，覺得這個身影有幾分熟悉，不過轉瞬又覺荒唐可笑。她一個鄉下女，哪有什麼熟悉的人在京都？

她撿起褙子，輕道了聲。「多謝公子。」

剛將衣服穿好，一條披帛又被扔過來，她趕緊拾起挽上，卻聽男子說道：「姑娘的髮髻。」

佟析秋用手摸摸散亂的頭髮，明瞭了，不過卻犯了愁，因為她不會盤這種複雜的髮式。

突然，腳步聲又響起，一道焦急的女音傳來。「如何去了這般久還未回來？怕是迷路了。煩請各位姊妹幫把手，林子這般大，寧兒的人手又不夠，若是我妹妹亂走，就糟糕了。」

「妳先別急，不過就在這附近，若她真聽了妳的話，應該不會迷路才是。我們再好好找找，說不定是走得累了，躲在哪裡歇懶呢。」

「是啊，別著急，再找找。」

佟析秋瞇起眸子，瞄了眼倒在地上一動不動的男人，抬頭問背對著她的男子。「公子可知茅房在哪裡？」話一出口，便忍不住紅了臉。

男子似也跟著僵了下，伸手指個方向。「往這裡走，大概兩盞茶工夫就到了。」

佟析秋點頭，對他福身。「多謝公子相助。」

「無須多禮。」

佟析秋起身，也顧不得形象，直接撩起裙襬，朝他所指的方向跑去。

待她跑遠，男子這才轉身，稜角分明的俊顏寒氣密布，臉上有條從左眼延伸到右嘴角的粉色疤痕，看著那跑遠的身影，鷹眼沈沈。

這時，桃樹後轉出一名著紅色金線刻絲直裰的男子，只見他面似冠玉、膚若玉脂，瀲灩的桃花眼中，似有水波輕轉。手持烏骨灑金扇，一頭青絲僅隨意用條白色錦帶束起，垂在後背，走動間，鬢髮調皮地在傾城臉頰旁來回飄著。

「嘖嘖嘖……這謝家姑娘，喔不，這佟家大姑娘請表哥來這裡，難道就是為了讓你演一齣英雄救美？」

亓三郎用眼角瞟了瞟明子煜的風騷樣子，盯著躺在地上昏迷的男人道：「相國寺該治治了，這樣來路不明的都能進寺，看來銀錢貪得不少。」

明子煜拍著扇子，挑眉看向他嚴肅的臉。「話說，我這裡有上等好藥，你當真不願把臉上這條醜疤給去掉？這樣會碎了多少姑娘的心啊？難道不怕表嫂也不要你？」

亓三郎冷笑，懶得理會他的答非所問，聽著越來越近的腳步聲，便一把將躺著的人給提起來。「走吧！」

明子煜搖頭，見亓三郎當真一聲不吭、跛腳向另一邊行去，遂無語地追上。

「哎呀，你這人就是這麼無趣。我說你要不要這麼執拗？難道真要一輩子頂著這個毀你俊顏的醜疤……」

嘮叨的話音越來越遠，桃林恢復平靜，像從未發生過事情一般。

第十九章 德妃

佟析秋依照亓三郎指的方向，跑了不到兩盞茶工夫，果然瞧見青磚砌成的茅房。她快步跑過去，站在門外，朝內輕喚了聲。「藍衣，妳可在裡面？」

茅房裡靜了會兒，良久，才聽到一聲很艱難的回應。「嗯……」

是藍衣的聲音。佟析秋緊繃的心終於放下，又等了等，裡面的人才彎著腰走出來。

藍衣一踏出茅房，便口氣惡劣道：「當真是安逸日子過久了，連這種卑鄙粗淺的伎倆都能讓我中招，真是晦氣！」說完，便抬眼向佟析秋看去。這一看，立即驚得叫道：「姑娘，妳……」

佟析秋搖頭。「快替我重梳髮髻，咱們得快點繞出去！」

藍衣點頭，強撐著發軟的身子打散她的頭髮，梳好髮髻後，兩人便相攙著，急急向來時的方向行去。

此時，幫著尋人的千金們開始有了不滿。

「既是不識路，又為何要任性地獨自賞花？連累姊妹們找尋，真當好玩不成？」

「可不是！」有人起頭，就有人附和。「都這個時辰了，說不定德妃娘娘就快到了，再耽誤下去，若失了迎接之禮，該如何是好？」

「要不，咱們先回去吧，將此事稟報長輩，再由他們派人來尋可好？」

謝寧眼中閃過一絲納悶，聽著眾人對話，又見陸續回來稟報的婢女依然一無所獲，不由心急。可這會兒容不得她們再耽誤了，遂抱歉笑道：「寧兒給各位添麻煩了。既然這樣，咱們先回去吧。我將此事告訴母親，請她拿主意。」

這群千金為著自己的利益，自然說好。商量妥當，便相攜著出了小道。

一行人走到當初佟析秋跟謝寧約定的地方，見一著淡黃衣裙的女子正站在前面，定睛一看，不是佟析秋又是誰？頓時鬆了口氣。人沒丟就好，不然等會兒德妃娘娘來了，還得找個失蹤之人，到底會掃興幾分。

謝寧看到佟析秋，眼中閃過訝異，隨即焦急地跑過來，氣急問道：「妳這是上哪兒去了？可知妳擾得大家都快將桃林掀翻了！怎麼如此不懂事，為何不沿著小道走？」

佟析秋心中嘀咕，走小道？不就是走小道才被人抓了嗎？雖這麼想著，面上卻裝出委屈和愧疚的樣子，低頭囁嚅。「大姊教訓得是，是析秋莽撞了。」

說到這裡，她有些不服地哽咽道：「可我的婢女走到半道時突然肚痛，我久未等到她出恭回來，擔心去尋，誰承想……就這麼耽擱了。」最後一句低了聲，隨即蹲身行大禮道歉。「給各位姑娘添麻煩，析秋在此賠禮了。」

她這番話，讓在場的千金們聽得連連拿帕捂鼻，眼中嘲諷不已。主子竟陪婢女去出恭，當真有失體面。

謝寧臉色微僵，盯著佟析秋許久，終是未看出半點不妥，便擺擺手。「行了，人沒事就好。咱們快走吧，時辰不早了呢！」

一語驚醒眾人，急急趕回廂房。

佟析秋再次被落在後頭，佟析玉也故意落後，看著她，滿臉不屑。「妳何時才能把鄉下泥腿子的身分忘了？竟陪著婢女出恭，也不嫌丟臉！」

佟析秋聞言，淡然瞄她一眼，並未理會，邁著碎步，優雅向前面行去。

回到女眷歇息的廂房，王氏看著她們，上挑的狐狸眼不覺輕閃，見謝寧暗中對她使眼色，遂定下心神，道：「剛才有小師父前來，說德妃娘娘已至，快隨我去山門候著吧。」

「是！」佟析秋等人應下，跟王氏一同去了。

大門處，各家夫人按著品級站位，整齊地候在那裡。

佟析秋她們的位置在最末，她倒是不覺得緊張，但旁邊的佟析玉一張俏臉卻泛了白，瑟瑟發抖的樣子，跟上刑場似的。

忽然，一聲高呼傳來。「德妃娘娘駕到——」

候在兩邊的人聽見，當即齊齊屈膝行禮。「德妃娘娘千歲千歲千千歲！」

「都起來吧！」德妃聲音嬌柔得令人骨頭都酥了。

「謝德妃娘娘！」

佟析秋隨眾人起身，低著頭，眼睛不敢亂看。

這時，一襲曳地深紫五彩刺繡撒花宮裝從她眼前拂過，遂用眼角瞄了下古時的妃子著裝。德妃梳飛仙髻，頭上金光閃閃，每走一步，步搖與髮釵都會相互碰撞，發出悅耳的玲玎聲。

眾人按著品階，規矩地跟隨德妃向設宴處走去。待到輕紗圍林處，德妃先行上座，坐定後，便揮手令她們各自坐下。

佟析秋低首，隨著王氏來到最末端的位置，坐在她身後。

待大夥兒落坐，德妃才向王氏看去，指著她身後的姑娘們笑道：「今兒多了兩張生面孔，可是妳前段日子去尋回的佟家姑娘？」

王氏趕緊起身行禮，恭敬回道：「正是臣婦家的兩位。」

「倒是標緻。」

「謝娘娘誇讚。」佟析秋跟佟析玉起身相謝，佟析玉甚至緊張得差點咬了舌。

德妃絕美的臉上笑意滿滿，頷首揮手讓兩人坐下，誇了王氏賢德，又說些趣事後，便有管事宮女前來稟報，說是四皇子領著男眷向這邊來了。

聽是四皇子，剛剛還矜持不敢抬頭的眾千金，這會兒紛紛偏頭，紅著臉偷向輕紗另一邊瞄去，謝寧也緊張地捏起了絹帕。

腳步聲雜沓，隔著紗簾可見來人不少，雖看不清四皇子的容貌，可隱約的身影和步行帶風的倜儻，早已惹得一眾閨秀心如小鹿亂撞。

四皇子行至紗簾一尺外，單膝抱拳跪下，後面的人跟著齊齊跪拜。

「兒臣給母妃請安！」

「臣等給德妃娘娘請安！」

話落，還不待德妃叫起，幾句軟語便飄了過來——

「喲，還真是熱鬧。不知等會兒的獻藝，本宮可能一賞？」

眾人聽見，轉頭回望，又趕緊起身，再次屈膝。佟析秋亦跟著蹲在謝寧身後，齊呼：

「參見明鈺公主！」

德妃娘娘的嘴角暗暗撇了下，隨即笑著迎過來，對明鈺公主行了半禮。

明鈺公主挑起瀲灩的桃花眼，朝眾人看了一圈，也不知是不是佟析秋的錯覺，總覺得她盯著這邊格外的久。

「都起來吧！」

「謝公主！」

德妃請她上座，待兩人落坐後，眾人才回身坐下。

佟析秋向上瞄了眼，見明鈺公主的年紀似三十出頭，著鵝黃百鳥宮紗裙，外罩同色牡丹曳地寬袍，頭梳凌雲髻，簪七尾鳳簪，額戴水晶珠鍊，點宮妝花鈿。膚若白瓷，鼻若懸膽，唇紅如薔薇，一雙桃花眼裡波光閃動，氣質雖溫溫軟軟，卻莫名給人懾迫感。

佟析秋愣了下，只覺這明鈺公主好似一人——雙河鎮的佘掌櫃！

這發現令她吃驚不小，回座時，差點走過頭。若不是被佟析玉拉住，怕是要出醜。

佟析秋回神坐下，並未發現，自明鈺公主來後，謝寧的臉色便有些恍惚難看。

另一邊，男眷拜見完明鈺公主與德妃後，也各自落坐。

德妃看向明鈺公主，問道：「開始？」

明鈺公主伸手扶了扶髮髻。「開始吧！」

德妃聽罷，這才點頭揮手，宮人便宣佈開始，隨後宮女送上托盤，盤裡放了籤筒，為著公平，由抽籤決定出場順序。

抽完籤，頭一位出場的便是尚書府的姑娘，只見她有禮地福身後，便向表演的亭子走去，選了古箏，彈一曲〈高山流水〉，指法嫻熟，琴音令人沈醉不已。

這邊結束，那邊男眷跟著起身，搖頭晃腦詠了首桃花詩，亦是博得滿堂喝采。

就這樣，這方作畫，那方就舞墨；這邊彈琴，那邊便揮劍，佟析秋看得要打哈欠，若不是怕失了儀態，真想趴桌睡他個天昏地暗。

這時，上首的明鈺公主動了下身子，很不給面子地打了個哈欠。「真是無趣得緊。佟府的謝姑娘是排在第幾位？」

謝寧臉色一變，看向王氏，見她微不可察地輕輕點頭，只得有禮地起身回道：「回公主，是第十一位。」

「十一啊，倒是個好數。」明鈺公主瀲灩的眸光輕瞟過來。「本宮記得，當年兵部侍郎謝大人去世時，謝姑娘也是十一歲吧？」

「是。」謝寧抖了嗓音。這輕微的變化，讓佟析秋好奇地看她一眼。

明鈺公主眼露諷刺。「四年一晃而過，也到該出嫁的時候了！」

謝寧臉色難看至極，王氏趕緊起身解圍。「公主說得是，寧兒年紀不小，的確是時候了。」

明鈺公主聞言，看了看新染上鳳仙花汁的指甲，道：「既然這樣，就好好比吧。卿兒不能前來，由我這做母親的給他好好把把關。」

德妃笑著嗔她。「不過是些孩子比著玩罷了，妳還真生氣了？在場哪個不知謝家姑娘是鎮國侯府的媳婦，誰敢把她挑走？」

明鈺公主亦跟著笑了。「本宮何時生氣了？只是看著人多，便想來湊湊熱鬧。若真有出挑的，本宮還想著給卿兒選個平妻呢。」

兒媳未進門，便想著平妻了？眾位夫人面面相覷，給自家女兒使眼色，務必出醜，不然真被看中，可就倒大楣了！

明鈺公主這番話，讓後來再上場的千金們，不是琴音走調，就是作畫畫成四不像，還被墨汁弄髒衣裙，而賦詩的連韻也押不上。表演完，走個路都能絆到裙角。

到了謝寧，她既不能太好，又不能太差，只得平平靜靜彈了首古曲作罷。

結果，因著明鈺公主，讓眾女眷乘興而來，敗興而歸，這年的花朝節便就此結束了。

最後，明鈺公主無聊地起身，看看低頭恭送她的女眷，終是勾了朱唇，高傲地離去。

德妃見狀，揮手讓眾人散了，各自回廂房歇息不提。

午時三刻後，佟析秋一行人離開了相國寺。

車廂裡，佟析秋倚靠車壁，定定看著藍衣。「妳是不是該跟我解釋解釋？」

今兒早上，若不是藍衣提出去別處賞花，她說不定就跟著那些千金走了。可偏偏走沒幾步，藍衣便鬧肚子，沒了蹤影不說，她還險些受辱。剛才太過慌亂，沒有細想，可這會兒靜下來釐清思緒，卻令人起疑，是以也懶得繞圈子，直接問出口。

藍衣聞言，笑咪咪地從腰中摸出一錠銀子。「一兩銀子，買婢子轉個話頭？」

佟析秋瞇眼。「妳故意的？玫瑰酥也是妳故意吃的？」

藍衣搖頭。「玫瑰酥的事，婢子真不知道。不過，就算沒這件事，婢子還是會離開。」

「為何？」佟析秋皺眉，心中有些發怵。

藍衣嘻嘻一笑。「姑娘儘管放心，婢子既是認了姑娘為主，就不會害姑娘。今兒這事，婢子是有把握才會這麼做，不過是順道搭橋牽線罷了。」

「搭橋？牽線？」佟析秋瞇起眼，很不悅地看著她。「妳究竟是何人？」

「婢子是藍衣啊！」

藍衣依舊是笑咪咪的模樣，卻令佟析秋心累不已。

真是太亂了！身邊的人還有誰能相信？還有誰能為她所用？這種困獸之鬥，何時才能迎來屬於她的曙光……

第二十章　婚事

眾人回到府中，剛過二門，王氏便疲憊地揮手。「去給妳們祖母請安後，就各自回院吧，不用過來我這裡了。」

「是。」謝寧等人應道。

去了福安堂，朱氏見謝寧有些無精打采，不由心疼地問道：「寧兒這是怎麼了？可是獻藝不順利？」說罷，又覺不妥。「瞧我這老糊塗，以寧兒的才華，定是技驚四座！」

謝寧臉色難看，扯了扯嘴角，想說什麼，卻終是作罷，起身道：「祖母，寧兒有些乏了，可否容我回院歇息？」

「好好好，趕緊去休息吧！」

朱氏心疼地讓謝寧回院，面對佟析秋與佟析玉時，卻冷臉哼道：「沒什麼事，就回去吧。」說罷，又不悅地瞪佟析秋。「木頭樁子一樣。」

佟析秋只當聽不見，與佟析玉一同行完禮，轉身出了福安堂。

怡芳院裡，佟析春早早便候在遊廊上。看見佟析秋回來，立即快步迎過去。

「二姊！」

佟析秋笑著拉她的手。「可是有好好吃藥？今兒身子好點了嗎？」

「嗯，好多了！」佟析春點頭。

姊妹倆進了屋，佟析秋先讓佟析春去內室暖著，而她朝外看了眼後，便歪在上首的榻上，雙眼直直盯著下首的藍衣。

藍衣被她盯得不自在，佟析秋這才移開目光，淡聲問道：「我還能信妳？」

藍衣趕緊點頭。「請姑娘相信婢子。今日之事，絕對不是有意的。」

「嗯，我信。」佟析秋頷首，在藍衣面露欣喜時又道：「是故意的。」

話落，果見藍衣垮了臉，良久才道：「有些事，姑娘日後定會明白的。今日之事，藍衣先在這裡給妳賠禮了，但這事對姑娘來說，其實也是好事。」

好事？佟析秋閉眼，懶得理她。如今她身邊連個可信任之人都無，還能期望有什麼好事？

佟析秋閉眼沈思，待再睜眼時，對藍衣吩咐道：「妳去暗中打聽一下，明鈺公主跟佟府，不，跟以前的謝府是怎麼回事？還有鎮國侯府，又是何情況？」

今日明鈺公主攪局，加上與德妃的對話，很明顯，謝寧與鎮國侯府有婚約。既然訂了親，為何謝寧還要去獻藝？看今兒在場所有千金的反應，想來大多是衝著四皇子去的。這麼說來，謝寧也是嗎？

除此之外，還有一點，明鈺公主貴為公主，夫家又是侯府，這般富貴的門楣，為何她說要給兒子選平妻時，各府女眷跟見了鬼似的，恨不得表現得越糟越好？

把這些事弄明白後，是不是就能解開所有謎團了？

佟析秋看向藍衣，卻見她笑意盈盈，福身一禮。「不用打聽了，姑娘想知道的，婢子全都知道。」

佟析秋眼色一深，心裡生出一絲不悅。「既然知道，那便說來聽聽吧。」

藍衣感覺到她的不喜，趕緊垂眸請罪。「婢子踰矩，還請姑娘責罰。」

佟析秋搖搖頭，示意她繼續，藍衣這才細細道來。

原來，謝寧十一歲時，與正值十五的亓三少爺訂了親，可許下婚約不久，謝寧的爹卻突發惡疾去了。身為子女，謝寧要為父守孝三年，但以她的年紀，即便孝期滿了，也還未到及笄之年，並不影響婚事。

孰料，守孝第二年，王氏就帶著謝寧另嫁，謝府老太爺聽聞後，氣得仰倒，中風癱在床上，去歲時追著兒子去了。剛滿孝期的謝寧，又因此守孝一年。

今年年初，謝寧的孝期已滿，兩家也到了商議婚事的時候。

不想，去歲亓三少爺陪同四皇子去邊疆巡察，卻在回來路上遭到伏擊，亓三少爺護著四皇子殺出重圍，自己卻因此被困，下落不明。四皇子逃脫後，快至京都時，竟又遇襲，雖靠著死士突圍，卻因傷勢過重，昏迷了半月之久。

今上洪誠帝因此大發雷霆，派人尋找亓三少爺無果後，看在明鈺公主面上，暫時沒有為難鎮國侯府。

本以為這事會因亓三少爺的失蹤不了了之，不想去歲年底，消失了幾個月的亓三少爺突然回了京，且就在他回京當天，昏迷半個月的四皇子醒轉過來。

洪誠帝甚為惱火，認為亓三少爺是怕受罰，才故意選在這一天回來，大怒之下，下令將他打入天牢。

兒子被下了天牢，明鈺公主天天跪在皇宮苦苦哀求，連皇后也跟著勸解幾回，最後好像是拿出某個人的來信，才讓洪誠帝消了點氣，下令放了亓三少爺。

被放回來的亓三少爺，腿被打斷不說，俊顏也毀了，但洪誠帝未下旨派人醫治，也沒大夫敢去侯府。明鈺公主哭著求了幾次，卻被拒之宮外。

亓三少爺在斷腿毀容後，不但丟了正三品都指揮使的官職，而且身為侯府嫡長子的他，也因著瘸腿，失去繼承侯府的資格。一時之間，曾經風光無限、人人羨慕的貴公子，竟成了人人避之不及的瘟神。

佟析秋聽完，明白地點點頭。怪不得，去歲強押她們回舊宅，不為再難她，原來是為了這個。謝寧明明有婚約在身，可今兒卻衝著四皇子去獻藝，這般打婆家的臉，難怪明鈺公主會鬧場。

佟析秋想著今兒種種，腦中突然靈光一閃。「妳說亓三少爺是瘸子？」

藍衣點頭。佟析秋瞇起眼，當時救她之人背對而站，那樣挺拔之人，卻有一邊肩膀歪斜著，雖不明顯，但現在回想，的確怪異！難道救她的是亓三少爺？可他為什麼會去哪裡呢？

佟析秋百思不得其解，手指絞動絹帕，思緒又轉回獻藝。若說謝寧想博得四皇子和德妃的注意，事先不可能不打聽明鈺公主是否到場啊。

藍衣靜靜地看著她，見她秀眉深鎖，想了想，輕聲開口。「姑娘……」

佟析秋抬手，突然哼笑一聲。「原來如此。好毒的計謀！」隨即看向藍衣。「雖然不知妳是誰派到我身邊的，但妳讓亓三少爺及時趕到了，我還是要謝妳。」

「不不不！」藍衣擺手。「姑娘言重了。這裡面也有婢子使的小伎倆，不然以婢子的本事，不用亓三少爺出手，意圖污妳的人也絕不會好過的。」

佟析秋聽罷，定眼看她。藍衣嘿嘿一笑，有些羞澀地抓了抓腦袋。「前主子交代過，讓我助姑娘光明正大地走出這牢籠，在此沒有靠山，不如轉個方陣。俗話說，背靠大樹好乘涼，到時姑娘出了這府宅，去另一地鬥著，才有趣呢！」

佟析秋聞言，無語地白她一眼，心裡有了數，遂揮手讓她退下，進了內室。

內室裡，佟析春看著佟析秋，不解地問道：「二姊，賞花很累嗎？」

「嗯。」佟析秋摸摸她的小腦袋。「二姊睡會兒可好？乏了，提不起精神。」

佟析春聽了，趕緊讓她上炕躺著，將青色繡花枕墊在她頭下，又伸手到厚厚的褥墊下摸摸，擔心炕不夠熱。「還行。如今天雖暖和，沒有雪了，可寒氣還是很重的。」說完，又將床上的被子抱出來。

佟析秋任她替自己蓋好被子後，便拍了拍身邊的位置。「陪二姊一起歇歇。」

「好。」佟析春乖巧地點頭，擠上了炕。

佟析秋摟著她的小身子，閉了眼，心卻鬧騰得厲害。

這個謎，總算是解開了。

藍衣叫來亓三少爺之前，怕是謝寧已經著人去傳了。她只有一個藉口能用，就是兩人已約相見，見面的地方就在出事的桃林裡。

亓三郎或許會來，或許不會來，他若是個重規矩的，就算有婚約在身，也不會踰矩相見，若不是……

佟析秋哼笑，依著謝寧的想法，如今亓三少爺斷腿，又毀了容，還到處遭人白眼，定是渴望被關懷、重視，若她捎信去寬慰他，說些想念問候的話，再提出相約的邀請，他還不得感激涕零地前來？

亓三少爺是怎樣的人，佟析秋不敢妄自猜測，不過從今兒他的冷言冷語來看，怕是不太好相處。但他不來，謝寧不會讓人強了她，畢竟一計不成還有二計，她還有用不是？之所以要那人強了她，定是得到亓三少爺會來的回覆。

而他們約定的時間，不是在她剛剛遇險的時候，可能會靠後點，在她被壓著扒衣服時。亓三少爺能提早趕到，還救了她，又助她逃脫，怕是藍衣的功勞。但藍衣若是不知謝寧的計劃，那便是在計劃著另一件事了。

想著她說的搭橋牽線，佟析秋的腦瓜仁不覺又泛起了疼。今兒這事，真虧了亓三少爺及時出現，不然，不只她清白被毀，他跟謝寧的婚事也可能不保。再來，侯府的名聲也會因此受損。

佟析秋哼笑，當真是一石三鳥的好計策！讓一個陌生男人扒了她的衣服，又讓自己的未婚夫來救她，救她的同時，亓三少爺看了她的肌膚，抑或跟欺負她的人打鬥時，為了保護她，而摟抱什麼的，要讓尋她而來的謝寧等人看見，怕是亓三少爺有嘴也說不清了。

而她，一名被兩個男人看過肌膚的女子，若亓三少爺願意要她，謝寧定會假裝傷心，大方讓出正妻之位，這樣一來，她便成了替罪羔羊，成功代替謝寧嫁進侯府。可這樣一來，她在眾人面前失了清白的名聲，不但會臭得損及侯府顏面，在婆家也會過得相當淒慘。

若是亓三少爺不願要她，那謝寧又會以另一種方式來哭訴。亓三少爺占了她妹妹的便宜，還如此不負責任，讓她怎能當作什麼事都沒發生地嫁給他？這般對她妹妹，簡直要逼死人啊！他們可是仇人，還有成婚的必要嗎？

當然，最後目的只有一個，就是退婚！

這樣的退婚，不但不會損了謝寧半分聲譽，還會讓她成為被同情又高看的女子，為著替妹妹討公道，連婚事都敢退。

古時女方退婚，不管主動還是被動，對女子多多少少有些不利。而這個法子，簡直堪稱完美了。

佟析秋冷笑，這計謀卻是可憐了她，不管侯府要不要人，她都會痛不欲生。要，她會在婆家遭受白眼和折磨；不要，失去清白的姑娘，只有兩種選擇，遣去庵裡當一輩子的尼姑，或者一根繩索了結自己。

真是毒啊！怎麼樣都不想讓她好過，還要鎮國侯府一起丟臉，擺明了看人落魄，想雪上加霜，欺負人呢！

第二十一章 退親

明鈺公主回到鎮國侯府，只覺得心氣難平。

讓人喚了亓三郎來，也不待他行禮問安，她便看著他臉上的疤痕，自嘲一笑。「如今連小小的五品同知夫人都敢戲耍本宮，辱我侯門，當真囂張至極！」

說罷，她咬牙問亓三郎。「今兒若非你及時趕到，那名被污了清白的女子，是不是就要成了本宮的兒媳？」

若是不娶，她的兒子就成了污人清白又不負責任之人，侯府的名聲怕會因此受到牽連。不僅如此，今後他們母子還會遭受高門的恥笑與鄙夷，讓處境雪上加霜。可若娶了，這般侮辱打臉的做法，他們怎能嚥下這口惡氣？

啪！她的手重重拍在茶几上。「當真可惡至極，居然想用如此惡毒的手段來達到退婚的目的！明知本宮就在寺內，還敢去獻藝，真當本宮好欺負不成？」

明鈺公主胸口起伏不定，瀲灩的桃花眼中滿是惱恨與委屈。當真是一朝落魄，人人喊打，若不是皇兄不理她，她何至於這般受人算計？

她抬起晶瑩的雙眼，看向亓三郎被毀容的臉。

去歲，她的兒子是多麼意氣風發、風光無限，雖比不得皇子，卻也是年少有為，年紀輕輕便當上正三品的官職，放眼京都，有幾人能與他比肩？

可如今……明鈺公主嘆了聲，眼中恨極，這群捧高踩低之人！

亓三郎看著突然頹喪下去的母親，眼中有著絲絲不忍。良久，才淡淡開口。「既然他們不仁，我們也無須再忍，退婚吧！」

「退婚？」明鈺公主驚呼。「如何能退？為娘不允，就算是綁，也要把謝寧給綁過來！本宮就不信，她敢光明正大地退了婚！」

她當然不會讓謝寧退婚，而且自己也不敢退。兒子為謝寧等了四年多，她卻在兒子一朝落魄之時退婚，這種勢利卑鄙的行為，怕是會招來不少流言蜚語。謝寧一個姑娘家，再是膽大，也不敢輕言將罵名攬身，可讓他們侯府退，那就更不能了，如今京中上層，人人對他們避之唯恐不及，現在退婚，上哪裡說好的去？

明鈺公主眼中混合著苦澀與怒氣，開口道：「總之我就是不允。本宮倒要看看，謝寧嫁來後，還敢不敢如此囂張！」

亓三郎抬眼看她，淡淡道：「若是硬娶，到時來個魚目混珠，母親是要還是不要？」

「她敢？這是拚著名聲不要了不成？」

亓三郎勾唇。名聲哪能與高枝相比，到時強娶，怕是會著人頂替。若執意退回替嫁來的新娘，毀的不只是兩家的名聲，還有那名女子的生死。

亓三郎執盞吹茶，眼中寒氣漸濃。今日之事若非有人暗中先告知他，他還真不會答應謝寧的邀約。他不去的結果，當然就是第二條路——替嫁！不過以那個女人的傲氣，謝家姑娘替嫁品這名頭，還真是污了她！

既然姨母有心，反正都是娶，不如……順勢而為？

亓三郎眼神輕閃，忍住心中滑過異樣的感覺，道：「這種兩敗俱傷的事情，母親還是不要做的好。」無視明鈺公主的怒氣，又道：「今日謝家姑娘的行為，何嘗不是在打我們侯府的臉？如此還要隱忍吞下這口氣，不是更長她的氣焰？如今佟府定猜測我們不敢退婚，往後拿住這由頭，怕是會做出更荒誕的事。」

「她敢?!」明鈺公主咬牙，從齒縫艱難地吐出話。

亓三郎淡淡看她一眼。「賞花宴都敢去了，還有什麼不敢的？聽說舅母生辰後，就要準備選秀，如今除了三皇子有正妃，其餘皇子可都沒成親呢！」

明鈺公主聞言，總算回過味來。就算催逼佟家完婚，到時若真找人替嫁，娶了又退回去，佟家雖然不厚道，可他們卻會被更加唾棄。如今他們母子已是眾矢之的，再鬧這一齣，鎮國侯和皇兄怕會更不喜他們。

想到這裡，她皺起柳眉，看向兒子，淚花閃動。「難不成就這樣讓他們得逞？」

亓三郎搖頭。「母親別急，如今退婚於兒子來說，也不失為一件好事。」

見明鈺公主疑惑，亓三郎道：「今日謝寧獻藝，京中貴婦誰人不知？如此打夫家臉的事都做得出來，何必再給她顏面？明日著人去退婚，也讓這些人看個明白，我亓三郎雖落魄，可還沒到要忍氣吞聲的地步，由不得他們來笑話！」頓了下，又道：「如此，花朝節當著婆家人的面獻藝，這敗壞德行的臭名聲，謝大姑娘背定了！」

明鈺公主聽他說完，急得直絞帕子。「我當然知道這個理兒，可如今你已十九了，這一退婚……」哪還選得到好的啊！

看著母親眼中的焦急，亓三郎勾唇淺笑。「子煜連這事都跟母親說了，難道就沒告訴母親，姨母有來信？」

見她發愣，他又緩緩道：「說是要來京都為舅母賀壽。」

「啊？」兒子話風太快，明鈺公主有點跟不上，看著他，不太明白。

亓三郎眼中的狡黠一閃而過。「母親照著兒子的話去做就成。」

明鈺公主見他堅持，無奈，只好苦澀地點頭應允了。

翌日，佟析秋去福安堂和凝香院請完安後，便回了怡芳院。如今規矩學得差不多了，下午再去學女德和針黹就行。

她坐在暖閣中，看著佟析春認真刺繡的樣子，繼續想著心裡尚未明白的事。

比如，佟析玉和佟硯墨為什麼要跟著上京都？佟百里連親骨血都能拋棄，如何卻對哥哥的子女這般好？這段時日，為將佟硯墨送去鴻鵠書院，他可是費了不少心思。

再來，替嫁之事，佟析玉比她還大些，不是更合適？但她們卻選了她，可見佟百川並不想讓女兒嫁給無用之人，若想讓佟百里點頭答應，必是有條件的。

佟析秋眯眼，這裡頭怕還憋著事呢，可如今她無半分實力，能做的就是在替嫁詭計裡，為自己爭取最大的利益。而她的利益，無非就是佟硯青和佟析春。

佟析秋看向佟析春，佟硯青倒還能安全一段日子，可佟析春……

她不想受利用後，還要搭上佟析春，在這裡，沒有用處的人，怕是不會被白養。或許她可以利用替嫁來爭取佟析春隔府？或將來婚事由她來掌？

正想得入神，忽見藍衣快步進來，福身道：「姑娘，鎮國侯府派人來退親了！」

退親？佟析秋愣住，這……要不要這麼霸氣啊?!

另一邊，佟府正院裡，王氏正看著下首那名五十多歲、表情很嚴肅的婆子。

婆子對她行了半禮，王氏便使眼色，讓梅椿著人端來錦凳。

婆子不苟言笑，屁股只微微沾了錦凳，再讓身後跟著的婢女將蓋有紅綢的托盤端上前。

王氏看著那托盤，眼神閃了下，以為是來合庚帖的，正想開口，卻聽婆子沈聲道：「老奴今日受明鈺公主之託，來給佟夫人帶幾句話。」

王氏聽罷，和氣笑道：「桂嬤嬤請講。」

桂嬤嬤並未起身福禮，只是端正了身子，平視王氏，沈著卻鋒利地道：「公主說，謝大姑娘不顧婚約，不遵婦德，當眾獻藝，污我侯門名聲，態度囂張，無半分閨閣女子該有的賢良淑德。如此乖戾之人，鎮國侯府實難高攀！」

桂嬤嬤話落，王氏眼神狠戾，臉上青白一片。這還不算，桂嬤嬤又朝婢女使個眼色，婢女當即便將紅綢掀開，托盤裡放著一枚刻有鴛鴦的同心玉，是當年訂親時，兩家互換的信物。

「此次公主著老奴前來，一是為著傳話，二是為著退親。這塊同心玉是當年夫人跟公主互換的信物，也請夫人將當年送出的和闐白烏玉還與公主。從此兩家再無關係，男婚女嫁各不相干！」

桂嬤嬤說完，這才起身一福。「佟夫人，請吧，老奴還得回府交差呢。」

王氏氣急，卻又要顧及大家風範，強忍半晌，才終是艱難地擠出笑容道：「公主怕是有什麼誤會，不如桂嬤嬤代我傳話回侯府，就說不日我會親自上門，解釋昨兒之事，實不似公主想的那般。還請桂嬤嬤美言。」

桂嬤嬤聞言，眼露嘲諷。「佟夫人還是退了的好，侯爺也同意退掉這門親事。昨日之事，乃公主親眼所見，難道佟夫人能說成去湊趣不成？花朝節代表什麼，大家心知肚明，何必要挑明了說出來丟臉？」

王氏黑臉，桂嬤嬤卻又是一福。「還請佟夫人歸還我們公主的和闐白烏玉。」

王氏惱怒至極，胸前起伏，才將火氣強壓下去，命梅椿把玉珮取來。

桂嬤嬤伸手接過和闐白烏玉，行禮告辭時，似又想起什麼，道：「倒是忘了，三爺讓老奴帶個話呢。他說，他亓三郎還未到忍氣吞聲混日子的地步，還請佟夫人好好教導大姑娘，別再丟下個夫家的臉面！」說罷，便抬腳行了出去。

待人徹底消失在眼前，王氏這才扭曲了一張臉，大力將茶几上的茶盞掃落在地，口中恨罵。「豈有此理！欺人太甚！」

謝寧聽說事情的經過後，步履匆匆來到凝香院，進門後，也顧不得打掃碎瓷的婢女在場，氣得直接尖起嗓子喝問。「娘親，那個死瘸子當真來退了親？」

王氏皺眉看她，給站在身邊替她順氣的梅椿使眼色。

梅椿會意，命打掃的婢女出了屋，再與謝寧身邊的婢女一起退下。

屋裡只餘母女倆，謝寧氣急地坐上王氏躺著的軟榻，拉著她的胳膊，哽咽道：「娘，鎮國侯府這樣一鬧，我的名聲可就壞了，眼看快選秀，要怎麼辦啊？」話落，眼淚忍不住滾出來。要不了多久，整個京都都會傳遍她不遵婦德，因打夫家臉面而被退婚的事了。

但這還不是最可氣的，最可氣的是，一個落魄又瘸腿毀容的殘廢都不能忍了她，她以往建立起的好名聲，將要毀於一旦。

想到這裡，謝寧不由恨極。「都是那個賤人，玫瑰酥怎麼就沒讓她給吃了！」本是想讓佟析秋拉得雙腿發軟跑不動，誰承想，她居然沒吃！

她怎麼也想不通，就算是佟析秋的婢女吃了被下藥的玫瑰酥，可她卻一直在那裡等著不是嗎？按著時辰算，她帶著那群千金去時，亓三郎應該剛到，正出手相助才是，而且，她的婢女明明有看到亓三郎來啊，可那裡卻是一片平靜。

謝寧抹著眼淚，那事沒成就算了，往年花朝節，明鈺公主雖然都會去相國寺上香，卻從來不屑去賞花宴，今年為何破了例？

昨兒回來，她本還有些膽顫，可母親說，就算明鈺公主生氣，也斷不會輕易退親，以亓三郎如今的境況，和洪誠帝對明鈺公主的冷淡，京中絕無哪家願意與之結親。如此一來，明鈺公主定會吞下這口氣，氣急敗壞地前來要求完婚，打算把她娶過去慢慢折磨。要是這樣，更好辦了，直接讓佟析秋替嫁過去，如此一來，鎮國侯府就只能吃了這個啞巴虧。

這件事，佟府雖然做得不厚道，可比起退親毀名聲，替嫁能用的理由多了去，光一句八字不合、以妹擋災就能混過。侯府若是不依，硬要把人退回來，世人的口水沫子都能噴死他們，天地拜了、洞房入了，能說不要就不要？

謝寧抹著眼淚，當初的信心滿滿，全被一句退婚給擊潰，名聲也毀了。

「嗚嗚……娘親，現在如何是好？」

王氏沈臉咬牙，眼中帶恨，壓著嗓音說道：「待妳爹爹回來，咱們再商量。」

謝寧無奈，只得點頭，抹掉眼淚後，不甘心地恨道：「都是那個賤人壞了好事！」

王氏聽罷，眼中閃過利芒，表情越發凶狠起來……

另一邊，怡芳院裡，佟析秋聽著藍衣打探來的消息，頓時心涼半截。

鎮國侯府退了婚，那她是不是就沒有利用價值了？一顆無用的棋子，誰還願意留著呢？

佟析秋呆坐著，良久無法回神……

第二十二章　變化

當天晚上，王氏將鎮國侯府退婚的事告訴了佟百里。

佟百里聽了，捏鬚想了想，覺得這事確實嚴重，見自家夫人一臉黑沈，便嘆了口氣。「若按原來的計劃替嫁，哪會生出這般多波折？」

王氏冷笑。「夫君是在怪妾身多此一舉？」

佟百里自知失言，上前摟了她的肩膀。「我知妳的意思，不過是想讓那丫頭嫁進侯府也沒好日子過，又想趁著昨兒事成，給寧兒弄個委屈的由頭，讓她趁著傷心將才華露出，令德妃娘娘和四皇子高看一眼。」

他頓了頓，又道：「可這事如今不都不成了嗎？當務之急，是該想著如何挽回寧兒的名聲，才是正經。」

「那要如何挽？」王氏哼唧著，將他的手推開。

佟百里嘻嘻一笑。「這還不簡單？明兒跟母親商量，請她去庵堂暫住，讓寧兒跟去躲個幾日，表表孝心，讓那些說閒話的人瞧瞧，不是親祖母又是鄉下婆子，寧兒都沒嫌棄的陪著去庵裡吃苦，可見勢利之說根本不存在。」

「這能成嗎？」王氏遲疑。

佟百里邪笑著，將她的衣襟鬆開。「皇后娘娘的生辰是四月初九，四品以上的官員皆可攜子女入宮賀壽。雖妳我不能前去，可岳父跟舅兄行啊，到時夫人去求舅兄，請嫂嫂幫個忙，讓岳母和嫂嫂攜了寧兒進宮。咱們寧兒的背景也不差，有眼色的人，自會知道是怎麼回事。」一大學士的外孫女，就算被退了婚，憑著背景，也有的是想攀之人！

「不過，屆時怕是要讓寧兒受點委屈了。」

王氏自然知道委屈是怎麼回事，雖然身後頂著學士府這個背景，可名聲多多少少還是損了。正室當不了，側妃倒可一試。

佟百里笑著用手指揉了揉她蹙著的眉頭。「屆時夫人再寬寬寧兒的心，如今未立儲君，四位皇子中，除了七皇子無心，五皇子生母低賤沒有背景，其餘兩位正較著勁呢，以寧兒外家的身分，自是不必擔心選不上。一時低人一頭不算什麼，古往今來，有多少正室被側室後來居上了？」

王氏聽了這話，覺得有幾分理，不過那句後來居上，卻令她有些不喜。看著佟百里，似笑非笑道：「夫君這是在暗喻妾身？」

佟百里笑道：「在為夫心裡，夫人從來都是正位！」說罷，手伸進她敞開的衣襟裡。

王氏臉色羞紅，輕嘆一聲。「也罷，暫且先這樣吧。明天讓寧兒去庵堂暫避幾日，待風聲小點，再接她回來。」說完，冷了臉色。「本夫人倒要看看，一個落魄得人人喊打的瘸子，還能將我學士府的姑娘擊垮不成？」

佟百里沒有回應她，輕吮她白皙的脖頸，低喃：「夫人用的是什麼香？竟教為夫好生心癢！」

王氏聽得面紅耳赤，隨著佟百里越來越大膽的手法，終是忍不住，嬌吟出聲……

第二天，佟府上下站在大門處送行。聽說朱氏近日被夢魘糾纏，想到庵堂清修幾日。大姑娘為表孝心，自願陪著前去。

馬車停在大門處，王氏淚漣漣，哽咽地拉著謝寧，小聲囑咐。「此去妳定要好好陪著祖母，再不可任性，以免又被人拿住把柄，壞了名聲。」

謝寧亦是滿臉淚水，彎彎的月牙眼中，凶光一閃而逝。「娘親放心，女兒定會好好修身養性，再不犯那糊塗事！」

朱氏在旁邊看得心疼，道：「好了好了，寧兒的性子如何，妳我豈能不知？不過是一時技癢，卻被人以此拿了把柄生事。好好的閨閣千金，卻能捨下身段，陪我這鄉下婆子去庵堂清修，哪是那等小人所說的勢利之人？」說罷，厲眼一轉，瞪向佟析秋幾人。「看看這些親生的，一個個貪圖享樂，竟無人願意陪我這老太婆去吃苦，當真心寒！」

佟析秋聽得好笑，要抬謝寧，也不必拉低她們吧。這般大張旗鼓，真當京都貴圈裡，人人都糊塗不成？都這個時候了，還不低調行事，如此高調，倒是有了作秀之嫌。

待王氏交代完，謝寧才一步三回頭地上了馬車，那模樣就跟生離死別、再也不見似的。

待車隊走遠，王氏轉身看了幾個孩子，盯著佟析秋時，眼色一深，揮手道：「都回去吧，該去書院的去書院，該學女紅的，去學女紅。」

三個姑娘聽罷，衝她福身，恭敬地立在兩邊待她先行後，這才散去。

未時，學完針黹的佟析秋和佟析春回了怡芳院。進到暖閣，卻發現小炕沒有熱氣。

佟析秋蹙眉，給藍衣使眼色，讓她喚個粗使婢女進來。

「姑娘。」小婢女進房，規矩地向她行禮。

佟析秋笑著看她。「小姊姊是不是忘記燒炕了？」

小婢女恭敬地垂眸。「並未忘。婢子去前院領炭火時，管事嬤嬤說，如今三月陽春正暖，為節省開支，暫時不發炭火。若姑娘覺得涼，可灌個湯婆子（注）暖著。」

佟析秋聽罷，心中明瞭，揮手讓小婢女下去。

藍衣見狀，小心地上前問道：「婢子現在去灌個湯婆子來給姑娘暖暖？」

佟析秋點頭。「給析春便可，我就不用了。」

「是。」

待藍衣下去，佟析春眼中生了絲憂慮。「二姊，是不是發生什麼事了？」

謝寧的婚事被退，如今又去了庵堂，她總覺得有些不尋常。還有，剛剛王氏看自家二姊的眼光……格外的不對勁。

佟析秋笑著拍拍她的手。「嗯，是有事。」見她疑惑，便笑道：「二姊怕是沒用了呢！」

沒用？佟析春皺起了好看的眉頭。

佟析秋暗嘆了聲，與其瞞著她，不如實話實說，早些懂事，也好早些堅強。

「府中怕是不願養白食之人！」

佟析春聽了，唰地白了臉，垂下頭，緊捏絹帕地紅了眼眶。難道她正是那個白食之人？

看著佟析春突然變了的臉色，佟析秋握緊她的小手，心疼道：「不是妳，是二姊。妳要記住，在這府中，沒人會無緣無故對妳好，若對妳好，是因為有利可圖！」

佟析春含淚抬眼。「所以，二姊現在沒利可圖了？」斷了炭火就是極明顯的表示。

佟析秋把她的小腦袋按在懷裡安撫。「放心，暫時沒事。王氏是要面子之人。」

大女兒才剛被退婚，從鄉下接來的女兒就「病」死了，京都貴婦哪個不是人精，豈能看不出這手段？如今佟府正處在風口浪尖，一波未平，王氏是不會讓另一波起的。

如今的伎倆，不過是從用度下手，剋扣些罷了。

「京中在傳謝大姑娘去了庵堂清修，這是想挽回名聲的意思？」

亓三郎並未理會那提問之人，只靜靜看著手中的兵書。

明子煜見狀，哎呀兩聲。「表哥，你也忒無趣了，如今姑姑可是為著你的婚事，急得頭髮都快白了。」

「舅母為著你的婚事，頭髮已經白了。」亓三郎淡瞟他一眼，翻了一頁書。「聽說待舅母生辰過後，便會招秀女進宮，屆時你不可再任性胡來了。」

注：湯婆子，古時取暖之物。以金屬製成瓶狀、罐狀或壺狀容器，裝入熱水後，拴緊蓋子，外面包上布巾，即可使用。

明子煜理了理身上的紅色繡金蟒直裰。「你快二十了，都未見急，我怕什麼？」

亓三郎不輕不重地瞄他一眼，並未多說什麼，繼續看書。

明子煜實在無趣得緊，只好又找著話說。「王氏今年接回的繼女，好像就是雙河鎮人吧！」

啪，一頁書被翻過。

明子煜上挑那雙瀲灩桃花眼看他。「那日你令身邊小廝穿著你的衣服，從謝大姑娘的婢女眼前晃過，是故意的吧？」

啪，翻書聲再次響起。

「依著表哥往日的冷心冷肺來看，那日竟答應謝大姑娘私下相見的要求，著實有些古怪。不僅如此，還早早跑了去，嘖嘖嘖……」

明子煜搖頭晃腦地把烏骨灑金扇握在手中，打得啪啪直響。「那個急樣，自我認識你以來，從未……」

啪！這回，書被重重地放在了案上。

明子煜住了口，看著亓三郎，嘻嘻一笑。「其實你不說，我也能猜到，你跟佟家三姑娘是不是……」說完，兩隻大拇指對比彎動，猥瑣至極的模樣，令那張絕豔之臉，真是怎麼看，怎麼欠揍。

「說完了？」亓三郎挑眉，臉上疤痕跟著抖動，看著甚是嚇人。

明子煜聳聳肩。「無趣！人家不過是想著，既然表哥這麼關心佟家三姑娘，想把她的近況告訴你嘛！」

亓三郎沈眼，看著他，似笑非笑。「你派人監視她？」

明子煜見他有了幾分不悅，不敢再鬧，正經了臉色說道：「我不過想看看此女到底有何本事能吸引你，才順道查了一下，卻沒想到，倒是個命苦的。這個佟百里，做得夠絕！」

亓三郎聞言，並未多說什麼，轉了話頭。「姨母什麼時候到京都？」

明子煜聳肩。「聽聞已經到半路了，再幾天吧。」說完又問：「表哥，你打算怎麼做？」

「你管這般多做什麼？」

明子煜見他如此，不好多問。走過去，用烏骨扇敲了敲書案。「不過是想告訴你，得趕緊了，不然，我那小表嫂可要被王氏折磨得不成人形了。」

亓三郎聽罷，淡勾薄唇。「不會的。」

當初那般貧寒的境況都能撐過來，何況區區內宅小伎倆？現在王氏還不敢做得明目張膽，只能從小事上慢慢動手腳。以她的聰明，和身邊那個會武的婢女，還能餓著了？

明子煜見他一臉自信，嘖嘖兩聲，對佟析秋更加好奇起來。

佟析秋確實餓不著。從那日剋扣炭火開始，當天晚上的飯食也清減許多，只有一碗白粥配炒青菜，外加一小碟鹹菜。

佟析秋倒不覺得有什麼，藍衣撇嘴，拉著來送飯的婆子問了，得到的回應是，如今府中銀錢難以周轉，是以夫人下令各院省吃儉用，為老爺減輕負擔。
送走婆子，藍衣嘀咕了句：「省吃儉用？這府中何時用佟同知的錢了？」那麼點俸祿，能養活這麼一宅子人？
「所以，有得吃就好好吃！」佟析秋笑著看她。吃著王氏的銀錢，還有什麼可挑剔的？遂給佟析春挾了一筷子菜，讓藍衣也坐下來一起用飯。
這日晚上，天空陰沈，下起了綿綿細雨。
佟析秋用灌好的湯婆子給佟析春焐著冰涼的小腳，但凍瘡剛好的手卻隱隱疼了起來。她皺眉，按著指骨，眼中閃過一絲不爽。這手……怕是落下隱疾了！
連著數日綿綿細雨，天空陰沈沈的，濕冷得厲害。
這幾天，王氏免了她們的請安，連課也不用上了。
佟析秋姊妹成日待在怡芳院中，為著暖身，不停活動著，但佟析春的病情卻因此加重了。
佟析秋找了個小爐子，本打算自己熬藥，卻想起沒有炭火，心裡遂有了想法。
待到晚上，天徹底暗下後，她將藍衣招到室內，問道：「妳有本事翻牆出府嗎？」
藍衣點頭。「姑娘有何吩咐？」
佟析秋聽罷，看向她，眼睛晶亮，直閃個不停。
藍衣一愣，縮了脖子直擺手。「姑娘還是斷了出逃的念頭吧。婢子就會那麼點三腳貓功夫，只能對付幾個手無縛雞之力的人，真要出去，遇到厲害的，怕是怎麼死的都不知道。」

佟析秋的眼光暗下來，藍衣則暗道一聲：好險！

接著，佟析秋從身上藏著的銀袋裡，拿出一張二十兩銀票遞給她。「去買些無煙的銀絲炭和米糧。」說著又拿出一張藥方。「按著這個方子抓藥。」

藍衣接過，疑惑地看看她，這是不放心佟府下人熬的藥？

佟析秋並不理會她的眼神，只道：「若還有剩，買筆墨紙硯回來，無須太貴，能寫即可。」

藍衣雖然不解，到底沒有多問，福個身道：「是。」

佟析春躺在床上，靜靜聽著兩人的對話。待藍衣走後，她輕咳著，拍拍被子，對佟析秋撒嬌道：「天好涼，我怕冷，二姊能幫我焐焐嗎？」

她難得的撒嬌小模樣，看得佟析秋溫婉一笑，走過去掀開被子，和衣躺下後，佟析春便緊緊挨著她，眼淚流了下來。

這個家好冷！

第二十三章　歸來

連著十來天的陰雨，太陽終是在三月下旬時露了笑臉。

一大早，佟析秋便拉著佟析春，相攜朝凝香院行去。

王氏看著來請安的佟析秋等人，面上帶笑，讓她們坐在下首。

坐定後，佟析玉笑著開口道：「前些時日下雨，析玉在院中待著無聊，跟伺候的婢女學了兩手按腿的法子，嬸嬸可否讓析玉獻獻醜？」

王氏聽罷，和藹地說：「難為妳有心，連日陰雨，正覺腿腳不索利呢，正好，來幫我搥搥吧。」

得了應允，佟析玉趕緊上前，半跪於榻前，小手輕輕捏起了王氏的腿肚。

王氏隱著眼中的不耐，目光掃了佟析秋一下，再轉眼看看佟析春，笑問：「春兒的咳疾怎麼樣了？前些天聽婆子來報，說是沒再喝大廚房熬的藥？」

佟析春緊了下手中絹帕，感受到來自佟析秋的暗中鼓勵，穩住心神，站了起來。

「謝二娘掛懷，倒是不曾咳了，身子也輕鬆不少。」

「哦？」王氏挑眉。

佟析秋笑著接道：「是真的呢。也不知是不是雨天的關係，四妹一喝那藥就咳個不停，析秋便想著，怕是這藥跟涼氣犯沖，就沒再讓她喝了。」

見王氏厲眼掃來，她趕緊裝作沒看見，恭敬地低眸。

什麼犯沖，根本是被人動了手腳！這個王氏，明顯想用慢性毒藥來拖死她們！這些日子，她每晚躲在房中熬藥煮粥，也不曾吃送來的飯食，全暗中倒掉。

王氏瞇眼看她良久後，才緩緩笑道：「若真是這樣，倒不必再吃那藥了，尋大夫另換個方子吧。」轉頭吩咐梅椿。「春兒身子虛，跟廚房管事說說，往後多熬點補湯送去。府裡再怎麼節儉，也得先緊著姑娘們的身子才行。」

「是。」梅椿福身。

「多謝二娘。」佟析春亦跟著起身道謝。

「對了，這幾天常聽府中下人談論，說是有齣戲很紅，二娘可知是什麼戲？析秋跟四妹從未聽過戲呢，真想瞧瞧。」

佟析秋突然轉了話題提戲曲，王氏愣怔，瞇眼掃去，見她滿臉嚮往，似真不知道般，才收回目光，不鹹不淡地回道：「如今倒是沒什麼好戲，待過幾日有好的，再請個戲班子回來，給妳們開開眼。」

「謝謝二娘。」佟析秋笑瞇了眼。

王氏見狀，很是心累，止了佟析玉的按摩。「沒什麼事，就回去吧。」

「是。」

待人走後，王氏眼神閃爍地看向梅椿。「妳說，她今日提戲曲之事，是有意，還是無心？」

梅椿恭敬回道：「應該是無心的。一個鄉下女，上哪裡聽過戲？夫人不必介懷。」

「哼！」王氏冷眼。「倒是沒想到，居然聰明地不喝藥。飯食呢，可有食用？」

「倒是吃得乾乾淨淨。」

王氏點頭。「那就再讓她們多活半年。」屆時定要她們永久消失。別人的女兒，她沒有養的義務！

梅椿點頭，上前給她輕捏肩膀。

突然，王氏緊捏手中絹帕，低罵道：「那該死的戲曲究竟是何人所創？竟是如此荒謬！」

戲曲麼……當然是佟析秋所創了。

此時她正坐在遊廊下，陪著佟析春曬太陽。

藍衣見院中的灑掃婢女跟婆子又去躲懶了，便小步上前，輕聲問道：「今兒姑娘可有提戲曲之事？王氏的七竅可有生煙？」

佟析秋淡淡地瞥她一眼。「不許張揚。」

「喔喔，對！」藍衣笑瞇了眼地點頭。當初還奇怪自家姑娘為何要她買筆墨，原來是用在這裡呢！

那戲文真是好，她換了男裝去戲班時，班主讀完，高興得眼睛都放了光。如今才子佳人的戲唱得膩煩，聽眾都覺得乏味，正愁沒法翻新呢。

看了那劇本後，班主當即出了五十兩買斷，甚至還求著藍衣，以後若有好的，一定要再去找他。

佟析秋見她滿眼興奮，哼笑了聲，她不過是就下藥之事出口惡氣，順道賺點銀錢罷了。那本被她改動過的《鍘美案》，可是以佟百里跟王氏為原形呢，之所以肯讓那班主買斷，是看中他常走高門大戶的路子。這一招，雖讓王氏氣得不輕，可到底不痛不癢，沒啥損失，想想也是好沒意思得慌。

「妳說，若我出了這宅子，需多少銀錢能買個戶籍、換個身分？」

藍衣聽得一愣，隨即有些不自在地說：「那個，姑娘再等等，一定會有出路的。再說，妳出府了，析春姑娘和硯青少爺怎麼辦？而且，買戶籍換身分，沒有背景，很容易被欺凌。婢子爬個牆還可以，若想保護你們，還差得遠呢。」

佟析秋歪頭看她。「不是有妳前主子嗎？能不能問問他，要怎樣才能幫我逃出這籠子？不管要多少銀錢，我以後都能幫他賺回來。」

藍衣欲哭無淚，就是前主子要把她卡死在這裡的，可不能讓她跑掉，不然前主子看戲的心就沒了！

四月初一的傍晚，彩霞滿布天際，一輛裝飾簡單的青油馬車，緩緩停在了巍峨的宮牆外面。

守門的侍衛見狀，正準備開口讓其離開，不想駕車的紫衣女子卻跳下車，手拿倒刺長鞭，向著這邊行來。

「什麼人？」

侍衛執刀相向，紫衣女子則不慌不忙地拿出一枚金牌。

眾人一看，頓時嚇得跪拜下去。

紫衣女子見狀，立時皺眉，對他們喝道：「還不快去通傳！」

領隊領命，轉身便朝宮中快步跑去。

半個時辰後，宮門大開，一群藍衣太監和彩衣宮女嘩啦啦出來，隨後又齊刷刷地分排而立。

管事太監上前，彎身朝馬車裡小聲說了句話。

隨後，便見馬車緩緩而動，向宮內行去了。

鎮國侯府裡，明子煜無聊地撫額輕嘆。「表哥，你要不要這般無趣？成日待在書房，不嫌悶嗎？」

「你可以不來！」

明子煜語塞，揮動寬大衣袖，哼道：「這不是怕你悶著嗎？」

「是你悶！」

「……」

明子煜無趣地數著桌上的花生米，拿著烏骨灑金扇敲啊敲，一雙瀲灩桃花眼都快噴出火來了。

「你真不治臉上的疤？不怕嚇壞我的小表嫂啊？」

「你可以當嬤嬤了！」

明子煜黑了臉，卻見跟他來侯府的小太監飛快跑進來。「主子，明玥公主回京了！」

「皇姑姑回來了?!」明子煜驚得立刻下榻，正待快步行出，卻似想起什麼般，轉頭看向亓三郎。「表哥，可要我帶話？」

亓三郎搖頭。「替我問姨母安好，其他的，待過了今日再說。」如今宮中忙著接風都來不及，還是緩一、兩日再說。

明子煜點頭，快步出了侯府，向宮中趕去。

四月初五，朱氏與謝寧從庵堂回到佟府。

隨王氏在二門處迎著兩人時，佟析秋發現，多日不見的謝寧，整個人不但清減許多，言行之間，更是多了抹楚楚可憐之味。

王氏滿含熱淚迎接她們，謝寧更是一度哭倒在自家母親懷裡。待好不容易止住哭泣，一行人便先陪朱氏回了福安堂。

佟析秋給朱氏請安後，卻聽她冷哼道：「趕緊滾出去，別髒了我的眼。不孝子孫，只會貪圖享樂。」

佟析秋冷眼，不動聲色地福身。「是，析秋這就退下。」

謝寧眼中閃過凶光，對著王氏撒嬌道：「娘親，這些日子在庵堂，女兒每日都會為長輩祈福誦經，閒時更以抄寫經文來平復心緒。為此，女兒特意抄錄了三部《金剛經》，一份已送給祖母。另兩部，分別是娘親與爹爹還有外公的。」

說到這裡，她垮下小臉。「說起來，女兒很久沒見到外公，想念得緊呢。」

佟析秋自始至終保持著福身的動作，朱氏未讓她起身，只能強忍著了。

「不急，今日先休息，娘明日便派人給妳舅母捎個話，後兒一早去吧。」

「嗯，女兒知道了。」

「苦了妳了。」王氏說罷，心疼地捏捏她的小手。

朱氏接道：「可不是，寧兒在那清苦庵堂裡吃了不少苦呢，看得我這老婆子都心疼不已。每日打坐、念經，就是長年待在庵堂裡的姑子都受不了，而且她還沒有一點怨念。」

佟析秋聽著她們妳一句、我一句，彷彿忘了她的存在。

佟析春捏著帕子起身，幾次想開口，佟析秋對她使眼色，終是話到嘴邊，又吞了下去。

待佟析秋終於能起身時，已是半個時辰後了。她咬牙堅持，沒失半分儀態，僵著腿邁出院，藍衣立刻上前扶住她，佟析春則彎身給她揉小腿，眼淚在眼中轉啊轉，卻倔強地不肯掉下來。

佟析秋忍著打顫的腿肚，對兩人擺擺手。「無礙！」

這筆帳，她記下了。

四月初七，謝寧被王氏送去了學士府。

佟析秋跟佟析春的日常照舊，倒是朱氏似乎魔怔了，以不孝為由，讓佟析秋連著兩天蹲了好幾個時辰。

看著即使躺著都打顫的雙腿，佟析秋向滿眼心疼的藍衣問道：「妳前主子是不是有惡趣味？」

藍衣啊了聲，沒有聽懂。

佟析秋也不解釋。畢竟人家有權決定幫與不幫，她無權去要求什麼。

那個人，不過是個看戲之人，她的人生戲文，還得自己寫才成！

隔天，一名紅衣太監來到了佟府。

聽見管事來報，王氏快步前去相迎，從太監手中接過帖子。雖然心裡奇怪，面上卻不動聲色，等打發走太監後，便回到後院，將帖子打開。

才輕瞄幾眼，王氏便驟然瞪大雙眸，上挑的狐狸眼中，是滿滿的不可置信，隨即揮手招梅椿過來，對她耳語幾句。

梅椿點頭福身，正準備退下時，王氏卻又將她喚回。「派人去府衙前守著，待老爺下衙，就說家中有要事相商！」

「是。」梅椿得令退下。

待佟百里下衙，匆匆步進內院時，見王氏急急迎來，不由好奇問道：「究竟出了何事，竟讓小廝上府衙等著？」

王氏也不明說，只將帖子遞給他。「夫君還是自己看吧。」

佟百里疑惑地接過，看了帖子後，亦是吃驚。「這是何意？不是只有四品以上的官員可攜家眷入宮嗎？為何我們卻有請柬？」

王氏搖頭，佟百里捏鬚沈思，想著請柬末尾注明的攜全部家眷，便問：「是只我們一家，還是有另外幾戶一同？」

王氏再次搖頭。

「只有我們。下午時，妾身派人去打聽過，京中五品的官家，除咱們府裡，再無一戶收到這樣的請柬。」

「哦？這就怪了。」

佟百里正百思不得其解，王氏臉上卻明明滅滅了一陣。「夫君怎麼看？要把人全帶去嗎？」

佟百里知她意思，怕是不願讓佟析秋姊妹前去。將帖子合上，表情慎重了幾分，道：「既是特意提了，想來定知道我們府中情況。會不會是夫人正月回鄉時，京都人人傳妳的賢慧名聲，讓皇后娘娘有所耳聞？」

說到賢慧二字，王氏只覺有些打臉，又覺荒謬可笑。皇后統領六宮，每日多少庶務要理，豈會關注這種小事？可若不是，又是什麼原因讓宮中特意發來請柬，表明讓她帶了那兩個小賤人去？

王氏想到了自家女兒，轉眸看著佟百里問：「可要將寧兒也接回來？」
「就讓她跟著那邊吧。以大學士外孫女的身分入宮，總比我這個同知爹爹來得體面。」
王氏見他搖頭，只好作罷了。

第二十四章　宮宴

翌日，因來不及再做新衣，王氏只好派人去成衣鋪子，買了兩套中規中矩的衣裳權當宮裝，命人送去了怡芳院。

佟析秋看著梅椿領婢女送來的衣飾，不由生了幾分疑惑，問道：「敢問梅椿姊姊，這時送新衣前來，是有何事不成？」上月做了兩套春裝和夏裝，如今正穿著，距下個季節還有段時日呢。

梅椿似笑非笑地看她一眼。「三姑娘只管盡本分就好，有事倒是好事，不然可就離喪家犬不遠了！」

佟析秋聽了，不為所動地勾笑。「還是梅椿姊姊懂得多，知道做犬要做得有用才好。」

梅椿黑臉，看向她的眼裡有了絲暗恨，隨即哼道：「同樣是犬，有用跟無用之間，自然會相差很多。」說罷，直接轉身，帶著婢女們向偏院行去。

佟析秋也不跟她計較，梅椿話中的暗諷之意，無非就是死罷了，對於她這死過之人來說，又有什麼好怕的？她還等著她們發現計謀敗露時，與她撕破臉呢！

藍衣用手勾起那件折枝玉蘭花的月白裙，癟癟嘴。「還真是素！」又看另一件芽黃輕綃長裙，亦是癟嘴，再看首飾，嫌棄之情溢於言表。「嘖嘖嘖，好歹出去代表的是佟府臉面，竟是這般不用心。」這是有多怕她家姑娘搶了謝寧的風頭啊。

佟析秋瞥她一眼。「難不成穿大紅牡丹的？」如今是何情況都不知，還有閒情討論這些死物？

她嘆了聲，與佟析春將擺在桌上的托盤送去內室，又轉頭對藍衣說道：「妳去打聽，看是何事讓王氏變了態度。」

藍衣頷首退去，佟析秋看著她的背影，心中明瞭，知她不過走個過場罷了。這件事，怕是藍衣再清楚不過，畢竟她身後的主子可不簡單！

四月初九，近午時，婆子抬了熱水給佟析秋姊妹沐浴，隨後又有手巧的婢女來幫她們梳妝打扮。

佟析春著月白裙，佟析秋是芽黃輕綃裙，兩人皆梳雙平鬟，以彩綢束髮，頭插亮麗珍珠銀飾，簪淡粉宮花，點宮妝梅花鈿。輕掃蛾眉，淡點絳唇，戴水晶額鍊，套白玉手鐲，一人手挽淡黃梨花披帛，一人挽乳白梅花披帛。

梳妝完，只見佟析春羸弱嬌俏，有著幾分楚楚之味；佟析秋則清雅脫俗，溫婉可人。

兩姊妹對看一會兒，這才相攜向著主院行去。

今日男眷也候在內宅，佟硯青看見佟析秋和佟析春，眼睛立刻亮了起來。

佟析秋等人給朱氏和佟百里夫婦行禮後，再與眾姊弟見禮。

相互見禮時，佟硯青看向佟析秋的眼中有了幾分委屈，雖不敢說什麼，可望著她的目光就是不想移開。

佟析秋瞧著變得抑鬱的小人兒，也不知如何是好，只得無奈暗嘆。

隨後，下人上了甜品和粥品，佟百里讓大家分桌而食。等會兒進宮，不能餓響了肚皮而失儀，是以每人都必須吃一點，墊墊肚子。

午時一過，眾人便坐上馬車，向宮中行去。

車行至宮門外，男女便分了道。

下了車，見各府夫人已在那裡寒暄，相互攀比著，看到王氏等人時，皆詫異不已，待繞著彎子打聽清楚後，又對她們不停打量。

「娘親！」一聲清脆嗓音傳來，只見不遠處有個著水粉刻絲宮裝的女子，如翩飛的蝴蝶般，輕盈而至。

謝寧行至近前，看到佟析秋姊妹時，眼神暗閃，開口問道：「娘親為何會來這裡？」說罷，挽起王氏的手，向前行去。

佟析秋姊妹跟在後面，見兩名著華服的婦人正等在不遠處，一位約四十出頭，一位白髮叢生，看起來有七十餘歲了。

王氏見到兩人，還未近前，便語帶哽咽地行禮。「母親，嫂嫂。」

鍾氏跟小鍾氏伸手上前，想拉了王氏，不想旁邊的朱氏一個快步衝出，抓著鍾氏的手道：「哎呀，親家老姊姊，妳也來了？我是頭回來，心跳個不停，等會兒妳可得照拂我一點啊。」

鍾氏眼中閃過一絲不耐，不著痕跡地抽回手，這才扯出笑，道：「這個自然。」

此時有宮人過來帶路，眾人見狀，便停了絮叨，隨宮人去後宮。

行至棲鸞殿外，眾命婦與家眷便按品階分兩排而站。鍾氏跟小鍾氏對王氏使了個眼色後，便帶著謝寧向前面走去。而佟析秋一行人，因著特例，只能站在最末的位置。

申時三刻，有宮人跑進內殿，不一會兒，管事太監手拿拂塵，對外高宣。「眾命婦叩首——」

眾人聽罷，齊齊跪拜，雙手交疊放地，磕頭高喊。「皇后娘娘洪福齊天，千歲千歲千千歲！」

「起來吧！」溫婉沈和的聲音響起。

「謝皇后娘娘！」

佟析秋很想抬眼看看這古時的國母，奈何排得太靠後，連根毛都看不見。

不知前面又說了什麼，管事太監再高唱道：「皇后娘娘有旨，移步壽安殿——」

「是！」

佟析秋用眼角瞟著，見明黃華蓋的隊伍不停遊走，行至轉彎處，只遠遠見到了一角九尾鳳袍，遂低眸，跟眾人向前方慢慢走去，不時瞄向旁邊的佟析春，見她並未害怕，便放心了不少。

眾人到了壽安殿，和藹溫沈之聲自上首傳來。「都坐下吧！」

「謝皇后娘娘！」話落，女眷便按品階之位落坐，待到安頓好，已是酉時初了。

佟析秋擠在最末端的暗影裡，仍是看不清楚皇后的長相，只好無奈作罷。

宮人呈了戲折子上去，皇后翻了，爽朗一笑。「倒是會挑，就唱這個吧！」

眾女眷聽罷，還在迷糊，卻見前方的豪華戲臺已響起噹噹鑼鳴。佟析秋轉頭看向戲臺，聽伶人唱了幾句，便立刻無語。

天啊，那齣偽《鍘美案》居然紅到宮廷來了！

而前桌的王氏，早已變了臉色，眼中直冒狠光。

鑼敲得叮叮噹噹，戲唱得咿咿呀呀，大家看得眼淚嘩嘩地流，還不忘小聲議論，咒罵不已。

王氏旁邊的朱氏是頭回看這齣戲，氣得差點沒跳腳，要不是知道這裡並非放肆的地方，怕早把桌上的東西摔個稀爛了。

待到戲落，眾人才終於從戲中回神，上首的皇后嘆道：「不承想，世間竟有如此狼心之輩，當真該鍘！」

「皇后娘娘說得對，這種狼心狗肺之徒，千刀萬剮都不足洩憤！」

有夫人拍著馬屁，就有人附和，一時間說得正歡。

而只喝了碗粥的佟析秋早已餓得不行，聽著這幫人拍馬屁，開始慢條斯理品起宴會上的精緻糕點，一口杏仁佛手配一口上等香茗，宮中點心果然名不虛傳。

此時，有宮人來報，德妃娘娘率眾妃嬪前來給皇后賀壽。

皇后溫沈地說個宣字，就見一群按品階著正裝的妃嬪款步而來。

佟析秋看著頭戴冠帽的後宮佳麗們，真心為她們的脖子心疼得慌。

眾妃嬪走到皇后面前，跪下道：「皇后娘娘萬福金安！妾身恭賀皇后娘娘福如東海，壽比南山！」

「起來吧！」

「謝皇后娘娘！」

其他妃嬪道賀完便被遣了回去，唯有德妃和容妃坐到皇后下首，各占一方。

待到妃嬪走後，眾臣之女便準備上前賀壽。說白了，就是獻藝。

佟析秋望向坐得離皇后不遠的謝寧，雖看不清她的表情，可見她抬頭向德妃看去，便猜到她也要獻藝。

正猜想時，已有姑娘出來表演，彈了琵琶，皇后聽得滿意，讓人打賞。

如此數回後，不知何時，天徹底黑下來，琉璃燈罩中的燭火映出七彩斑斕的光芒。佟析秋吃了一肚子的糕點，已是心滿意足。

正當謝寧換了水紅長袖裙，正要獻舞時，一道溫婉之音忽然響起——

「倒是來得晚了！」

話落，暗影處走來一人，只見她著一品夫人的紅色冠服，膚若白瓷，鼻似懸膽，點玫紅口脂的紅豔嘴唇，在燭光映照下，似正待綻開的罌粟般。一雙瀲灩的桃花眼，更是流光溢彩。

佟析秋以為出現了幻覺，暗自伸手向大腿根狠狠猛掐，卻是疼得眼淚齊飆。

著紅色冠服的婦人走過佟析秋身旁時，眼角竟別有深意地向她挑了一下。

佟析秋暗嘆一聲，頓時明白過來，因為她看見那婦人身後手捧繡布的青衣了。

婦人走到皇后面前，笑著行禮。「明玥恭賀皇嫂生辰之喜，願皇嫂福如東海長流水，壽比南山不老松！」

「聽聽，這小嘴還是這麼會說！」皇后大悅地朗笑，趕緊揮手。「起來吧！」

「謝皇嫂。」明玥公主起身。

皇后命人賜座，落坐後，明玥公主對身後的青衣示意，待她呈上繡品，便道：「皇妹在民間求得高人繡成此圖，本想先派人送來給皇嫂賀壽，後來想想，既要回京，不若親自送禮更顯誠心。只是還未裱框，皇嫂可會嫌棄？」

「有心就好。」皇后揮手讓人將繡品收走，不想明玥公主又道：「還是展開給皇嫂看看吧！」

皇后聞言，便由了她，點頭命宮人展開。

宮人將繡圖慢慢展開，皇后看了正面，雖是簡單的南山不老松圖樣，可繡工卻很是不同，風格並非朦朧之感，配色也很逼真，連松針都根根清晰，遂讚嘆一聲。「好細的功夫，畫亦是別有味道，比一般花樣更精緻，真真是極品！」

而下首的夫人們看的則是另外一面，雖也覺不同平日所見，可一幅簡簡單單的繡品，能比得上南海東珠、羊脂玉觀音，還有一尺多高的紅珊瑚?面上誇著，暗地裡卻是有些不屑地癟了嘴。

「調個面！」明玥公主溫婉的聲音響起。

宮人聽罷，當即便將那繡品轉過來。

這下，眾人倒吸了口氣，兩面居然不同，且在這般薄的布下，竟是完全看不到另一面的圖樣。

上首的皇后露出十分滿意的笑，比起正面的南山不老松，反面的百鳥朝鳳更得她心。一百隻鳥，每隻的樣子不同，動作亦然，卻同時朝中間的九尾鳳凰靠攏擁護，鳥眼裡的崇拜之情，更繡得相當傳神。

「好畫！若說這繡工已是獨一無二，能將百鳥的不同神態畫下，亦是神筆！」說罷，皇后轉頭問明玥公主。「妳是在哪裡找到這大師的？這畫功，就是宮庭畫師相比，也要遜色不少。」

聽到這裡，佟析秋的心提到了嗓子眼，也不知有意還是無意，總覺得明玥公主的目光似乎向著她掃來，遂低下頭，心裡哀呼，佘掌櫃要看戲，靜靜看著就好，千萬不要給她找麻煩了。謝寧還等著表演呢，若把她拱出去，今兒晚上回府後，怕是見不到明日的太陽了。

「她是皇妹鋪裡的人，若皇嫂想要她的畫，皇妹今晚回去寫封信，讓她為妳親自畫張像，如何？」

皇后笑著點頭，隨即纖手一揮。「將本宮宮中那柄玉如意拿來，賞給繡者。」

宮人應聲下去，皇后對明玥道：「且由玥兒暫領吧。」

「皇妹遵旨。」

話落，有太監高唱：「皇上駕到——」

眾人驚得趕緊從座位上起身，跪拜下去，高喊：「吾皇萬歲萬歲萬萬歲！」

待皇后讓了正座，洪誠帝落坐後，才聽威嚴之聲響起。「都平身吧！」

「謝皇上！」

眾人起身，見洪誠帝攜四位皇子前來祝壽，等眾皇子參拜又送了禮後，才回去坐下。

佟析秋看不清皇帝跟皇子長什麼樣，只聽到一陣陣恭賀過後，又說起她的繡品，洪誠帝一聲賞，賜血紅玉珮給繡者。待酒過兩盞，他便帶著皇子們移去了前殿。

這番鬧騰下來，卻是把要獻藝的千金們忘了個一乾二淨。

最後不知是誰提了句，皇后才又下令開始，不過早已乏累，沒了精神。

見皇后困倦，宮人上前小聲問了幾句，便宣佈散場。德妃跟容妃不好多留，只得跟著離開。

其他夫人們，恭送皇后與二妃後，便各自回去了。

第二十五章　談判

回到佟府，佟析秋在後面拉著佟析春的手，看著前面自宮宴散後就一直黑臉的王氏母女，想著來時藍衣跟她說過有好戲可看，難道就是這齣？

藍衣見自家姑娘盯著她，便轉了眼，有些緊張地小聲問：「姑娘？」

佟析秋不理會她，到怡芳院後，對佟析春道：「妳先去歇息吧。」

待佟析春進了內室，佟析秋才看著藍衣，問道：「妳是佘掌櫃的人？」說罷，又自嘲一笑。「不對，是明玥公主。」

藍衣搖頭。「姑娘，從前主子讓婢子跟隨妳的那一刻起，婢子就是妳的人了。」

「哦？」佟析秋挑眉看她。「那妳告訴我，明玥公主除了讓妳護我外，可還有別的目的？」

藍衣赤紅了臉，彆扭地搖頭道：「其實，明鈺公主跟明玥公主是同母所出的親姊妹。」能說的就這句了，剩下的自己猜吧！

佟析秋明瞭，揮手讓她下去。

上回藍衣去找亓三少爺來救她，與其說有目的，不如說是不想讓前主子姊妹的兒子受了欺辱，若真是這樣，倒也說得通。

可這明玥公主會不會太熱心了？她們只見了幾次面，合作的生意也不大，她竟願意把身邊會拳腳的丫頭給她，會不會還有什麼打算？

佟析秋皺眉，覺得自己的思緒又走進一條死胡同了。

另一邊，凝香院裡，佟百里的心情不是很好。

在前殿時，那齣《鍘美案》上演後，洪誠帝居然說了句，要是大越國也有這般剛正不阿的黑面包拯，當屬國之幸事。

幸不幸，他不知，倒是那「死去」的陳世美弄得他心驚肉跳，死對頭還故意提起他的事情來比較，嚇得他當場冷汗直冒。若非王大學士幫著圓場，那些人定不會就此放過這個踩他的機會。

王氏看著自家夫君，亦說起了今日之事。「也不知有意還是無意，先演一齣《鍘美案》，後頭又一齣明玥公主拜壽，我總感覺似乎有人在暗中故意壓制著。」

上回花朝節便是這樣，還未到謝寧獻藝，明鈺公主就來了，這回亦是剛輪到謝寧上場，又來個明玥公主。

想到這裡，王氏眼中凶光乍現。「難不成明鈺公主要聯合明玥公主一起來打壓？」

佟百里看她一眼，有些不耐地揮手。「先這樣吧，不還有選秀嗎？不差沒有出頭之日。」

王氏哼笑。「出頭之日？如今四位皇子中，只有三皇子跟四皇子有實力較勁，且德妃還有國公府的娘家頂著，若真論起來，還是四皇子更勝一籌。今日這般好的機會沒用到，到了選秀那日，秀女比成一團，若不是特別出色，能留下多好的眼緣？」

佟百里聞言，也有了幾分氣。「已經這般了，那妳說怎麼辦？」

「你這是在怨我？」王氏怒道。

見她生氣，佟百里趕緊強壓了煩躁，解釋道：「我是氣今日宴會那齣戲。也不知是何人所創，若非有岳父在，我怕是受盡那群傢伙的奚落了。」

這話題成功壓下了王氏的怒火，兩人皆有些愁眉不展地陷入沈思……

棲鸞殿中，年約五十出頭、雍容華貴的皇后，正躺在華麗貴妃榻上歇著。

她看著坐在身旁那名三十多歲的豔絕婦人，笑著開口道：「難為妳有心。這一走近十年，剛回京，就是來賀我的生辰。」

明玥公主幫她搥著小腿，亦是笑道：「我再不回來，我那外甥就要被京都的人給唾棄死了！」

皇后聞言，嘆了聲，讓她停手。「妳有辦法？」

「有啊。」明玥公主溫溫一笑，眼中出現幾分調皮之意。「鈺兒的日子也過得太艱難了，送個兒媳給她，讓她樂一樂。」

皇后無奈地搖頭。「妳讓我開恩令佟百里的家眷進宮，有什麼意義不成？若我所記不錯，他府中的謝大姑娘好似跟卿兒有婚約，前段日子聽說退了婚。難道今兒妳是故意那個時辰過來，讓她沒了獻藝機會，為鈺兒出氣？」

「不過是好玩，什麼出氣不出氣？」明玥公主笑得明媚。「她那點心思，誰人不知。如今皇帝哥哥未立儲君，誰不是巴巴盼著？子煜無心，嫂嫂就不急？」

皇后無奈地一嘆。「本宮急有何用？妳皇帝哥哥更急，奈何這皮小子就是沒半分儲君的樣子，任人再說，就是收不住性子，成日裡跑得不見蹤影。如今治得了他的，大概也只有卿兒了。」

宮中有多少人依著、巴著，可就是不得明子煜的意，偏愛黏著他表哥。這還不算，人家不願跟他玩，他還總是用熱臉去貼冷面，當真是好生奇怪。

明玥公主聞言，笑了聲。「卿兒就是個冷面神，誰也不敢靠近，倒是難為子煜這話癆子（注）了。」

皇后聽了，忍不住點頭，姑嫂倆便哈哈大笑起來。

這夜，明子煜宿在了鎮國侯府。

他對著兩手執棋互下的男子，嘖嘖兩聲。「之前你讓我把《鍘美案》的戲本子送進宮，就是為了氣你老丈人跟丈母娘？雖不知王氏的反應如何，不過你那老丈人的臉色倒是夠精采。皇姑姑也真是的，偏在人家要獻藝時出來，說不定這會兒謝寧正氣得夠嗆呢！還有啊，母后手中那幅百鳥朝鳳圖，是不是出自佟三姑娘之手？那畫工和繡工當真精緻。」

宮宴上，他倒是有意瞟了角落一眼，奈何燭光昏暗，看不清楚。佟析秋坐在那裡，即便睡著，也無人發覺吧。

待棋盤裡的黑白子成了和局，亓三郎才挑眉看他。「說完了？」

明子煜無語，臉上有著幾分委屈。「我說表哥，你能不能尊重我一點？好歹我也是皇子，如何就把我當成蒼蠅似的視而不見。」

「你不是蒼蠅！」

明子煜臉上一喜，卻在聽見下一句時，氣得差點沒動手。

「蒼蠅惹人煩，容易拍死！」

「……」

見說不過亓三郎，明子煜只好作罷，末了，卻不甘心地又問一句。「接下來你要怎麼做，選秀女時讓她跟著去？要不要我求母后開恩，讓你也去挑挑？」

亓三郎冷哼，瞄明子煜一眼，他用得著去那裡挑？收棋，淡道一句。「走了。」便步出書房。

明子煜呆坐在那裡，氣得咬牙，只差沒跳腳。

隔天請安時，王氏看著下首的佟析秋，笑得溫和地問：「秋兒認識明玥公主？」

「不認識。」佟析秋搖頭。

簡單俐落的回答，噎得王氏怒火中燒，見她一副低眉順眼之態，不由暗哼一聲，將一張撒花金帖扔過去。「既然這樣，那這又是什麼？」

注：話癆子，話多之人。此處的「癆」指的是肺結核，用以形容話像肺結核患者的咳嗽那般多。

佟析秋疑惑，撿起帖子，打開一看，卻皺了眉，是護國侯府送的請帖。

「析秋愚昧，還請二娘告知。」

王氏盯著她良久，看不出半絲撒謊痕跡，遂淡道：「明玥公主是護國侯的夫人。」

原來如此，佟析秋心中明瞭，面上卻不動聲色。「我不過是個鄉下女，不說護國侯府，就是官衙面朝何方都不知，哪能認識什麼公主？」

王氏被說得有些氣短，可又覺得不可思議。不認識？那護國侯府能單單只發一張請帖，還要求她獨自前去？

她認真地看了佟析秋半晌，見實在看不出什麼，便無奈地揮手。「妳先下去梳妝，等會兒護國侯府會派人接妳過去。」

「是。」佟析秋福身退出。

回怡芳院換好衣裳後，佟析秋握著佟析春的小手，輕拍道：「在家等我，我拿些好吃的回來。那偷著煮的清粥，實在吃得膩了。」

佟析春點頭，半個時辰後，有婆子來稟，說是護國侯府的馬車到了，佟析秋這才出了院子。

她先到凝香院，打算跟王氏說一聲，卻見謝寧也換了裝扮，等在那裡。

見佟析秋過來，謝寧很親切地挽起她的手道：「析秋妹妹，我同妳一道去護國侯府。妳沒見過大陣仗，難免心慌，有我跟著妳，也好壯壯膽。」

「辛苦大姊了。」佟析秋不動聲色地點頭道謝。

管事婆子將護國侯府的人領進後院，王氏便指著佟析秋笑道：「我這三姑娘是個靦覥的，剛來不久，對京中規矩不是很懂，可否讓我大女兒隨行？」

前來的婆子有些不苟言笑，看向謝寧時，輕輕搖頭。「公主只請了三姑娘，還請佟夫人不要讓老奴為難。」

王氏微微變了臉色，謝寧尷尬一笑。「不過是陪同，哪有這般嚴重了？」

婆子瞥眼看她，帶著幾分高傲道：「侯府規矩甚嚴，不是一般小門小戶比得了的。」

王氏聞言沈了臉，謝寧眼中更是恨光乍現，婆子並不理會，只轉頭對佟析秋說：「三姑娘請吧，主子已等候多時了。」

「有勞嬤嬤。」

佟析秋點頭，向王氏福個身後，便跟著行了出去。

謝寧看著走掉的兩人，再也忍不住地哼道：「規矩甚嚴？若真是嚴，如何會拉個泥腿子上門？」

王氏並未多說什麼，心中惱恨不已。

佟析秋坐上護國侯府的豪華馬車，斜眼看著有些興奮的藍衣。

藍衣嘻嘻一笑。「婢子跟姊妹們好久沒見了，想到能再敘舊，不免激動，還望姑娘不要怪罪。」

佟析秋搖頭，此時她哪還有心思在乎這些，也不知佘掌櫃，不，是明玥公主這般明目張膽地找她有何事?這下挑明了,她在佟府裡怕是更加難過。

進了護國侯府,車行至二門處,換了軟轎,走了近一刻鐘,才終於到達主院。

轎子落地,有婢女快步迎過來,福身行禮。「主子已等候姑娘多時,請姑娘隨婢子來。」

「有勞了。」

婢女搖頭,款步在前面帶路,繞過抄手遊廊後,便到了主屋。踩過高階,踏上白玉石地板,守在門外的二等婢女把簾子掀開掛上,向裡面通報了聲。

佟析秋走進去,繞過鳳穿牡丹的屏風後,便見著坐於上首、穿撒花金絲褙子的明玥公主。

明玥公主見到她來,笑得明媚瀲灩。「佟姑娘。」

「參見明玥公主。」佟析秋屈身行禮,卻聽明玥公主溫婉一笑。「我還是比較喜歡聽人喚我佘掌櫃。畢竟我已為人婦,早脫了公主的架子。」

「規矩不可亂。」佟析秋垂眸。

明玥公主亦不勉強,揮手讓她起身。「昨日宮宴上,佟姑娘的繡品得了皇后娘娘與皇上的賞賜,等會兒回府,還請帶走為好。」

「繡品之事,本是買賣,公主與析秋早已銀貨兩訖。成品屬於公主,賞賜亦是屬於公主。」

「那合作之事呢?」

佟析秋抬眸看著她，眸光透澈無比。「公主有什麼目的，直說就好，這樣繞彎子，析秋實難猜透。我是個無背景的鄉下女，眼界不寬，腦子也不靈活。」

明玥公主聽罷，失笑地搖頭。「什麼目的不目的，我不過見不得我那外甥被人設計，這才出手相幫。當然，佟姑娘來了這般久，也該知道，如今京都高門對我那外甥，可說是避之唯恐不及。」

「所以？」

「沒有所以。不過是想著，讓他另娶一人。」

佟析秋愣住，這意思是讓她嫁？遂眯眼沈吟，想著今時今日的處境。若是王氏要她替嫁，她也會嫁，不過會提一些條件。於她來說，嫁誰沒有多大差別，上輩子受夠了情情愛愛，這輩子不想再來一次。

可明玥公主的意思也是讓她嫁。既然這樣，就不能沒有利益的白嫁！

她抬眼，認真看著上首之人。「公主應該知道我的境況才是。上回花朝節之事，想必您已知曉。」

見她臉色未變，佟析秋繼續道：「對於沒有用的棋子，佟府早就不想再留。我本人去哪裡無所謂，可我的弟妹，我定是要全力相護。若我嫁入鎮國侯府，於佟府來說便沒有任何意義，一旦我出了佟府大門，就跟佟府再沒關係。這樣一來，我的弟妹會被養成何樣，我也無從得知，亦是無可奈何。」

「所以？」

「所以，我希望明玥公主想個法子，把我的弟妹從佟府隔開！」

明玥公主定眼看她，佟析秋亦是靜靜相對，兩人對看許久，明玥公主終於輕笑出聲。

「妳很聰明！」

說罷，她命人將兩件御賜之物送上來。「既是賞給妳，收著便是。想必昨日宮宴上發生的事，妳也見到了，有空給皇后娘娘畫張像吧，好歹她老人家為妳在宮宴上允了那齣《鍘美案》。」

佟析秋抬眸，眼中有點尷尬。「實在坐得太遠，未曾目睹皇后的風采。」

明玥公主輕笑出聲。「倒是不急，還有機會的。」說罷，揮手道：「妳安心回府等消息，我會好好思慮這件事。」

「謝過公主。」佟析秋行禮道。

明玥公主搖頭，起身來拉她的手。「陪我走走？」

「是。」佟析秋攙著明玥公主，兩人一起往院子走去。

午時三刻，佟析秋從護國侯府出來，看看藍衣拎著的食盒，不由失笑。這才多久，她已是連著兩次被設計嫁人了。

想著去歲時救的男子，若那人是普通的農家漢子，她也是個普通的鄉下姑娘，與他走完這一生，倒也不失為一件美事。

但如今的她哪還有奢望的權利，暫時先這樣吧。

回到佟府後，佟析秋便被早早等在二門處的梅椿領去了凝香院。

王氏問了她幾句，見實在問不出什麼，只得作罷，將她打發走了。

待人走後，謝寧從內室出來，看著佟析秋離去的方向冷笑。「倒真是小看她了。」隨即似想到什麼般，看著王氏驚道：「娘親，上次花朝節之事，會不會是她猜到什麼，才逃了去？」

當時買來下手的人，她派人尋了好久都未尋到。看來，那件事情，早被暗中做了手腳。

王氏沈吟，眼中凶光一閃而過。「暫且先忍忍，最多半年，到時定讓她消失得無影無蹤！」

謝寧頷首，自是知道母親下藥之事，恨道：「不能讓她們死得太舒服！」

四月中旬的休沐，佟百里在家歇著，辰時將過，便有著紅衣的太監前來宣讀聖旨。

他趕緊命人抬了香案，全府上下跪拜接旨，只聽太監高聲唱道：「佟府之女佟析秋，溫婉恭順、賢良淑德，與鎮國侯嫡長子乃天作之合，特下旨賜婚。另令兩家速速商議婚事，擇日成親。」

眾人聞言，不由大驚，佟析秋亦是不滿，一道賜婚聖旨了事？她還不能違背了？那佟析春和佟硯青怎麼辦？明玥公主在耍她不成？

愣神之際，佟百里已跪接聖旨，著人打賞，又問些話後，才把太監送出府。

待到府中平靜下來，佟百里和王氏將佟析秋叫到主院，看著她良久，卻又不知該如何發問，終是嘆了一聲，揮手讓她離去。
王氏表情陰沈得厲害，鬧了半天，這個小賤人還是要嫁進鎮國侯府。可如今她出嫁，於佟府來說，早已沒了半點意義，但聖旨已下，不得不遵！想著自己沒撈著半分好處，還得操辦別人女兒的婚事，真真是賠了夫人又折兵。
想到這裡，王氏恨恨地橫了佟百里一眼。「這事，你自個兒看著辦吧。我的嫁妝自要全部留給我的女兒，別人的賤種，我供著吃喝已是天大恩德，其他的，你想都別想！」
佟百里無奈，想了想，道：「到時給塊田地，買些充數的玩意兒就好，不用大辦了。」
王氏還是覺得不解氣，扭著絹帕恨道：「如今四月都要過半了，為何宮中還沒有半點消息？寧兒正月便及笄了，再拖下去……」
佟百里見狀，趕緊攬過她的肩，勸慰道：「不急。朝堂上已經有人在進言，且再等等看。」
王氏氣極，卻只能點頭了。
怡芳院內，佟析春還有些回不過神，看著佟析秋，輕聲問道：「二姊，剛剛那聖旨，是不是讓妳嫁人的？」
「是。」
佟析秋點頭，見佟析春捏緊手絹，又把手放在心口，知那是她緊張與驚慌的表現，便有些心疼地將她的手拉下來，看著她認真道：「妳放心，若你們不安全，就是天王老子，也不能讓我點頭！」

佟析春聽了，雖然還是有點害怕，卻是放心了些。

安撫好佟析春，佟析秋頓了頓，心裡做出打算，便對站在身後的藍衣吩咐道：「妳隨我來。」

「是。」藍衣福身，隨她向內室行去。

一個時辰後，護國侯府裡，青衣將一紙書信呈上去。「藍衣送來的。」

明玥公主瞥了眼坐在下首的亓三郎，將信攤開看完，便遞給他。「你來看看。」

亓三郎接過，一目十行地讀了，不由皺眉。

「倒是個狠的。」明玥公主輕笑。「竟然想到用命來威脅，也不怕抄了九族，佟百里怕是要頭疼了。」

亓三郎不動聲色地冷哼了聲。她本來就是個狠的，當初給他縫傷，拖他回家，哪一件是溫柔女子該有的表現？她用命來威脅，不過是為著保命罷了。如果就那麼妥協，妹妹留在佟府，怕是性命不保；如果豁出命去，再不在乎，反倒是佟府的人會害怕了。

「她的九族等同於沒有，抄了正合她意。她從來就是個心狠的女人！」

明玥公主挑眉。「那你還娶？」

「對親人以外的人狠，這就夠了。」

明玥公主無語地看他。「你這腿……到底要不要我幫你求情了？」

亓三郎抬眼。「姨母當真以為皇舅舅糊塗嗎？那次伏擊，不過就幾個人可以懷疑。與其握著那麼重的兵權，不如卸下的好。」

「以你之意，難不成要一直瘸下去？」明玥公主指著他臉上的疤痕搖頭。「瘸也算了，還醜。這樣讓新娘子如何跟你洞房？不嚇暈就算好了。」

亓三郎聞言，生出一絲尷尬，耳根也泛紅，咳嗽了聲，才正經臉色。「皇舅舅不過是在等個臺階下。姨母得空，不如帶著母親去找皇舅舅敘敘舊吧。」

明玥公主聽罷，似笑非笑地看他良久，終於緩緩點了頭。

第二十六章　下聘

藍衣從護國侯府回來，將明玥公主的回信交與佟析秋，臉色有些古怪地哼唧道：「走時，青衣姊帶了前主子的話，說那道聖旨就是給姑娘想的辦法，其餘的看姑娘了。」

佟析秋眸光一深，不動聲色地打開那封信，見是一張房契跟一張鋪契，便抬眼尋問藍衣。

藍衣看了看那兩張契紙，道：「婢子知道這間房子，在離鎮國侯府不過半條街的南寧正街上，倒是方便。」

佟析秋聽罷，自嘲一笑，將契紙又放回信封。

這個明玥公主，用聖旨困住她，又用聖旨讓她去找生機，當真是半點手都不願插。

她揮手讓藍衣退下，轉身回了內室。

待她上床後，佟析春便緊緊靠了過來，哽咽地說：「二姊，我聽說高門嫁女都有陪嫁婢女，要不，讓我給妳做婢女，跟著妳到侯府好不好？我不要一個人在這裡，這裡好冷的！」

佟析秋皺眉，用手輕摟她的肩膀。「胡說，妳是我妹妹，豈能當婢女？放心，沒人逼得了我，有人比我們更惜命！」

「可是……」

佟析春流淚，還要再說什麼，卻見佟析秋轉眼與她對視道：「妳不信我？」

佟析春搖頭，佟析秋見狀，這才勾唇，摸摸她的髮際。「既然如此，就乖乖等著二姊的好消息吧。」

「嗯……」佟析春點著小腦袋，閉眼向她懷裡拱去。

第二天，鎮國侯府派人前來合了庚帖。至於風俗講究的六禮，也在短短半月內完成。成婚的日子訂在立秋第二天，正好是佟析秋生辰隔天。

這日，佟析秋隨梅椿來到凝香院，看見滿院堆著的大箱小箱，有的奇珍異寶還故意露在外面，心中不由發笑，覺得這是明鈺公主故意想氣了王氏。不是看不上她兒子嗎？那就讓王氏看看提親的聘禮有多少！後悔了吧！心痛了吧！

佟析秋進到主屋，果見上首的王氏雖然面上帶笑，但眼中卻有著絲絲火光。謝寧坐在王氏榻邊，見到佟析秋，便趕緊下榻走過去，親熱地挽起她的手。

「哎呀，析秋妹妹總算來了。可有看到院子裡的箱籠？那些都是鎮國侯府送來的聘禮呢。妹妹果然嫁了個好婆家，真真是好福氣。」

「確實是好婆家。」王氏笑著頷首，隨即對不苟言笑的桂嬤嬤道：「桂嬤嬤，這就是我那三女兒。」

桂嬤嬤沈著雙眼，將佟析秋上下掃了一遍，點點頭，起身對她行個半禮。「三姑娘。」

「桂嬤嬤好。」佟析秋回了半禮。

桂嬤嬤眼中滿意更甚，從袖中掏出一張單子，也不避人，直接高聲說道：「公主讓老奴帶話，怕三姑娘沒得用的人手，聘禮有多少也搞不清楚，若弄丟了，可是大不敬！是以特意派老奴前來，將聘禮清單交給三姑娘，再請佟府開間庫房單放，鎖上公主命老奴帶來的同心鎖。三姑娘出嫁時，再由老奴領人抬回侯府！」

佟析秋心中嗤笑，哪有這樣打臉的？送聘禮還得他們來鎖，明著說丟，暗著說人霸占，而清單交給她保管，到時來抬嫁妝，自然得再數一遍！嘖嘖嘖，這明晃晃的臉打得……抬眼向王氏與謝寧看去，果見兩人的表情已經堪比調色盤了。

末了，桂嬤嬤還來了句。「佟夫人不介意吧？這裡面有不少御賜之物，可都是寶貝，馬虎不得。」

王氏氣得直想拍桌，都欺上府了，還能不介意？遂皮笑肉不笑地扯了嘴角，道：「桂嬤嬤這話說得也太過小心了，我府中之人品性良好，豈會貪圖這點小利？」

「確實如此，不然謝大姑娘也不會去花朝節獻藝了。」

「桂嬤嬤，」王氏冷了眼，面露森寒。「還請小心顏面。」

桂嬤嬤也不懼她，回道：「佟夫人言重了。貴府的顏面，還由不得老奴來護。」

王氏聞言，氣得胸口起伏難平，卻聽謝寧斥道：「一個老奴才，給了幾分體面，便真當自己是半個主子了不成？」

桂嬤嬤冷臉，看著謝寧哼道：「老奴當不得主子，老奴不過區區八品宮人，不及謝大姑娘有主子面兒！」

謝寧氣急，這分明是在罵她有主子面，沒主子命！當即跳腳，指著桂嬤嬤破口大罵。

「妳這老刁奴仗勢欺人，真當人人都羨慕你們這點聘禮不成？一個瘸子醜八怪，只能配個泥腿子，還在這裡拿喬，我呸！」

「寧兒！」王氏驚得想出口阻止她，卻晚了半步。

佟析秋在旁邊冷笑一聲。桂嬤嬤則冷冷對著王氏福了一禮。「看來謝大姑娘的婦德還未教好呢！此話，老奴定會原原本本說給公主聽的。」

王氏聽了，艱難地扯出笑，賠罪道：「寧兒不過孩子心性，桂嬤嬤何苦揪著不放？我這就讓人開了庫房，將聘禮抬進去。還請桂嬤嬤高抬貴手。」

桂嬤嬤別有深意地看她一眼。「佟夫人明白就好。」

王氏青白著臉點頭，謝寧滿臉不甘，猛地抬頭，狠狠朝佟析秋瞪去。

佟析秋淡看她一眼，並不理會。自己管不住口，怪得了誰？不管洪誠帝對自家妹子如何冷淡，那也是皇家人，豈能由人喝罵？官家人最忌禍從口出，誰沒個死對頭？這樣口無遮攔，不是給人留把柄嗎！

王氏命人開了庫房，桂嬤嬤領著抬聘禮的人將箱子送進去，且每抬一箱，就讓佟析秋過眼一遍，看看到底有哪些奇珍異寶。整整搬了兩個時辰，四十八抬聘禮才算放好。

末了，桂嬤嬤拿出看似精美、實則複雜的同心鎖鎖好庫房，將其中一把鑰匙交給佟析秋。

「三姑娘放心，此鎖乃玄鐵所鑄，一般傢伙撬不開的。開鎖時，兩把鑰匙缺一不可，還請小心保管妳手上那把。」

「析秋定當謹記。」

送走桂嬤嬤後，王氏再難忍耐，將主屋內的東西砸了個遍，對佟析秋恨得咬牙切齒。

「去，將布疋拿去怡芳院，讓那小賤人自己繡嫁衣，誰也不准插手！我倒要看看，成親那天，她拿什麼穿！」

梅椿聽罷，福身快步退了下去。

謝寧看著地上的碎瓷，滿眼淚光，恨道：「娘親，我想讓她死！」

王氏轉眸，看著自家女兒，心裡開始算計起來……

五月端午，明玥公主特例被宣進皇宮，與帝后共度佳節。

宴會過後，明玥公主在御書房跟洪誠帝說起了前塵舊事。

三兄妹因生母早逝，無人撐腰，好幾次險些命喪黃泉。為讓身為哥哥的洪誠帝能得寵，明鈺公主連著一月，日以繼夜趕繡出一幅大越疆土圖，交由洪誠帝呈上去，才令先皇對他們重視了幾分。

說起這些，明玥公主感慨不已。「真真是歲月不饒人，從前暗無天日地熬著，還以為永無出頭之日，不承想，不過轉眼間，便各自安好，只是可憐了鈺兒……」

洪誠帝沈吟不語，一雙跟明玥公主相似的桃花眼中，閃著幾分犀利。

明玥公主見狀，又輕嘆一聲。「皇帝哥哥冷落鈺兒夠久了，你那樣對待卿兒，她未曾報怨半分，只哭倒在宮門，求嫂嫂代她說情，盼著治好兒子的傷。如今京中貴族避他們如瘟神，現在又得來門戶不登對的婚事，哥哥當真要這般狠心？」

洪誠帝沈默不語，明玥公主又無奈一笑。「卿兒失蹤之事，皇妹一清二楚，皇帝哥哥大可派人前去查探，定能……」

「不用了。」洪誠帝揮手，止了她的話頭，似笑非笑地看著她。「這些日子，妳帶著鈺兒不停往皇后那裡跑，皇后亦跟著說了不少好話。妳覺得，若我真要冷落鈺兒，她還能進得了宮？」

明玥公主愣住，洪誠帝哼了聲。「如今朝中表面平靜，實則暗湧不斷。這樣對卿兒，不過是找個下他官職的由頭罷了。」

「那……」

洪誠帝看著明玥公主，眼中有著幾分難過。「對鈺兒、對妳，為兄都覺虧欠……」話落，長嘆道：「罷了，讓太醫去給卿兒看腿吧！」

明玥公主大喜，起身行禮。「多謝皇帝哥哥！」

當天下午，宮中太醫便去了鎮國侯府。

洪誠帝下令給亓三郎看腿的消息，不到半個時辰，便傳遍京都上下。

佟府自然也得到了消息，彼時佟析秋正坐在繡架前繡嫁衣，藍衣滿臉興奮地跑來稟報，她只輕輕嗯了聲，算是回答。

而凝香院中，剛過完團圓佳節的人聽到消息，皆震驚不已。

王氏看著佟百里，輕聲問道：「你說，皇上是不是要原諒明鈺公主了？」這代表亓三郎要起復了？

想到這裡，她不甘地哼道：「明玥公主當真好手段，定是利用戰死的丈夫，幫明鈺公主說好話呢！」

「怎麼說話的？」佟百里皺眉。

王氏自知失言，可又覺得生氣。這明玥公主早不回、晚不回，偏偏在自家女兒退婚後回來。如今幫著亓三郎起復不說，還便宜了佟析秋那個賤人！

佟百里見王氏氣得要把絹帕擰出水了，便勸了聲。「如今可要好好對待怡芳院那邊。」

「憑什麼？」王氏尖了嗓子，隨即冷笑看著自家男人。「怎麼，見親生女兒能攀高枝，就後悔了？」

「妳說的是哪門子的混話！」佟百里亦來了氣。「我也是為了寧兒好！」

「為寧兒好？」王氏冷哼。「佟百里，真以為別人不知你那點齷齪心思呢！」

佟百里沈下臉，卻仍壓著怒氣解釋。「寧兒去選秀，多一個有利的背景，就多一分勝算。倘若亓三郎真的起復，憑著皇上對明鈺公主和明玥公主的寵愛，侯府世子中，還是亓三郎最有前途，加上鎮國侯手握重兵，哪個不想拉攏一把？」

話落，王氏總算明白過來，點點頭。現在謝寧以學士府的背景去選秀，雖有勝算，卻是塊雞肋，留之用處不大，丟之又便宜別人。可加上鎮國侯府，就不一樣了，若以前人人躲避的瘟神真的起復，不就成了人人都想咬的肥肉？

佟百里見王氏懂了，便添了句。「明面上的嫁妝以三千兩置辦吧，買些便宜的東西充充門面，別讓人覺得寒磣就行。」

王氏癟嘴，很不想花這筆錢，但為著謝寧，也只好割自己的肉了。

此時鎮國侯府中，各院主人皆坐在衡璽苑中等著。

明子煜也在，見老太醫撚鬚沈思，便急得不行。「我說你這老傢伙，表哥的傷究竟怎樣，倒是說句話啊！」

明鈺公主在一邊抹淚，而上首年近四十、與亓三郎有五分相像的鎮國侯亦寒臉盯著老太醫，顯然也被他的沈默惹得來了氣。

「如何？可還能醫治？」

老太醫終於掀起眼皮，頷首道：「能治。老朽是在想，由誰來打斷三爺的腿合適……」

「什麼？還要斷腿?!」明子煜跳腳，上前抓住老太醫的前襟。「你這老頭故意的不成？已經斷了腿，如何還要弄斷？」

「七皇子請放開太醫，讓他說完。」鎮國侯沈聲勸道，隨即對老太醫道：「還請太醫解釋明白。」

老太醫再次掀動眼皮，捏了翦鬚，那動作看得明子煜牙根都癢了，卻聽他道：「三爺的腿傷了大半年，之前斷的地方已歪著合了縫，若想接好，只得再打斷一次，老朽才能重新接骨。」

說到這裡，老太醫頓了下。「一定要按著先前斷的地方打斷，不然舊疾未去，又添新傷。這也是老朽遲疑的原因，實在不敢妄自下手啊！」

鎮國侯冷了臉，看向哭得梨花帶雨的明鈺公主，起身上前，輕拍她肩膀一下。

明鈺公主紅著眼看他。「侯爺……」

「妳且放心，由本侯親自來，一定沒事的！」

這一幕，讓坐在另一上位的婦人看得眼中冒火，見鎮國侯進了內室，遂急急起身，想跟進去，卻被老太醫伸手攔下來。

「人多不宜！」老太醫說罷，任那婦人瞪眼，便轉身進去了。

亓三郎見鎮國侯進來，淡喚了聲。「父親。」

鎮國侯背手而立，鷹眼定定看著他。「可是會怕？」

亓三郎搖頭。「算不得什麼。」

「好！果然是我亓無愎的好兒子！」

說罷，鎮國侯走到榻邊，雙手放上那條受傷的腿，慢慢摸，待摸到不平的傷處時，抬眼看向已經抿起嘴的亓三郎。

「來了！」不待亓三郎點頭，他便大力敲了下去。

「唔！」亓三郎痛哼一聲，額頭滾落汗珠。

太醫見狀，趕緊上前，將斷骨大力接上。

「唔……」又是鑽心之痛，亓三郎咬緊牙關，一聲不吭地看著老太醫上藥，固定夾板。待弄好，老太醫寫下藥方後，便告辭了。

侯府眾人得知無事後，便各自散去，而七皇子則回了宮中。

明鈺公主看著躺在床上、臉色蒼白的兒子，輕柔地給他擦汗。「太醫說，一個月後便能下地試著走動，屆時再慢慢調理，不會留下病根的。正好，不到兩個月，你就要大婚了。」說到這裡，忍不住輕笑。「想不到這鄉下女還是個福星，退掉謝家小賤人的親事後，我兒的運途就變了呢。」

亓三郎疼痛難忍，聽見這話，實在無力回應，遂閉起眼，睡了過去。

第二十七章　關係

怡芳院裡，看著桌上突然變好的飯菜，佟析秋忍不住挑眉，轉眼向院中睇去，見服侍的人全回到崗位上，不由好笑。這是看有人要起復，覺得她又有利用價值了？

「剛才梅椿拿了多少布疋去針黹房？」

「只有繡荷包、手帕的邊角料。」藍衣癟嘴。「說是姑爺的衣物應由姑娘親做，送長輩的東西也該親手縫製，才更顯誠意。」

佟析秋頷首，又道：「今晚妳出府一趟，代我向明玥公主要一份鎮國侯府的關係圖。」

王氏雖改變了態度，卻並未告訴她有關鎮國侯府的事，擺明了想看她嫁過去後的笑話，豈能讓她如願？接著，佟析秋又道：「前些日子讓妳辦的事，可有辦好？」

見藍衣點頭，她便進了內室，拿出一幅字畫給她。「一千兩，幫我賣掉。」

呃……藍衣無言了，卻又聽她說：「賣掉後，買些未留頭的婢女回來，放在新府那邊，派人好好調教著。」

藍衣點頭，伸手接過字畫，退了下去。

「二姊，這回能吃嗎？」佟析春看著桌上的三菜一湯，抬眼問道。

「不能。」佟析秋搖頭，將飯菜偷偷倒掉後，拿出讓藍衣買來的糕點。「再忍忍，等出了府，二姊給妳好好補補。」

「不要緊。」佟析春搖頭，吃著糕點笑道：「比起以前在佟家村吃的，這已經很好了！」

佟析秋贊同地輕笑，跟著吃了。

飯後，佟析秋坐在繡架旁，看著繡得栩栩如生的鳳穿牡丹嫁衣，得意地勾起嘴角。

王氏想看她笑話？她偏要氣死她，遂又飛針走線起來……

明玥公主看著展開的煙波水上圖，挑眉問青衣。「要一千兩？」

青衣點頭，仍舊一臉冷然。「還要一份鎮國侯府的關係圖。」

明玥公主嗯了聲。「這樣的話，去侯府問問三郎吧！」

「是！」青衣領命而去。

這天，王氏將佟析秋喚來，想將院中的兩個二等婢女給她做陪嫁。因著高嫁，身邊就不能只有一個二等婢女伺候了。

「此去鎮國侯府，妳成了嫡少奶奶，依著規制，身邊至少要有四個一等婢女、四個二等婢女才行。至於藍衣，妳就升她做管事婢女。我這裡有兩個二等的，妳先用著，剩下的找人牙子上府，屆時再挑。至於嫁妝……」

王氏頓了下。「妳也知妳爹爹官身不大，又甚為廉潔，實在無多餘的給妳，就加送一座田莊可好？至於打理的人，我手下有對田氏夫婦，在莊上待了十多年，還算可靠。」

佟析秋不動聲色地聽王氏說完，見她招手喚進兩個婢女，年紀皆在十五、六歲左右，一人豐臀細腰、嬌俏可愛；一人纖細柔弱，楚楚可憐。

佟析秋心中暗笑，這確實是伺候人的，是專門伺候她夫君、給她添堵的。

她笑著起身，對王氏福了福。「多謝二娘好意。雖說得有四個一等婢女，可算上侯府伺候三少爺的，便要委屈兩位姊姊，有一位需屈居二等了。」

「這倒無妨，她們既然跟了妳，自然得聽從妳的安排。」

「那麼，兩位姊姊和田氏夫婦的身契……」

王氏頓了頓，隨即笑開道：「妳還小，有些東西不好控制，待往後在侯府站穩了腳跟，二娘再交與妳可好？」

佟析秋也不戳破，點點頭，轉向兩個婢女問道：「還未請教兩位姊姊……」

「婢子花卉。」嬌俏婢女答道。

「婢子柳俏。」柔弱婢女答道。

佟析秋行了半禮。「以後就蒙兩位姊姊照顧了。」

「婢子不敢！」

對於兩婢女的假意驚慌，佟析秋只笑而不語，領人回院後，便把她們交由藍衣去管。

藍衣也不多說什麼，指了要給她們住的房間，由她們自行掃去。

待藍衣安排完，佟析秋便問她：「我要的東西呢？」

藍衣俏皮地抓了抓頭髮。「說是今天晚上給。」

佟析秋頷首，不再多問，逕自回了內室。

當晚，看完藍衣帶回的關係圖後，佟析秋只覺頭都大了。

這還不算，又聽藍衣道：「明玥公主說，既然姑娘想知道，乾脆直接說給妳聽。」話落，便開始慢慢講了起來。

原來，鎮國侯幫洪誠帝坐上龍椅後，洪誠帝對他有些不放心，便想賜一位公主給他，以便牽制。奈何那時鎮國侯已有一個從小到大的青梅竹馬蔣氏，眼看就要成親，卻被橫插一槓，當然不滿。不滿的結果就是抗旨，氣得洪誠帝差點要砍了他的腦袋。

明鈺公主聽說後，不但勸著自家皇兄不要行殺戮之事，還甘願與蔣氏平起平坐，當了平妻。最後，鎮國侯雖娶了明鈺公主，卻只在洞房時待在公主府，往後任洪誠帝如何說，就是不去第二回。不但如此，還早早讓蔣氏先懷了孕。

前三年蔣氏不爭氣，連著兩胎都是女兒。而明鈺公主為著討好自家夫君，便棄公主府搬入侯府。這舉動讓鎮國侯軟下了心，在蔣氏懷第二胎時，去她房裡睡了幾回。結果這一睡，就睡了個兒子出來。

初次得子，鎮國侯自是開懷，得知明鈺公主為產子而血崩傷身後，生出愧疚之心，對這個長得像他的長子偏疼不少。

蔣氏為此沒少嫉恨，雖在第四年如願懷上男胎，生了四少爺亓容錦，但兄弟兩人卻有著截然不同的命運。

洪誠帝身為亓三郎的親舅舅，自然要幫著自家外甥。亓三郎六歲時，便入宮做了皇子伴讀，十二歲被送去西北大營磨練，十六歲時憑著本事，當上了正三品都指揮使。

反觀亓容錦，表現雖不錯，但與亓三郎相比卻遜色不少。如今待在西北營，只是個小小正六品百戶長，差了亓三郎不只一點半點。

這也就算了，偏偏鎮國侯一直未立世子。世人皆知立嫡立長，世子之位自然應由亓三郎繼承。可蔣氏也是無辜的，如果沒有明鈺公主橫插一腳，別說世子之位，連將來的爵位都該是亓容錦的。

因著此事，洪誠帝沒少壓迫鎮國侯，結果不但沒用，還讓鎮國侯疏遠了明鈺公主。再後來，顧及自家妹妹的處境，洪誠帝就不再提立世子之事。

聽到這裡，佟析秋不但頭大，連腦瓜仁都疼了。

「那如今鎮國侯府是誰在當家作主？」

「是蔣氏。聽說明鈺公主從不管侯府庶務。」

好吧，頭更疼了。

「亓容錦娶妻生子了沒？」

「前年歲末娶了小戶女董氏，去歲得了一女，如今還有一個通房。」

佟析秋聽了，無力地揮手，讓藍衣退出去，只覺得好生可笑。搞了半天，自家婆婆居然是破壞人家的小三！

雖然藍衣說得籠統，可細細想來並不簡單。還有那世子之說……之前亓三少爺斷腿毀容，沒了機會，如今起復，肯定損害某些人的利益，這樣一來……

佟析秋哀嘆，終於明白當初藍衣說轉個方陣才有趣的意思了。敢情一開始明玥公主就在算計她，讓她轉移陣地去助其妹呢！

這日，王氏招人牙子進府讓佟析秋挑人，佟析秋只挑了兩個看著忠厚老實的末留頭小婢女，暫時安排為三等灑掃，交給藍衣管著。

至於王氏送來的兩人……成天想著法兒進內室，說是要幫佟析秋繡荷包、手絹。被藍衣強行趕出去後，佟析秋乾脆照兩人的藉口，送了一大堆布讓她們繡，若沒完成，就不給飯吃。花卉與柳俏雖不滿，明面上卻是沒敢鬧騰。

日子似流水般地過著，天氣越來越熱，離成婚的日子也越來越近了。

佟析秋一如既往，用畫作繼續敲明玥公主的竹槓，為弟妹謀劃。

離立秋只剩不到十天時，佟府終於有了點辦喜事的氣氛。

彼時，佟析秋的嫁衣已繡至最後幾針，王氏在她來請安時問了，聽說快繡好，眼睛便亮了起來。

佟析秋明知她的算盤，也不理會。反正，成婚那天，她是要看好戲的！

這日，申時一刻，藍衣從外面跑進來稟報，說佟百里回府了。

佟析秋聽罷，放下針線，理了理微縐的裙子，領著藍衣到二門迎去。

在二門處等了兩盞茶工夫後，果見佟百里帶著小廝走過來。

佟百里遠遠就看到了佟析秋，雖然不耐，面上卻不動聲色，問道：「有事不成？」

「是。」佟析秋行禮後，淡然抬眼，卻捕捉到他眼中那抹來不及隱去的不耐。

佟百里有些尷尬，遂佯裝生氣道：「沒規矩，前段時日學的東西都忘了不成？哪能這般無禮地直視人！」

佟析秋勾唇淡笑，低首垂眸。「是，析秋踰矩了。」說罷，又道了句。「因有事急著與爹爹相商，這才忘了規矩。」所以看到了不該看的！

佟百里聽罷，捏著鬍子哼道：「有事說與妳二娘聽便是。我雖身為人父，卻不管內宅之事。」

「析秋要說的，並不是內宅之事。」

「那是何事？」因著天熱，佟百里與她耗了半天，早已汗流浹背，不由生出幾分怒意。「如今離妳出嫁沒剩幾天，不待在後宅備嫁，卻在這裡攔我的去路，又說些不著邊際的話，到底所為何事？」

佟析秋見佟百里來了脾氣，也不畏懼，淡道：「不過是想與爹爹說說今後析春跟硯青的歸處罷了。」

佟百里瞇眼，看向她的目光頓時犀利起來。「妳好大的膽子！」

「不大，就不會來了。」

「哼！」佟百里甩袖，並不想理會，直接越過了她。

佟析秋也不阻攔，待他走過身邊，微微勾了唇道：「爹爹若想讓我上了鎮國侯府的花轎，還是聽聽的好。這是聖旨賜婚，即使有人替嫁，也算抗旨。」

佟百里頓住。佟析秋冷笑，有了這道聖旨，就算在佟府横著走，他們也得忍著。轉回頭，看著他僵直的背影，笑得好不明媚。「爹爹放心，不到成婚那日，我不會沾府中一口飯食。」

佟百里驚得轉頭，瞪大的鳳眼裡滿是不可思議。

佟析秋彈指輕笑。「二娘的計謀粗淺了點。」

佟百里如利刃的眸光恨恨向她射來，藍衣不滿地上前半步，用半個身子阻了他，佟百里遂狠狠瞪了藍衣一眼。

佟析秋挺直背脊，道：「爹爹請吧！」見他未動，又出一招。「若不想我說出更多不堪之事，爹爹還是與我單獨談談為好。九族於我，可有可無。」

說罷，她轉身問藍衣：「可知我爹爹的書房在哪裡？」

「婢子這就帶姑娘去。」

佟百里看著走遠的兩人，只覺陌生異常，剛剛還汗流不止的後背，這會兒卻涼颼颼，讓他發冷。

小廝見他白了臉，便小心地喊了聲：「老爺……」

佟百里猛地回神，瞪了縮脖子的小廝一眼，這才冷哼著，向前院書房行去。

佟析秋等在書房，見書房雖簡單，但擺設之物卻極其珍貴，聽著漸近的腳步聲，不由勾唇一笑，倒是來得夠快。

佟百里一進來，便氣急敗壞地大吼。「妳好大的膽子，竟命人打了守門下人，還擅闖我的書房，若因此丟了案卷，妳我就算有九個腦袋也不夠砍！」

佟析秋不理會他的怒吼，找了張太師椅坐下。「我就一顆腦袋，皇上要砍，拿去便是，管他人做什麼？」

「妳……」

佟百里抖了手，佟析秋則指著椅子道：「請吧！」

佟百里氣得大力甩袖，坐上她對面的太師椅。「妳究竟想幹什麼？」

佟析秋看向藍衣。「那些人幾時能下得了床？」

佟百里瞇眼，知她這是在下馬威，不由冷哼。「如今翅膀硬了，敢對著自家人下手了！」

「彼此彼此。」佟析秋滿不在乎地哼笑了聲。「有人用暗，那我就來明的。」別有深意的話語，令佟百里眼中恨意更深，佟析秋也不打算再繞圈子，直接道：「如今離成婚還有八天，我也不想忍了。大家若想好過，很簡單，讓我把析春跟硯青帶出府。」

「妳敢！」佟百里咬牙切齒。

佟析秋冷哼。「你該感謝我這時沒鬧著自立門戶，不然以我現在的本事，要個光明正大的身分，也是輕而易舉。佟家女這個名頭，我還真看不上。」

佟百里冷笑。「妳以為出了佟家，世人就能看得上妳？妳的身分，論到底，不過就是個泥腿子！」

「看不看得起，我無所謂。只要未來婆婆不在乎，未來的皇舅舅能允硯青考科舉，我管他呢！」

她一臉的傲然，終是惹得佟百里忍無可忍地大吼出聲。「佟析秋！」

佟析秋懶得理他，起了身，給藍衣使眼色，才道：「我不要求除族單立門戶，但析春跟硯青必須分府！」

說罷，她扔了一紙證明過去。「這是某天的飯食驗毒，上面清清楚楚寫著下的是何種毒藥。為能當證據使用，我請了衙門仵作來驗。若爹爹不信，今兒的飯食還留著，我可以與你一同前去衙門驗毒。不管二娘用何種理由推託，謀害繼女的名聲都背定了。京都的上層圈子裡，一旦有了惡名，想挽回便難了。何況謝寧才退婚多久，名聲本就有損，再出這事，爹爹以為她還能去選秀？」

佟百里愣住，佟析秋轉眼看他。「我的要求就是這些，爹爹和二娘好好想想，我不急。」似想起一事，又道：「對了，選秀的日子訂在七月中旬，剛好是我出嫁不久呢。」說罷，轉身離去。

佟百里拿著那張驗毒證明，臉上青白交錯，後悔不已。當初如何就看錯了人？真正有心計的，原來不是大女兒佟析冬啊……

第二十八章　成婚

從前院出來後，藍衣眼中閃爍著滿滿的崇拜。

剛剛那番對話，佟析秋不但不再像平日裡那般溫吞，而且渾身上下透著犀利，讓人難以招架。

「姑娘，婢子能說，今日的妳當真好生威武嗎？」

佟析秋瞥她一眼，嘴角輕勾。明玥公主為著看戲，不但求了聖旨困住她，還把她鎖死在佟府，卻又送兩張房鋪契。要銀兩，她大方給了，要仵作驗毒也允了，若再不演齣好戲，豈不是對不起她砸下的本錢？

「有空代我問問妳前主子，這齣戲，我演得可還精采？」

藍衣愣了下，佟析秋則挺直了背脊，向怡芳院走去。

當天晚上，不知佟百里跟王氏如何商量的，只聽藍衣說，凝香院裡熱鬧得厲害，摔打瓷器之聲，整整響了小半個時辰才消停。最後佟百里還歇在了外書房，看來氣得不輕。

第二天照常請安，王氏母女看向佟析秋的眼神，簡直恨不得吃了她般。

待揮退佟析玉和佟析春後，謝寧再難忍耐，尖聲道：「析秋妹妹當真好本事，不聲不響地機關算盡，令人好生佩服！」

「自保罷了，算不得本事。」佟析秋低眸，並不理會快要噴火的母女倆。

王氏氣得心口快炸開了。昨兒聽佟百里將利弊分析完，惱得她差點沒當場派人去宰了這小賤蹄子。這才多久，竟是讓一個泥腿子翻了身！佟析秋果真厲害，不聲不響就攀上明玥公主，所有事情怕是少不了護國侯府的幫手。這樣一來，為著自家女兒的前途，她只能忍下這口惡氣。

為了一個兒子，招來一隻惡狼。至此，王氏幡然醒悟，要兒子，何必如此大費周章？一個肚子了事的玩意兒，卻給自己找來這麼多麻煩。想到這裡，王氏壓著怒火，哼道：「妳要的條件我可以答應，但妳也得答應我的條件。」

佟析秋沒吭聲，只自顧自地輕扭絹帕玩著。

王氏咬牙。「寧兒若被選為妃，妳得站在她這邊！」

佟析秋勾唇。「二娘高看析秋了，官場之事，豈是析秋作得了主的？析秋能做的，只有保密。」讓外人去猜去想，不撕破臉，他們還能扯著虎皮混混。

謝寧氣得想罵人，奈何把柄全被人拿著，不得不忍下來。

佟析秋耐心用盡，起身行禮。「若二娘答應了，待硯青下學後，析秋便派人幫他收拾去。」

王氏暗恨，開口道：「能不能不出府？你們離得遠遠的，多少人會猜測？真要分府，我讓人將佟府一分為二，外面看是一府，府內修院牆隔開，妳看如何？」

佟析秋想也不想，直接拒絕。「不行！」

「妳不要得寸進尺！」王氏終於怒吼出聲。「若真惹急了我，我也不懼了那所謂的名聲，大不了魚死網破！」

嚇唬她？佟析秋咯咯嬌笑出聲。

王氏低吼。「妳笑什麼？」

「我笑二娘嚇錯人了。」佟析秋輕扯菱唇，看著她的眼中嘲諷更甚。「敢情妳要拿了大學士府來跟我拚？還是用謝寧的前程？或者，以自己的性命？」

呵！她一無所有，而王氏的娘家有多少人，王大學士能同意？

她轉身，冷冷扯了嘴角。「向來光腳不怕穿鞋的，我等著二娘跟我魚死網破！」說罷，便走出去，任身後再度響起乒乓之聲。

佟硯青下學回來，藍衣便親自前去，把他接到了怡芳院。

看到久未相見的兩個姊姊，佟硯青掉著眼淚，再也忍不住地哭出了聲。

佟析秋輕嘆，上前幫他抹著眼淚，低聲問道：「上學可好？」

「不好！」佟硯青啞了嗓子，撲進她懷中。「二姊，這裡一點也不好，我想回家！」

佟析秋拍著他的小身子，點點頭。「明日咱們就出府。」

佟析春眼中亦含了淚水。「二姊，咱們要另立門戶？」

佟析秋搖頭。她雖撂下狠話不懼除族，可世人的眼光哪這般容易忽略？為讓佟硯青的前途少點波折，還是暫且忍著好。有些事不宜太急，否則適得其反。

當日晚間，佟析秋去了大廚房，親手做了三樣大菜及一道湯。有人跑去凝香院跟王氏告狀，得到的結果竟是別管、任她去死。見自家主母有氣卻奈佟析秋不得的樣子，府中下人心裡有數，不敢再多說了。

這頓飯，是三姊弟進佟府以來，吃得最香的。

飯後，佟析秋告訴佟硯青，明兒不用上學，小子高興得簡直手舞足蹈。待要回前院睡覺時，還再三確認好幾遍，才真的相信了。

天黑透之際，梅椿來了怡芳院，說是佟百里有事找她。

佟析秋進了凝香院，王氏雖不喜她，到底沒再吭聲。

佟百里看她良久，終於緩緩道：「析春和硯青出府的事，可否等出嫁以後？還有，我們既然答應了妳的要求，成婚那天，妳必須從府中出嫁。」

佟析秋不說話，佟百里便咬牙道：「若非擔心有礙名聲，抓著一張驗毒的單子又有何用？這種沒有當場抓住的證據，就算妳拿出來，也治不了罪！」

佟析秋當然知道，否則也不會這麼便宜他們了。她抓的把柄，不過是仗著他們想讓謝寧選妃，不能再壞了名聲這一點。

她抬眼看佟百里，想了想，點頭道：「我可以從佟府出嫁。硯青和析春的東西，就先送走吧。」大不了，到時再讓藍衣護送弟妹出府。

他們想要面子，她就給吧。不然，未出嫁就鬧翻，於目前處境無益。

商量妥當後，佟析秋便回到怡芳院，將此事說與佟析春聽。

佟析春聽罷，靠在她的肩頭，笑得溫婉。「我想看著二姊出嫁。既然二姊要從這裡出嫁，那我就住到那個時候。」

佟析秋笑著說好。見事情圓了，姊妹倆這才緊緊靠著，睡了過去。

翌日早飯過後，佟析秋便讓藍衣找來馬車，把佟析春跟佟硯青不常用的東西打包裝好，從王氏安排好的後門悄悄送了出去。

待藍衣從外面回來時，又領了個十歲左右的男童進府，佟析秋讓他替了王氏給佟硯青的書僮，令他跟在佟硯青身邊。

其間，佟析秋又向王氏要了花卉、柳俏和田氏夫婦的身契。

這回，王氏倒是咬牙切齒地交了。至於田氏夫婦和那座莊子，佟析秋另有想法，決定等出嫁後慢慢整治。

待安排好後，剩下的，就只有成婚一事了。

另一邊，亓三郎如今已經可以下地活動，雖走多了路，腿腳會痠疼，但成親那天，他想親自騎馬前去迎娶。

他聽著手下帶回的消息，知道佟析秋所做的一切後，沈思一會兒，又對手下耳語幾句，手下便領命而去。

明子煜看亓三郎能下地後，便天天跑來侯府溜達。

此時，他一雙瀲灩桃花眼裡帶著幾分委屈，道：「唉！眼看你就要成親了，到時軟玉溫香在懷，我是再無去處。」一邊說著，一邊風騷地打開扇子搧了搧。

亓三郎懶得看他那臉怨夫相。「宮中太傅講課，你卻成日逃學，真當皇舅舅拿你沒法子不成？」

「能有什麼法子？成日裡不是之乎者也，就是治國之道，我無心去爭，還每日耳提面命。如今三位皇兄各有各的好，如何抉擇乃是父皇頭疼之事，我可沒有半點興趣。如今我只關心，表哥大婚那天，我得是頭名伴郎才行！」說罷，明子煜將坐在太師椅上的身子打橫，蹺起二郎腿。「表哥還要選誰來做迎親伴郎？」

「五皇子！」

「哈！妙極！」明子煜樂得大拍灑金扇。「這下就有兩位皇子，看佟府還不嚇得屁滾尿流！屆時，本皇子跟五哥往那裡一站，看哪個不要命的敢攔門！」

亓三郎無語，暗暗搖頭，只當明子煜的癔病又發作了……

成婚前一天，鎮國侯府的桂嬤嬤帶人來佟府清點聘禮，又把女方打的拔步床抬走，並將出嫁時戴的鳳冠給佟析秋送去。

怡芳院內，佟析春看著那頂滿布東珠的鳳冠，珠子顆顆圓潤晶亮，驚呼道：「天哪，這得花多少錢才能買到啊？」

藍衣笑著道：「這可買不到，是姑爺疼咱們姑娘，特意命人打造，獨一無二！」說完瞟佟析秋一眼，見她神色淡淡，沒有絲毫待嫁女的羞澀，不免有些挫敗。

佟析春倒是滿臉欣喜，看向佟析秋。「二姊，姊夫一定是好人！」

佟析秋笑著摸摸她的小腦袋，順著她的意點頭。「是啊，是好人。」

大婚這天，天還未亮，藍衣便叫醒了佟析秋。

佟析秋沐浴後，換上豔紅內衣，坐在妝檯前，等著全福夫人來給她開臉上妝。

兩位全福夫人是鎮國侯府請來的官家夫人，替佟析秋開臉上妝，梳了頭，又將成婚時的各種規矩說與她聽。

待梳妝完，看著鏡中臉比鬼還白，猶如滾進麵粉堆裡的新娘妝，佟析秋有些憋笑，白面配上一雙妖豔紅唇，不知她那未來夫君看到，會不會當場嚇暈？

接著，就是著嫁衣。

藍衣將那大紅繡鳳穿牡丹金絲嫁衣拿出時，在場所有人的眼睛全亮了起來。

全福夫人忍不住讚道：「姑娘倒是生得一雙巧手！這繡工，怕是京都聞名遐邇的繡坊都及不上呢！」

說著，她們便開始動手幫佟析秋套上那大紅牡丹裙，罩同色金絲袍，戴東珠鳳冠，披鳳凰霞帔。整裝完畢後，讓她端坐於屋中，等著姊妹們前來送嫁。

謝寧和佟析玉攜手而來，看到佟析秋這身裝扮時，眼神皆閃了閃。

謝寧送了支玉葫蘆簪，佟析玉僅送一條自己繡的絹帕，再看佟析秋，忍不住酸氣直冒。「堂妹這身嫁衣真好看。前日我們來時，衣上還是普通至極的牡丹圖紋，今天卻變成金線的鳳穿牡丹，不知是施了什麼法術？」

佟析秋聽了，勾起唇，笑得溫婉。「之前析玉姊看到的，是析春練手用的衣裳。今兒這件，才是正經的嫁衣。」

謝寧暗哼一聲，不動聲色地坐下，拉著佟析秋，開始佯裝姊妹情深，說些體己話。

佟析玉見狀，雖有不甘，到底不敢再鬧，只得跟著坐下，演起送別戲碼。

待吉時一到，佟析秋蓋上蓋頭，佟硯墨跟佟硯青走了進來。新娘出門，腳不能沾地，須由族中哥哥或弟弟揹上轎才行。佟硯青還小，是以，這擔子自然就落在佟硯墨身上。

這時，外面喧鬧起來，有婢女傳話，說五皇子、七皇子隨新姑爺來迎親了。

謝寧聽見，頓時坐不住，眼裡有著不可思議，想了想，起身向屋外走去。佟析玉見狀，也跟著出去了。

佟硯青過來，拉住佟析秋的手，哽咽地說：「二姊，我想揹妳出嫁。」

佟析秋眼眶亦是一紅，在紅綢蓋下反握那隻小手。「不要緊，待日後長大，你揹三姊就成。」

佟硯青沒有說話，只緊緊地握著她。今日過後，他們就要出府單過，雖然終於離開佟府，卻不能常常見到佟析秋了，讓他本來高興的心情又跌到谷底。

前院的小廝、婢女聽說伴郎是七皇子、五皇子，便打算假意攔門，做做樣子就好，不想謝寧卻跑過來，聽著外面大喊的開門之聲，自信一笑。「想要開門，便請七皇子對對本姑娘的詩，若對得上，大門自然會開，新娘子也任你們接走。」

聽著不知何時多出的女聲，亓三郎不由輕蹙了眉峰。

明子煜見狀，趕緊大喝一聲。「本皇子管妳什麼詩，快開門！再不開，當心本皇子踹了啊！若傷著本皇子，看你們有幾個腦袋賠！」

謝寧聞言，鐵青了臉，下人們縮縮脖子看她。「大姑娘，這應該……」

謝寧咬牙。「七皇子既是來迎親，自然得按規矩辦事。」

明子煜怒道：「本皇子就是規矩！」說罷，當真上前踹了門。

下人見狀，哪敢再攔，趕緊把門打開。

門一開，五皇子便撒了紅包，溫潤好看的臉上，滿是和煦笑容。「今日兄弟成婚，還請各位多多包涵！」

紅包落地，年歲小的下人們隨即爭搶著撿起來。而年歲大的，五皇子跟其他迎親之人另給了打賞。

明子煜拉著一臉冷寒的亓三郎，拔腿就向後院跑去。「快，快去接新娘子！」

謝寧看著兩個跑遠的身影，憤恨不已，只差沒咬碎一口銀牙。

待聽到外面稟報新姑爺到後，佟析秋便由佟硯墨揹著，出了怡芳院。

到了凝香院，亓三郎早已等在那裡，看見著精緻嫁衣而來的人兒，一向深沈如海的鷹眼中，有亮光滑過。

藍衣扶佟析秋下來，向坐在高堂的佟百里夫婦跪拜下去。

佟百里假意抹了幾滴眼淚，而王氏卻驟然冷沈了玉臉，雙眼死死盯著那繡工精緻繁複的嫁衣，只覺自己又讓這小賤人給耍了一遭。

待拜別父母，辭了朱氏，佟析秋便坐入花轎，在喜婆的催促下哭了兩聲，聽見伴隨潑水而響起的嗩吶聲，花轎便搖晃著，離開了佟府。

花轎繞過大半個京都城後，停在一座很是威嚴的高門府邸前。

靜坐在轎中的佟析秋，等新郎踢了轎門，便捏著送來的紅綢，隨著新郎的牽引，跨過火盆、馬鞍，向鎮國侯府緩緩走去。

待到一拜天地的高唱聲響起，佟析秋今生的婚姻，也正式拉開了序幕。

一連串儀式後，佟析秋垂首安靜地坐在新房床邊，終於能歇了腳，等待新郎掀蓋頭。

「都出去吧！」良久，一道冷沈的聲音淡淡響起。

女眷離去，屋子陷入一片寂靜。

不知怎的，佟析秋鎮定的心，竟生出一絲緊張。

正當她想平復心緒時，一桿綁著紅綢花的秤悄然伸進蓋頭裡。

佟析秋看著那雙突然出現的雲紋皂靴，還不待反應，一道白光就射入她的眼簾，使她不得不瞇起雙眸。

「噗哧！」

聽見上首之人噴笑，佟析秋緩緩抬眸看去，愣怔一瞬，不過幾個眨眼，心下一鬆，隨即笑得好不明媚地道：「原來是壯士啊！」

一抹妖豔唇紅，映著白得嚇人的厚粉，讓亓三郎有些緊張的心情莫名放鬆下來，不太厚道地扯了扯薄唇，眼中閃過戲謔。「多日不見，姑娘竟換了臉孔！」

佟析秋無語，與他對視，亓三郎勾唇，伸手替她摘掉頭上沈重的鳳冠。

佟析秋頓覺脖子一輕，遂轉動一下，卻見亓三郎轉身走向放著喜餅與糕點的圓桌，拿了兩杯合巹酒過來。

佟析秋面色淡淡，看見他臉上的疤痕時，不由挑眉問道：「壯士有此遭遇，是因在鄉下多留半月之故？」

亓三郎並未吭聲，坐下後，將綁著紅繩的合巹酒遞過去。

佟析秋見狀，伸手接了，見他雙手平舉而來，便跟著平舉碰杯。

待喝了那盅甜中帶苦的合巹酒，亓三郎拿走酒杯時，佟析秋忽然恍然失笑。「我當真是蠢。亓三少爺，亓三郎，果然是步步算計，步步在網！」

亓三郎聞言，冷酷臉上有了絲不滿。「若沒人算計，我又何必算計？妳終是會嫁過來。不過換個方式，更顯光明正大罷了。」見她愣怔，又道一句。「我還要去招呼客人，等會兒會有人來送食，妳先自行梳洗吧。」話落，便抬腳出了新房。

佟析秋看著那走掉的頎長身影，若有所思了起來……

第二十九章　洞房

亓三郎走後，藍衣便進了屋子。

佟析秋招手讓她打盆水來，待洗去臉上過重的厚粉，重梳了新婦頭，換掉嫁衣，著紅色襦裙後，便坐在桌前，等人送吃的來。

大半個時辰過去，送食之人卻未到來。從早上就未進食的佟析秋，此時已經餓得不行，看著桌上的喜餅，正打算要不就著溫酒吃上幾塊，卻聽見外面忽然響起嬉鬧之聲。

「我們想來看看嫂嫂，還請姊姊們行個方便。」說著，門從外面被推開。

佟析秋在聽到聲音時，就回到床邊端正坐好，雙手疊放於腿上。

待人進來，她順眼看去，見三人皆梳婦人髮式，其中兩人的臉形有些相像，且眉眼間帶了點英氣，便猜想著，這大概就是侯府大房蔣氏所出的一雙姊妹花了。而另一個約十七、八歲的女子，想來是亓容錦的妻子董氏。

為免認錯人，佟析秋佯裝羞澀地垂下眸，但那三人卻毫不客氣地把她從頭到腳打量了一遍。

「還以為是何等絕色呢，不過差強人意罷了！」一個英氣婦人突然撇嘴開口。

另一個婦人接著笑道：「倒不算太差，正好配得上。」

佟析秋心下冷笑，不知這句配得上是抬高她呢，還是在貶低亓三郎？

董氏亦近前幾步，看著佟析秋笑道：「雖說不是傾城之貌，也算是小家碧玉，能有如此好運進門，該是積了不少福氣。」

佟析秋聽著這群人明裡暗裡將她貶了個遍，只覺這高門大戶當真不太好混。

幾人說得開心，佟析秋裝害羞也裝得正起勁，卻突然聽見冷沈之聲響起——

「大姊、二姊還真是好興致！」

三人驚得回頭，見亓三郎冷臉進屋，便有些不自在地笑了笑。「想著已是一家人了，便忍不住好奇，過來瞅瞅新娘子。」

亓三郎走到床前，雙手負在背後，挑眉相問：「瞅完了？」

亓容泠皺眉，對他的態度有些不滿。「做大姊的，難道不能瞅瞅自己的弟媳？」

「沒人說不能瞅。大姊不正在瞅？」

一句話噎得亓容泠冷了臉，旁邊的老二亓容漣趕緊暗暗扯了自家大姊的衣袖，面上帶笑地說：「正好瞅完了，就不擾你們接下來的事了。」說完，拉著猶不甘心的亓容泠與董氏退出去。

待人走光，亓三郎轉頭看著端坐床邊的害羞女人，挑眉道：「姑娘似乎膽子變小不少？」

佟析秋不理他，起身坐到桌邊，拈一塊喜餅送入嘴中，待吞下肚，才笑道：「有些事得藏鋒。冒頭過甚，容易招禍。」

亓三郎見她吃喜餅，不由皺眉，正準備抬腳出門找人，卻見房門打開，原來下人這時才將飯菜送來。

為首的婢女嬌俏豔麗，看到亓三郎時，屈身相福。「三爺。」

亓三郎頷首，待婢女將飯菜放下後，便揮手讓她出了新房。

佟析秋看著冷清至極的新房，正奇怪著為何沒人來鬧洞房，卻聽亓三郎冷淡的聲音傳來——

「妳先吃，我去淨房換身常服。」說完，見佟析秋不理他，不由眼神一黯。這種時候，由妻子來幫丈夫更衣最好，可見她並沒有想到這一點，忍不住黑了臉，自行繞過屏風，去了淨房。

佟析秋看著桌上的菜品，強忍餓意，並未動筷，等亓三郎換衣出來，見他眼中有著滿意，不由暗自撇了撇嘴。

兩人相對無言地就酒吃菜，待到吃飽喝足時，已是天黑之際。

彼時室內紅燭高燒，亓三郎喚人撤掉殘羹後，便與佟析秋坐下，一人淡定品茶，一人靜默無言。

兩人都不是矯情之人，知道接下來應該發生什麼。

亓三郎看著佟析秋，一雙大掌在紅色常服下握了又開，開了又握。見對面的女子毫無半點羞意，坐在那裡不動如山，實在不知該如何開口，只覺嗓子眼堵得十分難受。

這時，佟析秋突然抬頭，眸光正好撞進他的鷹眼裡。

莫名地，亓三郎的心緊了一瞬，有些不自在地移開眼。卻不知，對面之人亦是微微地輕吁了口氣。

「那個……」佟析秋尷尬地開了口，雖覺不厚道，但仍硬著頭皮說：「我至今未來天癸！」夠清楚明白了吧，沒有月經，就不能同房。再加上這身子剛滿十四，她不想那麼早就被開了葷。

亓三郎愣了一下。佟析秋忽然有些同情他了，隨後似想到什麼，歉然一笑。「若壯士忍不了，我手上正好有兩個身段齊全的婢女，你看……」

亓三郎瞬間黑臉，忽然一個大力起身，不言不語地脫了衣服。

佟析秋眨眼。「若壯士強要，析秋也不是不可，但經脈未通，以後子嗣受損……」

「睡覺！」亓三郎幾乎是從牙縫中擠出話來，冷寒眼中起了莫名怒火。見佟析秋還在那裡裝著無辜，不由咬牙再道：「只睡覺！」

呃……佟析秋無言，只得走過去，見他脫得僅剩褻衣、褻褲，堅實肌肉幾乎欲撐破貼身的紅綢，不由臉紅，別開眼，尷尬地咳道：「那個……」

不待她說完，亓三郎便似賭氣般，直接躺上床閉眼，來個眼不見為淨。

好吧。佟析秋也不糾結了，脫了衣滾進床裡，拉起同心鴛鴦被，開始裝睡。

亓三郎在她上床後，便側身背對她，睜了眼，眼裡閃爍著萬分懊惱的怒火，想起近二十年的潔身自好，忍不住咬牙。

那股咬牙的狠勁，令他背後之人莫名地抖了下，不禁縮起了脖子……

五更天時，外面有婢女敲了門。

一夜未眠的佟析秋睜開眼，她一動，旁邊的亓三郎隨即起身，點亮燭火，卻未喚人進來伺候，而是轉身，居高臨下地定眼看她。

佟析秋亦是抬眸，然後啊了聲地掀被，來幾個大滾，把被褥弄得凌亂不堪。

亓三郎見狀，嘲諷一笑。「看來姑娘懂得還挺多！」

佟析秋反問：「難道壯士懂得就不多？」

亓三郎黑臉。佟析秋聳肩，本來麼，古時男子哪個沒有通房？二十歲沒成親的，多的是姬妾相伴。

但佟析秋不知道，亓三郎是那沒經驗的童男子！

亓三郎忍著難堪地哼了聲，隨即張開雙手，斜眼向她瞟去。

佟析秋愣了下，這才想起古時女子好像得伺候夫君更衣，心中不屑地下了床，面帶恭敬地去箱籠旁，拿出親手做的紫紋團花直裰與雲紋皂靴。見亓三郎挑眉，便服侍他將衣服穿好。

待替亓三郎繫上柳紋銀絲束帶後，她從箱櫃裡找出一把剪刀。「壯士可準備好了？」

亓三郎凝眉看她，卻見她巧笑倩兮地用纖細小手將他的大掌舉到身前。

亓三郎有些不自在，又不知道佟析秋要做什麼，正打算咳嗽出聲，卻見佟析秋拿起剪刀，現出內刃，說時遲、那時快，朝著他的大拇指割了下去。

看著湧出的血珠，佟析秋舒眉一笑。「好了！」拉著他向床鋪走。

這個狠女！亓三郎總算明白了，皺起眉。明明就沒有洞房，卻得給個交代，當真不爽至極。

佟析秋翻開被褥，將亓三郎的大拇指倒扣，血珠子就滴在了潔白的綾帕上。

一會兒後，傷口不出血了，佟析秋便大力擠壓，讓血再滴下來。如此反覆，見差不多了，才放開亓三郎，將沾血的綾帕拿起，搓揉幾下，滿意地點點頭。

亓三郎簡直看不下去，背過身，按按指上的傷口，耳根泛紅地喚外面的婢女進屋。

桂嬤嬤早早便等在了門外，進來第一件事就是直奔床鋪，一陣翻找，看到那條被染紅的白色綾帕，笑瞇了眼，讓捧著匣子的婢女上前，將綾帕放進去，然後轉身對著兩人一福。

「三少爺，三少奶奶，老奴先退下了。」

佟析秋看著出去的背影，有些惡寒地抖肩，虧得是做手腳，要是真的，簡直羞死人了。

藍衣上前給她綰髮，佟析秋透過鏡子看向正在淨面的亓三郎。他旁邊站著昨天那位俏麗婢女，雙手捧著潔白巾子，見他洗完，便趕緊上前打開巾子，要幫他拭面。

不想，亓三郎卻陰著臉，把帕子奪過去，冷眼瞟向她。

婢女驚得退回去，垂眸福身。「婢子踰矩了。」

正在摺被的另一個婢女聞聲看來，眼裡有著滿滿的嘲諷。

佟析秋收回目光，將石榴抱子的髮簪遞給藍衣，讓她替她簪上。而花卉從箱籠裡找出玫紅繡百子千孫窄袖石榴裙給她換了，罩同色煙紗褙子，挽好披帛後，卻見亓三郎看向她的眼中有著不滿。

佟析秋正疑惑著，見他轉頭對婢女吩咐道：「紅菱，去把爺那件刻絲雲紋紅袍拿出來！」

「是。」紅菱暗暗瞄了佟析秋一眼，垂首去裡間拿出那件紅色刻絲雲紋外袍。

正當她要替亓三郎穿上時，再次收到亓三郎不滿眼光的佟析秋無語地走來，從紅菱手中接過外袍，說道：「我來。」

紅菱沒動，見主子點頭，才無聲地退下去。

換好衣物，亓三郎並不急著拉佟析秋去敬茶，而是拿起桌上的糕點遞給她。「先吃兩塊墊墊肚子，敬完茶還得進宮謝恩。」

佟析秋沒有拒絕他的好意，也拿一塊給他。「夫君請。」

亓三郎愣了下，不知她會叫他夫君，轉了下眼珠，故作沈吟地伸手接過她遞來的糕點。

兩人無聲吃著，其間紅菱前來催促道：「三少爺，大夫人身邊的蔣嬷嬷來了，問三少爺跟三少奶奶起身沒有。」

「知道了。」亓三郎拍拍手上的糕屑，又拿巾子給佟析秋擦手。

待兩人整理好衣裝，便相攜著向主院行去。

一路上，亓三郎領頭先行，看起來走得很慢，但步子卻大。佟析秋緊跟著快走，累得氣喘不已。

感覺到她的異樣，亓三郎停下來，待她走近，有些不自然地勾唇。「倒是習慣了。」

佟析秋納悶，抬眼看著那稜角分明的側顏半晌，笑著搖頭。「是妾身走得太慢，跟不上夫君的腳步。」

亓三郎看她一眼，沒多說什麼，又向前走了。只是這次，他配合著她的腳步，慢了幾分。

待來到位於主院的雅合居，亓三郎忽然向她伸出手。佟析秋愣了下，這才反應過來，將手放進有些粗糙的大掌中。兩人牽著手，向院前的高階行去。

婢女們看到這一幕，無一不驚訝得張大了嘴。

正廳裡，兩邊椅上已坐滿了人。

上首並坐的三人中，除明鈺公主外，其餘兩位，佟析秋是頭一回見，一個威嚴不苟言笑，一個故作端莊，但英氣的眼中卻偶有嫉恨閃過，心中隨即明瞭，便跟著亓三郎上前。

下人端茶盤出來，佟析秋先給坐在中間的鎮國侯磕了頭，待轉身從茶盤接盞時，卻發現茶水滾燙異常，且是滿杯，晃動不得。

佟析秋眉頭輕蹙一瞬，不動聲色地將茶盞平舉過頭。

「公公，請喝茶。」

鎮國侯聽了，冷峻的表情平緩不少，頷首嗯了聲，伸手接盞。

旁邊的蔣氏見狀，莫名緊張起來，卻見鎮國侯眼神輕沈，面色平靜，似未覺得異常，舉盞輕碰嘴皮後，不緊不慢地放下去。

「以後跟著卿兒好好過日子，夫妻和睦美滿。」說罷，拿出一封鼓鼓的紅包給佟析秋。

「是。」佟析秋伸手接過，轉身放於身後藍衣捧著的托盤裡，又讓花卉上前，拿出一雙護膝，道：「兒媳想著，冬日公公練兵，難免受寒，此物雖不貴重，但保暖絕佳，還望公公不嫌棄。」見鎮國侯面露疑惑，遂特意講解了用法。

鎮國侯年輕時便領兵打仗，到了這年紀，自是有不少隱疾，明玥公主給的關係圖上提過，他有老寒腿（注）。於是佟析秋便利用前世的記憶，做了護膝送他。

鎮國侯聽完後，表情又舒緩三分，收下護膝，點頭道：「難為妳有心了。」

待給鎮國侯敬完茶，佟析秋移步到右手邊的明鈺公主跟前。

手上的茶盞依舊燙得驚人，她看了眼柔弱的明鈺公主，並不把茶盞遞上去。

明鈺公主見狀，有些疑惑，心裡卻是不滿起來。

站在一邊的亓三郎終於看出不對勁，皺眉快步上前，接過那燙手茶盞，轉身塞進端茶盤的婢女手中。

婢女立刻被燙得尖叫，縮了手，茶盞砰地砸在地上，頓時茶水四濺。

亓三郎冷了臉，拉起佟析秋的手，見她十指指尖通紅，薄唇吐出的話語冷冽異常。「是誰備的茶水？」

佟析秋見狀，面露委屈，看著明鈺公主的可憐模樣，終是讓明鈺公主明白過來。這是怕燙了她，才沒敢遞上前？

注：老寒腿，一種腿部病症，會有膝關節疼痛、腿腳痠麻等不適，好發於天氣寒冷或陰雨時。

明鈺公主緩和了臉色，瀲灩的桃花眼中生出憐意，對佟析秋伸手。「快給本宮瞧瞧，可是燙著了？」

佟析秋搖頭，卻順著她的手勢起了身。

而被亓三郎盯著的婢女，這時撲通一聲跪下，哭道：「婢子粗心了，請三少爺責罰。」

亓三郎冷臉抿唇，下首的亓容泠則不屑地輕哼。「三弟還真是心疼媳婦。不過就是水燙了點，誰不是這麼過來的……」

「說夠了沒？」不待她說完，鎮國侯便冷眼掃向她。

亓容泠臉色一變，趕緊住了口。

「重新端茶來！」鎮國侯吩咐下去，轉眸看向跪著的婢女，冷道：「拉出去，杖責二十大板！」

坐在另一邊的蔣氏聽罷，故作遲疑地道了聲：「大喜的日子，見紅怕是不好……」話未落，就見鎮國侯轉眸，冷淡地掃她一眼。

蔣氏被他的眼神嚇得一愣，尷尬地扯了絲笑，不敢再開口。

待跪著的婢女慘叫著被拖出去後，重新上茶，佟析秋才跪下，向明鈺公主磕頭。

「婆婆請喝茶。」

「乖！」明鈺公主眼中的滿意更甚，接盞喝了茶，拿出備好的羊脂白玉，連著剛取下的一對碧玉鐲，一起放入佟析秋的手中，拍拍她道：「好好跟著卿兒過，早日為本宮添個胖孫子。」

佟析秋紅了臉，低眸點頭，輕應了聲。

明鈺公主見她害羞，眼中的滿意又添一分。

佟析秋送明鈺公主的是一幅字畫。明鈺公主接過後，卻沒有當場打開，而是直接交給桂嬤嬤收著。

再來是蔣氏。佟析秋端著茶盞，卻未行跪禮，僅福下身子。「大娘請喝茶。」

蔣氏並未接過茶盞，顯然有些不滿。

下首的亓容錦見狀，不由譏諷出聲。「三嫂這是什麼意思？」

佟析秋抬眸，見蔣氏眼中閃過怒火，便溫婉地笑笑。「不知四弟妹有沒有跪過公主婆婆？」

這句話讓董氏脹紅了臉。「三嫂說笑了，夫君的生母是大房夫人，二娘雖也是婆婆……」話未說完，便自知說錯話，趕緊住口。

佟析秋聽罷，再看向蔣氏時，依然笑得溫婉。

蔣氏的厲眼正朝董氏掃去，卻聽鎮國侯皺眉道：「等會兒還得去宮中謝恩，可別誤了時辰。」

鎮國侯發話，蔣氏不得不從，只是接茶時，故作委屈地看了鎮國侯一眼。「卿兒也是我的兒子呢。」說罷，終於喝了茶。

雖然她這麼說，但給見面禮時，卻只吝嗇地送支鎏金簪子。那小器的模樣，連鎮國侯都覺得臊得慌。

佟析秋更絕，直接回以赤金戒指。兩相比較，還是她更勝一籌。

有了第一回的過招，接下來的平輩見禮更別說了。

給亓容泠姊妹見禮時，姊妹倆皆只送支簪子，佟析秋見狀，回贈簪子加玉珮。她們都當她是泥腿子，沒什麼陪嫁，卻不想，她們給得多，她回贈得更多。

待到與董氏和亓容錦見禮時，佟析秋瞄了亓容錦一眼，發現這三姊弟長得都不似鎮國侯，比較像蔣氏。

蔣氏不算傾國美女，只有那雙眼中帶著幾分英氣。若論姿色，明鈺公主可以甩她好幾條街，可鎮國侯偏偏喜蔣氏多一些，難不成是因為這個？

見完禮，鎮國侯便揮手，讓亓三郎與佟析秋趕緊去宮中謝恩。

兩人聽罷，當即辭別眾人，相攜著出了雅合居。

去二門處乘車時，亓三郎對身邊的小廝悄聲吩咐了幾句。上車後，小廝將一只黑木盒子遞進來。

待馬車駛出府門，亓三郎即沈了臉，把佟析秋的手拉過去，待見到那小小的指尖除了紅，還有好幾處已經起了水疱，眼神便不由深寒起來。

他抬眸，見她臉色淡淡，遂不滿地哼聲，拿巾子給她拭淨手指，塗上藥膏。

佟析秋任他動作著，看向他的眼中有了點點恍惚，不過轉瞬，又覺可笑地搖搖頭。上輩子朝夕相處十多年都換不來的好，難道這輩子算是半個陌生人的他就能給？

涼涼的藥性滲入指尖，她嗅著縈繞在車廂內的淡淡藥香，不動聲色地看著亓三郎將藥盒收好。

「不想姑娘竟還有這般大的忍功。」亓三郎勾唇，覺得她真是個心狠的。

佟析秋低眸，慢慢彎曲手指，嘴角亦是勾笑。「那依壯士想法，析秋是該將茶潑出去？」

「潑了又何妨？本就沒指望他們能對妳好。」

佟析秋愣住，卻聽亓三郎冷哼一聲，閉眼不再言語。

進了宮，佟析秋終於見到古時的帝后。

皇后雍容，洪誠帝深沈。對於前來謝恩的他們，皇后面上帶笑地賜座，賞了佟析秋一枚玉珮掛墜。洪誠帝則掃了佟析秋一眼，感覺這名得明玥公主高看的女子，長得雖不傾城，但那份隨興的淡然卻能入眼三分，便沒說太多，只囑咐好好過日子後，就起身去前殿了。

佟析秋與亓三郎陪皇后閒聊幾句，不到一盞茶工夫，便告辭回府。

回到鎮國侯府，剛換好常服，終於可以吃飯了，佟析秋與亓三郎還沒動筷，就見桂嬤嬤端了一大盅補湯前來，臉上帶笑道：「公主命老奴前來給三少奶奶送補湯，說是讓三少奶奶全喝下才好。」

佟析秋聽了，表情有些不自在，亓三郎亦是臉色一黑，忍了又忍，才開口道：「桂嬤嬤回去後，跟母親說說，以後多送點調理身子的湯來。秋兒的身子骨不大好。」

佟析秋皺眉，卻見桂嬤嬤朝她單薄的身子打量幾眼，點頭應道：「三少爺放心，老奴記下了。」

「嗯。」

最後，佟析秋在桂嬤嬤的注視下，將那盅補湯喝完，才讓她滿意地離去。

只是，這樣一來，喝了一肚子湯的佟析秋再也吃不下飯了。

看著不知何時已被亓三郎堆得冒了尖的碗，佟析秋忍著難受，無視一眾驚訝不已的婢女，艱難地吃了起來。

亓三郎見狀，終是停了挾菜的手，開始吃飯。

飯後，佟析秋挺著圓滾滾的小肚子，躺在榻上哼唧不已。

這個亓三郎，她是顧他面子，才沒在下人面前與他翻臉。以為他在養豬不成？居然給她挾了那麼大一碗菜！

第三十章　回門

當天晚上，一家人坐在主院，分男女兩桌吃飯。

剛擺完碗筷，眾人落坐，佟析秋卻起身立在明鈺公主身後。

這舉動讓董氏眼色一深，明鈺公主亦有些納悶地轉眼看她。「我兒，妳這是做什麼？還不趕緊坐下吃飯。」

「兒媳來伺候婆婆用膳。」

蔣氏的臉唰地黑了，明鈺公主面上有了幾分得意，拍著佟析秋的手道：「哎呀，妳有心就好。咱們家沒那麼重的規矩，快坐下與本宮一起吃。」

佟析秋搖頭。「婆婆寬待兒媳，可兒媳卻不能失了本分。」說著，便拿起筷子，給明鈺公主布菜。

明鈺公主見狀，嘴上雖直說不用，但表情得意更甚。

蔣氏咬牙，下首的董氏再也坐不住，也起了身，上前笑道：「婆婆，兒媳來伺候您。」雖是馬後炮，到底讓蔣氏掙回了幾分顏面。

女眷這邊的一舉一動，讓隔著屏風的男眷看了個一清二楚。

亓容錦滿臉鄙夷地看著亓三郎，酸氣直冒。「三哥當真好福氣，娶了這般懂規矩的嫂嫂。高門大戶出來的，就是不一樣！」將高門大戶幾字咬得極重。

亓三郎面無表情地看他，鎮國侯皺眉，將筷子啪地拍在桌上，看向亓容錦，成功讓他變了臉，不敢再開口。

佟析秋心中冷笑，只認真地幫明鈺公主布菜。

待眾人停筷，明鈺公主起身欲走，佟析秋卻突然屈身一禮。「恭送婆婆。」

這一舉動，讓在座的人臉色皆變。

明鈺公主從未在侯府擺過架子，真論身分，連鎮國侯都得給她見禮。曾幾何時，不計較的明鈺公主，已令大家忘了該有的君臣之禮。

佟析秋這一舉動，讓明鈺公主走也不是，不走也不是，見眾人面色古怪，不由抬眼看向鎮國侯。

鎮國侯面色淡淡，對眾人的呆滯很是不喜，冷哼了聲。「愣著做什麼？」

他開了口，眾人這才不甘不願地跪拜下去。「恭送公主！」

「嗯。」明鈺公主點頭，深深看佟析秋一眼，便讓桂嬤嬤扶她出了屋。

蔣氏面上一陣青白，多年來踩高一頭，不想一朝竟被人打回現實，不甘的眼神瞪向佟析秋時，多了幾分怨恨。

佟析秋並不理會，送走自家婆婆及鎮國侯等人，才上桌吃起已經涼掉的飯菜。

董氏看著她，不由譏笑。「三嫂真是孝順，不知在娘家時也是這般？」

「食不言，寢不語。」她淡然一句，噎得董氏半晌回不了話。

飯後，佟析秋跟著亓三郎回衡璽苑，行至半路，卻被一個婢女攔下來。

「公主請三少奶奶去清漪苑一趟。」

佟析秋抬眼看向亓三郎，他沈吟著點點頭。「我跟妳一起去。」說罷，便令婢女領路，向前行去。

到了清漪苑，明鈺公主沒想到是兩人同來，看向自家兒子，商量道：「卿兒可否移步一會兒？」

見佟析秋亦有同樣的意思，亓三郎點頭，去了偏廳。

明鈺公主坐在上首，看了佟析秋良久，終是蹙眉輕道：「今日之事，我雖不知妳抱著何種目的，但下回不可再如此任意妄為了。」

「兒媳知錯。」佟析秋福身行禮，抬眼看向明鈺公主，眸光冷靜異常。「婆婆可有想過，為何公公獨對蔣氏特別？」

明鈺公主一愣，眼中閃過幾絲不易察覺的落寞。

佟析秋看得分明，卻不戳破。明玥公主送她的關係圖中，說明蔣氏不但會點拳腳功夫，而且還是敢說敢做的性子，比起柔弱做作的閨閣千金要直爽易懂。怕就是因為這性子，才讓鎮國侯對她疼愛有加。

看著眼前柔柔弱弱的明鈺公主，佟析秋想起三月的花朝節，那時的她極為霸氣，威儀十足。此時判若兩人，怕是為著討好鎮國侯，故意收斂了利芒吧。

想到這裡，佟析秋不由苦笑一聲。「論姿色，蔣氏不及婆婆十分之一；論身分，更是天差地遠。若論心性，蔣氏怕也比不了。您難道沒想過她為何能獨寵多年？」
明鈺公主抬眼，定定看著她。「妳到底想說什麼？」
佟析秋搖搖頭。「兒媳想說，與其隱了性格，令人生疑厭惡，不如敞開心性，任他大方看盡。」前世的她，不就是這樣的例子？
「妳是說……」明鈺公主突然白了臉。
「婆婆做自己就好。」佟析秋淡然地點頭。
明鈺公主沈吟良久，終是白著臉，揮手讓她退下。
佟析秋見狀，也不多說，去偏廳與亓三郎會合後，回了衡璽苑。
其實，她這樣說，並不是完全沒有依據。鎮國侯若真愛蔣氏愛得非她不可，就不會再被逼著娶了明鈺公主後，又納好幾個妾室。說白了，在這個時代，男人的喜愛，也就是喜愛罷了，根本不會為了一人守身。

衡璽苑裡，躺在內室臨窗榻上歇息的亓三郎，見佟析秋從淨室走出來，便下榻走到她跟前，居高臨下地靜靜看她良久。
佟析秋對這樣的審視有些不喜，抬眼皺眉問道：「有事？」
亓三郎輕哼。「姑娘是真性情，還是在演戲？」
知他對剛剛她勸明鈺公主的話上了心，遂挑起眉。「壯士覺得呢？」
亓三郎蹙眉，佟析秋則懶得相理地轉身上床。如今還有什麼可演的？不過是對外披著假面罷了。

對他，她何曾裝過？在鄉下時，不就是最好的證明？

雅合居內，蔣氏面露委屈地替鎮國侯更衣。

「這麼多年都未曾有過規矩，還以為早已是不分內外的一家人，卻不想……」鎮國侯聽了，蹙眉看她。「若妳安分，她又何至於如此？」今早敬茶使的伎倆，真以為他看不出嗎？

蔣氏聽得臉色一變，隨即憤憤地落淚道：「是，是我派人做的。可我就是嫉妒，早年讓人打壓得抬不起頭，憑什麼就不能發發威了？」

這便是蔣氏的厲害之處，有了小錯並不瞞著，大大方方地承認。

鎮國侯喜歡的正是這一點。雖是如此，卻也不會縱容蔣氏的錯處，今兒向明鈺公主行禮的事，他之所以沒阻止，就是為了給她懲戒。

見鎮國侯緩了臉色，蔣氏這才討好地把頭靠在他肩膀上，眼中嫉恨一閃而逝。

第三天，佟析秋早早去清漪苑向明鈺公主請安。

明鈺公主笑著讓桂嬤嬤遞給她一張單子，道：「今兒是妳回門的日子，這是回門禮，看看可還有要添的？」

佟析秋伸手接過單子，笑著福身。「婆婆準備的，自是好的！」說實話，她也不想給佟府多少好東西。

明鈺公主滿意地點頭。「既如此，那妳快去準備準備。新嫁娘回門，可不能誤了時辰。」

「是。」佟析秋行完禮，便回了衡璽苑。

亓三郎穿著黑色短打，剛練完拳回院子，看見佟析秋，便緊走兩步迎上前。「去給母親請安了？」

「嗯。」佟析秋點頭，與他相攜著進了屋。

婢女們將從大廚房取來的飯食擺在桌上。鎮國侯府的規矩，每逢初一、十五，全家相聚吃飯，平日則各自去大廚房領食。昨日因她剛嫁來，所以才吃個團圓飯。

早飯是碧粳粥，配著水晶蒸餃、玲瓏湯包，並四碟精緻小菜。佟析秋看得食慾滿滿，正待舉筷，不想桂嬤嬤又端了盅補湯前來。

佟析秋微微黑了臉，亓三郎則淡淡挑起眉，又給她挾了個小湯包。

桂嬤嬤放下湯盅，說道：「昨兒老奴回去，便把三少爺的話稟明公主。這不，公主就拿了張方子出來，特意讓老奴親自熬呢。聽說這是宮中秘藥，保管三少奶奶喝了，身子一日康健一日。」

亓三郎點頭，看向佟析秋的眼裡有著得意。「記得喝完。」

佟析秋無語，這一大盅喝下去，還吃不吃飯了？

「待我吃完飯再喝，可行？」

「還是先喝吧。」亓三郎無視她討好的笑臉，為了以後的幸福，還是逼她喝下為好。

佟析秋冷了眼，旁邊的桂嬤嬤亦木了臉。「三少奶奶這是看不上公主的心意？」

佟析秋無語，只得接過補湯，喝了下去。

灌滿一肚子湯水後，夫妻倆一起出了衡璽苑，去二門處坐車。

佟析秋向馬車走去時，亓三郎忽然很體貼地來了句。「可要出恭？」喝了這麼多湯水，到佟府得花小半個時辰呢！

「哼！」佟析秋冷冷白他一眼，賭氣地跳上馬車。

藍衣嚇得趕緊轉頭，生怕不合規矩的這一幕被外人看見。

亓三郎見狀，嘴角輕勾，亦跟著跳上了車。

佟府外，被派出來候著的小廝，遠遠看到刻有鎮國侯府標誌的馬車後，便趕緊向府裡稟報。

待亓三郎他們到達時，佟百里領著全府之人，早已排隊站好等在那裡。

亓三郎下車後，便轉身牽過佟析秋的纖手，扶她下來。這一幕夫妻恩愛的畫面，讓佟府眾人看得眼神直閃。

佟析秋扶著亓三郎的手站定後，與他朝假笑著的佟百里與王氏走去。

「爹爹，二娘。」

「岳父，二娘。」亓三郎跟著拱手叫道。

佟百里故作滿意地點頭，謝寧等人也與兩人見禮。其間，謝寧乘機用眼角偷偷打量亓三郎，見他雖然醫好了腿腳，但臉上的疤痕還是嚇人得很，看不下去地轉開眼，厭惡非常。

佟百里招呼兩人進府，小廝開了側門，將回門禮運進去。

看著滿滿兩大車的禮物，一直沈著臉的王氏，眼中才滿意了幾分。

幾人進府，先去福安堂給朱氏磕頭，隨後一行人分成兩撥，佟百里與亓三郎去外書房，而女眷便進了王氏的凝香院。

凝香院裡，王氏看向佟析秋那身衣飾時，再不掩飾地哼道：「到底身價高了，穿戴都不一樣了。」

佟析秋不動聲色地摸了摸手上那對明鈺公主賞的碧玉鐲，勾唇笑道：「二娘都說身分高了，裝扮自然華貴些。若跟從前一樣，豈不寒磣得慌？」

王氏聽了，努力壓下冒出的酸氣，道：「皇上已經下旨選秀，乞巧節一過，妳大姊就要入宮待選。好歹是一家人，能幫一把，還請幫一把。」

佟析秋呵呵笑。「析秋能幫，自然會幫。如今鎮國侯府是大房掌家，夫君亦是白身，不知二娘想讓析秋怎麼幫？」

她笑得別有深意，王氏聽得是咬牙切齒。

「妳別使下作手段，就是幫最大的忙了！」謝寧扭著絹帕，看著她恨恨說道。

佟析秋掩嘴，並不接話。她如今跟佟府的關係，不過是走走過場而已。接著打了個哈欠，起身看著兩人道：「不知怡芳院可還有析秋落腳的地方？實在累極，還望二娘勿要見怪。」

她話落，王氏眼睛便亮了下，像是終於找到藉口般，一臉唾棄地指著她道：「少年人雖喜貪歡，但也要懂得節制。妳身為正妻，怎好行了那妾室的行為，該好好為自家夫君身子考慮才是。」

佟析秋眼色一深，笑道：「這世上不知有多少妾室想擠走正室呢，若能讓夫君保我正室之位，行妾室之事，又有何不可？」

王氏聞言，脹紅了臉，射向她的眼光滿是怨毒。

佟析秋覺得厭煩，懶得再理，吩咐藍衣。「去跟夫君稟一聲，就說我身子不爽利，好似吸的髒東西太多，得快點出府吐乾淨才行。」

「是！」藍衣聽後，轉身跑了出去。

王氏立時沈了臉，謝寧更是氣得指著她的鼻子大罵。「妳說誰是髒東西？小賤人，泥腿子滿身髒臭，也好意思說別人？呸，下賤的玩意兒……」

佟析秋不理會已然失了禮儀、罵上癮的謝寧，側頭看佟析玉，似笑非笑地道：「析玉姊，有人罵妳呢！」

「哼，少拿我跟妳比，我爹爹好歹是秀才。」

「哦？可我爹爹是同知！」佟析秋挑眉，又故意看著謝寧問道：「那謝大姑娘的爹爹是……」

正罵得起勁的謝寧被這一問，頓時噎得滿臉通紅，差點背過氣去。

王氏忍無可忍，直接大拍桌子喝道：「佟析秋，妳不要得寸進尺！」

見幾人發怒，佟析秋哼笑著甩了絹帕，看向另一婢女道：「花卉，扶我出去。」

「是。」花卉看王氏一眼，低眸走過來，扶佟析秋出了門。

王氏想摔東西，不想梅椿急急進來，給她使眼色。

王氏愣怔，只好壓下怒氣，暫且停了手。

佟析秋走出凝香院，亓三郎正好一臉冷寒地趕過來。「藍衣說妳身子不爽利，出了何事不成？」

看著後腳跟來的佟百里，佟析秋趕緊點頭，向他靠去。「頭暈得厲害。大概是這裡的氣味不好，讓我的氣息有些不順。」

亓三郎看著氣得臉色脹紅、也跟出來的王氏，沈下臉，輕嗯了聲。

佟百里的臉色瞬間大變。「女婿……」

「岳父大人，秋兒身子不爽利，小婿得趕緊陪她去找大夫，先告辭了。」說完，便扶著佟析秋快步離去。

佟百里見狀，急著追了幾步，見終是無果，便回頭瞪向王氏。

「是她欺人太甚！」

王氏也來了火，轉身進屋，把屋中物品乒乒乓乓地摔了。

上了車，佟析秋恢復神色，對坐在外面的藍衣吩咐道：「去南寧正街。」

「是！」得令的藍衣，指揮車夫轉了方向。

亓三郎在旁邊勾了勾嘴角。「故意的？」

佟析秋挑眉。「壯士難道不是將計就計？」

她是故意挑起王氏的怒氣，可他也不見得有多愉悅吧？能來得這般快，怕是早厭煩了佟百里。

亓三郎不辯駁，他跟佟百里確實無話可講。

「去看弟妹？」

「嗯。」佟析秋並不驚訝他知情。他能算計著讓她光明正大地嫁進鎮國侯府，想得知她做了何事，也易如反掌。

幸好昨日讓藍衣去護送兩小兒出府，聽她稟報，若非她強硬，那對夫妻怕不會那麼輕易放人。今後，總算徹底安全了。

佟析秋勾唇，聽著車輪的轆轆聲，有些想念兩小兒了。

待馬車行到南寧正街的一幢朱門大戶處，藍衣上前敲門，讓人開了側門後，馬車直接駛入，至二門處停穩。

亓三郎剛下車，便聽見兩道稚嫩的吸氣聲。

「咦，三郎叔?!」

佟析秋掀簾，還不待藍衣提踩腳凳，亓三郎即伸手把她扶下來。

佟硯青和佟析春一看到她，就含淚奔過來。「二姊！」

佟析秋微笑看著跑來的兩小兒，親暱地將佟硯青的小身子抱在懷裡拍了拍。

敏感的佟析春看著佟析秋，似想到什麼般，又轉頭看看亓三郎。「三郎叔……是姊夫？」

「姊夫？」佟硯青張大了嘴，從佟析秋懷裡抬起頭。

佟析秋點頭，拍了他小腦袋一下。

佟硯青鬆開她，跑到亓三郎身邊，仰頭看著他問：「三郎叔，你走的時候，我還想你呢，你怎麼跑到京都來，成了我的姊夫啊？」

見佟硯青又露出話癆性子，佟析秋會心一笑。

亓三郎皺了下眉峰，淡淡瞥他一眼。「不成嗎？」

「什麼？」佟硯青一頭霧水。

亓三郎冷哼道：「你的姊夫，我當不成嗎？」

「呃……不是。」佟硯青撓撓頭。「我只是有些奇怪。你怎麼跑來京都的？」

佟析秋無語了，走過去摸著他的頭道：「他本來就住在這裡。」

「他住這裡?那為何又跑到鄉下去?」

「受傷了嘛。」

「是怎麼傷的？」
「被砍的。」
「誰要砍他啊？」
「……」
佟析秋與亓三郎徹底無言了，佟析春噗哧一聲笑出來。「難得他來了嘮叨勁。大概是之前憋得太久，如今看姊夫是相熟之人，心情轉好了呢！」
看佟硯青恢復活潑樣子，佟析秋倒是樂見其成，也笑起來。
亓三郎見狀，突然來了句。「有空讓小子跟子煜說說話，說不定能找著知音。」
佟析秋疑惑地轉頭，見他一本正經，不由奇道：「你朋友？」
「嗯。」亓三郎頷首，又補了句。「是個有癔病的傢伙。」
佟析秋一愣，這樣說人，會不會不太好？
幾人邊說邊去了後院，難得的團圓，讓佟硯青活潑不少。雖如願離開佟府，跟佟析春待在這裡，也沒再去王氏找的家學念書，可到底失了剛搬來的新鮮勁，有些悶了。
這會兒大家圍桌吃飯，佟硯青開口問道：「二姊，妳今兒就要回去嗎？」
佟析秋頷首。這是規矩，新媳婦回門，太陽落山前必須回夫家，不然便犯了忌諱。
佟硯青見狀，有些失望，托著下巴無奈嘆道：「真無趣。府中雖然好，可就是有點悶。若在鄉下，儘管沒有同伴，卻可以到處跑跑跳跳。」
見他羨慕起以前的生活，佟析秋的心頭忍不住泛了酸，轉首看著亓三郎問道：「壯士可知京都哪裡有啟蒙私塾？」去私塾認識新朋友，總比悶在府中強。
話落，她又看向纖弱的佟析春，想著要不要回府跟明鈺公主商量一下，讓她允佟析春能時常去侯府走動？
亓三郎輕嗯了聲，給佟析秋挾了塊最嫩的雞胸肉，又瞄瞄她那乾癟的身材，只覺礙眼得慌。見兩道疑惑的眼神朝他看來，便輕咳了聲，道：「姨母不是有送妳一座果莊？如今正是秋高氣爽、果子成熟之際，不如帶弟妹去住幾天？」
「果莊？」佟析秋驚訝道。還是明玥公主送的？她怎麼不知？
亓三郎納悶地瞧她一眼。「妳不是有點過聘禮？」
佟析秋恍然，原來是聘禮啊！想想覺得可行，又問：「能出得了府？」
「晚間回去，我與父親、母親說說。」
「有勞壯士了。」
亓三郎聞言，眼露不滿，看著她道：「妳我是夫妻，無須這般客氣！」
好吧！佟析秋閉嘴，默默給兩小兒挾菜。
佟硯青好半晌才回過神，眨眨眼。「二姊，我們要去果莊玩？」
「嗯！你和析春一起去。」
「好啊！」佟硯青興奮地放下筷子拍手。「終於能出這悶人的籠子了！」
佟析秋見狀，只覺心頭又開始泛起了酸。

午時一過，藍衣便來催促新人回府。

佟硯青和佟析春雖難過，卻也懂事，含淚把亓三郎與佟析秋送上馬車。

馬車向鎮國侯府行去，佟析秋靠在車沿，看著越來越小的身影，心情低落地放下車簾。想起兩小兒的淚水，盼著今兒就能定下去果莊的事情，明兒又能跟他們團聚。

見她難過，亓三郎不動聲色地執起她的手道：「總得學著放手。」處處護著，孩子何時才能長大？

佟析秋瞥他一眼，只覺這人果然腹黑，沒看她心情正差著嗎？占便宜還占得一臉正經，當真討打……

——未完，待續，請看文創風494《貴妻拐進門》2

2017年2月出版

貴妻揚進門

文創風 493~496

既然嫁與不嫁是兩難，又非得選條路走，
要不豁出去……跟那男人賭一把？

喜逢好逑　並蒂成歡／半巧

嚇！昏迷醒來竟穿越到古代，家徒四壁不説，還有嗷嗷待哺的弟妹 ?!
佟析秋連抱怨都省了，幸好她會繡會畫又會孵豆芽，先賺銀子養家吧，
想她前世也是靠自己在商場廝殺，獨力撐起門戶應該沒問題！
正想著如何讓荷包滿滿，失蹤多年的爹突然出現，派繼母接他們上京，
唉……自由日子到頭了，爹當官又再娶，此時親近前妻的孩子絕沒好事，
果然，那些人打算逼她嫁入鎮國侯府，替未來的榮華富貴鋪路。
官家女兒乃棋子無誤，既然逃不了，不如交換條件，讓弟妹分府自立，
但侯府傳聞甚多，聽説婆婆貴為公主卻是小三，兩房勢同水火？
她要嫁的二房長子亓三郎遭皇帝貶斥，不光丟官，還瘸腿毀容 ?!
這種夫家是個坑吧……可為謀得生機，也只好冒險一搏了！

2017年2月出版

娘子押對寶

文創風 491～492

這個時代的女子過得太拘束，
她想讓她們的生活也能海闊天空，
於是，大燕朝討論度最高的「公瑾女學館」就此開張……

同舟共濟，幸福可期／新綠

張木盼著能嫁個好郎君，不求大富大貴，只求兩廂情願，
只是前夫家一直死纏爛打，大有不弄死她不罷休的意味，
好不容易擇了個好姻緣，卻時不時冒出覬覦自家夫君的小娘子，
她要斬斷前夫這朵爛桃花，又要護住得來不易的家，
沒想到在古代經營婚姻竟這般不容易！
關於夫君吳陵，他是木匠丁二爺的徒弟兼養子，真實身分是個謎，
不過對張木來說，只要夫妻攜手並進，簡單過日子她便心滿意足，
尤其相公寵她護她，看似溫和俊秀，其實閨房之樂也參透不少，
她異想天開想經營女學館，他也把家當雙手奉上。
她本以為兩人風雨同舟，就沒有過不去的風浪，
豈料某天相公離家未歸，她這才明白他其實大有來頭，
他的深藏不露，原來是有一段不堪回首的過去——

流浪貓狗介紹所

為流浪貓狗加油 和貓寶貝 狗寶貝

廝守終生(一定要終生喔！)的幸福機會

對人來說，貓寶貝狗寶貝只是生活的一部分，但妳（你）對牠們來說，卻是生活的全部，領養前請一定要考慮清楚——

▲ 善良又有正義感的好漢　白白

性　　別：男生
品　　種：米克斯
年　　紀：3、4歲
個　　性：親人、熱情、聰明聽話，
　　　　　但有時會賴皮
健康狀況：2016年8月已接種疫苗
目前住所：台中市霧峰區

本期資料來源：台灣寵物認養協尋資料庫

第276期推薦寵物情人

『白白』的故事：

當白白還是一個月大的幼犬時，竟被人遺棄在台中的中清路中央，有好幾次差點被來往的車輛給撞到，幸好有善心人將牠救下，之後便被一名路過的男孩給帶回家。

然而，男孩的母親並不同意男孩收養白白，要男孩把白白送走，狗狗山的志工恰巧看見這一幕，心想著：這麼小的幼犬若淪落在外頭要怎麼生存呢？志工的心中感到相當不捨，於是她說：「把牠給我吧。」就這樣，白白展開了在狗狗山中途的生活。

白白的身材健壯、有著漂亮的臉蛋，可是個性卻有些小小好強；牠還相當重視自己的飯碗，經常守在一旁保護著，可這樣的白白，卻有一顆善良的心。白白對跟自己同區裡三隻較弱勢的狗格外地溫和及照顧，不僅會將牠們帶在身邊避免受欺負，甚至連飯都會分享出來，也因為如此，中途給了白白一個「好漢」的稱號。

如果有拔拔或麻麻願意給這隻「好漢」一個幸福的家、願意當牠的好夥伴，歡迎來信leader1998@gmail.com（陳小姐），或傳Line：leader1998，或是搜尋臉書專頁：狗狗山。

認養資格：

1. 認養者須年滿20歲，有獨立經濟能力，並獲得全家人的同意。
2. 須同意簽認養寵物切結書，並能讓中途瞭解白白以後的生活環境。
3. 同意送養人日後之追蹤探訪，對待白白不離不棄。
4. 同意讓白白絕育，且不可長期關、綁著白白，亦不可隨意放養。
5. 為讓中途對您有更深入的瞭解，中途會先有份線上問卷請您填寫。

來信請說明：

a. 個人基本資料：姓名、性別、年齡、家庭狀況、職業與經濟來源等。
b. 想認養白白的理由。
c. 過去養寵物的經驗，及簡介一下您的飼養環境。
d. 若未來有當兵、結婚、懷孕、畢業、出國或搬家等計劃，將如何安置白白？

文創風
493

貴妻拐進門 1

國家圖書館出版品預行編目資料

貴妻拐進門 / 半巧著. --
初版. -- 臺北市 : 狗屋, 2017.02
冊 ; 公分. --（文創風）
ISBN 978-986-328-690-5（第1冊 : 平裝）. --

857.7 105023765

著作者	半巧
編輯	安愉
校對	黃薇霓　林安祺
發行所	狗屋出版社有限公司
地址	台北市104中山區龍江路71巷15號1樓
電話	02-2776-5889～0
發行字號	局版台業字845號
法律顧問	蕭雄淋律師
總經銷	知遠文化事業有限公司
電話	02-2664-8800
初版	2017年2月
國際書碼	ISBN-13　978-986-328-690-5

本著作物由北京黑岩信息技术有限公司授權出版

定價250元
狗屋劃撥帳號：19001626
網址：love.doghouse.com.tw　E-mail：love@doghouse.com.tw